Slavenka Drakulić

Als gäbe es mich nicht

Roman

Aus dem Kroatischen von
Astrid Philippsen

Aufbau-Verlag

Titel der Originalausgabe
Kao da me nema

Gefördert vom Literarischen Colloquium Berlin
mit Mitteln des Auswärtigen Amtes
und der Senatsverwaltung für Wissenschaft,
Forschung und Kultur Berlin.

Ein intensives, körperliches, unbeschreibliches Wonnegefühl ist es, in meinem Zuhause und mitten unter befreundeten Menschen zu sein und über so vieles berichten zu können. Und doch, es ist nicht zu übersehen, meine Zuhörer folgen mir nicht, ja sie sind überhaupt nicht bei der Sache: Sie unterhalten sich undeutlich über andere Dinge, als sei ich gar nicht vorhanden. Meine Schwester schaut mich an, steht auf und geht, ohne ein Wort zu sagen.

Da erhebt sich in mir eine verzweifelte Pein, gleich wie mancher kaum noch bewußte Schmerz aus frühester Kindheit: Schmerz in seinem reinen Zustand, nicht abgemildert vom Sinn der Wirklichkeit und vom Eindringen fremder Umstände ... *Primo Levi, Ist das ein Mensch?*

Und ganz unbewußt, vielleicht gerade wegen des übertriebenen Angstgefühls, schien mir zeitweise, als sei das gar nicht ich, es geschieht einem anderen, und alles Gesehene ist eigentlich ein Teil einer anderen, unwirklichen Welt.

Eva Grlić, Erinnerungen

Ein Mensch überlebt durch seine Fähigkeit zu vergessen.

Warlam Schalamow, Geschichten von der Kolyma

Stockholm, Karolinska Krankenhaus,
27. Februar 1993

Das Kind liegt nackt in seinem Bettchen. Ausgestreckt auf dem Laken, ganz ruhig, die Arme und Beine ausgebreitet, als hätte es sich in sein Schicksal ergeben.

S. sieht die ganz kleinen Finger mit richtigen kleinen Nägeln. Sein Kopf ist zur Seite gewandt. Es schläft und schmatzt im Schlaf mit den winzigen Lippen, und flink bewegen sich seine Augen unter den durchsichtigen Lidern. Es hat lange dunkle Wimpern. Sein dichtes dunkles Haar klebt vor Schweiß. Es atmet schnell und rhythmisch. Beim Atmen hebt und senkt sich sein Bäuchlein, auf – ab. Am Rest der Nabelschnur vibriert ein Stückchen Gaze. Seine trockene Haut um die Knie herum und in den Halsfalten ist fast lila. Seine Füßchen ragen reglos in die Luft.

Wenn sie es von der Seite anschaut, erscheint es ihr wie tot, und S. wendet rasch den Blick von ihm.

Das sollte ihr Sohn sein. Sie hat ihn am Nachmittag im Karolinska Krankenhaus in Stockholm geboren. Doch für sie ist es nur ein namenloses Geschöpf, das nach neun Monaten aus ihr herauskam. Mehr verbindet sie nicht mit ihm. Bei diesem Gedanken spürt S. Erleichterung. Sie ist frei. Mit diesem Kind ist aus ihrem Körper auch ihre Vergangenheit geflossen. Sie fühlt sich so leicht, als könne sie augenblicklich aufstehen und fortgehen.

S. ist nicht allein im Zimmer. Im anderen Bett liegt Maj. Sie wendet sich zu ihr und sagt: Ich heiße Maj. S. erwidert nichts darauf. Maj stillt gerade ihr Kind. Sie hat riesige weiße Brüste, und als sie dem Kind die Brustwarze in den Mund stopft, sieht es aus, als würde sie es ersticken. Bisweilen rückt das Baby von der Mutterbrust ab, fuchtelt ärgerlich mit den Ärmchen und schneidet Grimassen. Dann lehnt Maj es an ihre Schulter, lächelt und schaut S. an. Diese erwidert das Lächeln nicht. Sie denkt daran, daß ihr Leben so ganz anders ist. Maj ist in ihrer Heimat. S. kommt aus Bosnien, und das ist so, als hätte sie keine Heimat. Das andere Kind, ein Mädchen, hat schon einen Namen. Es heißt Britt. Sicherlich hat es auch einen Vater, dessen Vor- und Nachname, Beruf, Augenfarbe, Gewohnheiten bekannt sind. Das Kind hat alles: Mutter, Vater, Sprache, Heimat, Sicherheit. Dieser kleine Körper, den S. geboren hat, besitzt nichts davon.

S. nimmt das Geschöpf nicht in den Arm. Sie möchte es nicht anfassen. Wenn sie es nur einmal berührt, wird sie sich auch verantwortlich fühlen. Es ist so wie bei einem ausgesetzten Kätzchen, das man irgendwo findet. Solange man es nicht vom Boden aufhebt, hat man nichts damit zu schaffen. Sobald man es in den Arm nimmt, ist's vorbei. Dann ist es vorhanden …

Gegenüber dem Geschöpf neben ihr empfindet sie nur Abneigung. Tod war ihr erster Gedanke, als sie begriff, daß sie schwanger war. Das Kind war von Anfang an zum Tode verurteilt. Am Leben blieb es nur dank des Umstands, daß es für eine Abtreibung bereits zu spät war, als S. aus dem Lager entlassen wurde. Danach sollte sie monatelang mit dem Bewußtsein leben, die Schwangerschaft bis zum Ende ertragen zu müssen. Mit einem Bauch, der wächst, sie bis zur Unkenntlichkeit entstellt und sie zwingt, ihren eigenen Körper zu hassen.

Am Morgen beim Frühstück verspürte sie zuerst einen scharfen Schmerz im Leib, wie einen Durchstich. Doch vor den Wehen war ihr nicht bange, sie hatte sie sogar herbeigesehnt. Kaum konnte sie es erwarten, sich von der Last zu befreien. Schmerzen war sie schon gewohnt: die Schläge mit dem Gewehrkolben, die Ohrfeigen, das Fesseln, der dumpfe Schmerz, wenn der Kopf gegen die Wand schlägt, der Stiefeltritt in die Brust. Sie kannte auch den Schmerz, von dem man bewußtlos wird, den Schmerz, den ein Körper dem andern zufügt, den Schmerz, den man empfindet, wenn einem Dritten weh getan wird. Und schließlich die Schmerzen, die man nicht mehr spürt.

Die Wehen empfand sie als eine Art Erleichterung. Die letzten Monate hatte sie wie eine Pflanze gelebt, in dumpfer Erstarrung, im Warten auf die Entbindung. Der Schmerz war nun etwas Konkretes, etwas Starkes, das sie aus ihrem leblosen Zustand holte und sie einen Moment lang daran erinnerte, daß es sie gab.

Während die Wehen ihren Leib zerrissen, dachte S., sie muß noch aushalten, ein wenig noch, nur kurze Zeit. Sie wird das Kind aus sich herauspressen. Ihr Leben wird sich verändern. Sie wird den Sommer 1992 vergessen, vergessen … Die Krankenschwester sagte ihr etwas, vielleicht, daß sie sich entspannen oder stärker pressen sollte, doch das war S. nun völlig egal. Sie hörte nicht mehr hin. Die Krankenschwester konnte ihr sowieso nicht helfen. S. glaubte, niemand könnte ihr helfen.

Dann sah sie, wie die Ärztin sich über sie beugte, und spürte die Berührung der Hand auf ihrem Gesicht. Geschafft, sagte sie. Das war die erste liebevolle Berührung einer fremden menschlichen Hand nach langer Zeit. Erst da entspannte sich S. und weinte. All die restlichen angestauten Schmerzen flossen langsam mit den Tränen aus. Und mit dem Blut, das noch immer zwischen ihren gespreizten, zitternden Beinen austrat.

Danach Ruhe. Sie empfand die Schmerzen nicht mehr. Aus dem Halbschlaf weckte sie die Krankenschwester, die ihr das Kind, an den Füßen gehalten, brachte. Sie sah seinen kleinen, langen, blutigen Körper. Er gab keinen Laut von sich, und S. dachte, vielleicht hätte sich ihr Wunsch erfüllt und das Kind wäre tatsächlich totgeboren. In dem Moment hörte sie ein Weinen. Sie wandte den Kopf zur anderen Seite. Das Kinderweinen ging sie nichts an. Mit diesem Kind hatte sie nichts mehr zu tun.

Schon vor der Entbindung hatte sie Bescheid gesagt, daß sie das Kind nicht sehen wolle. G., die sie ins Krankenhaus gebracht hatte, hatte ihr Verlangen mehrmals wiederholt, und die Schwester in der Aufnahme hatte es ordnungsgemäß notiert. S. hatte für alle Fälle (für welchen Fall? Daß man ihr nicht glaubte?) auch eine Kopie des Briefs von der Psychologin mitgenommen, in dem ihre Entscheidung begründet wurde, daß S. das Kind zur Adoption freigab, weil sie psychisch nicht imstande sei, sich darum zu kümmern.

Sie hatte geglaubt, sie sei auf das Leben nach der Entbindung gut vorbereitet. Im Laufe der letzten Monate hatte S. Zeit gehabt nachzudenken. Sie war mit sich übereingekommen, das Kind zu gebären unter der Bedingung, es danach niemals wiederzusehen. Dies schien ihr unter ihren Umständen die beste Lösung, am rationalsten für beide. Da sie schon nicht mehr hatte abtreiben oder das Kind mit ihren eigenen Händen umbringen können.

S. sieht das Geschöpf reglos schlafen und denkt an F. Als F. im Flüchtlingslager in Zagreb entband, war S. zufällig im selben Zimmer untergebracht. Sie waren zu acht in dem engen Zimmerchen mit eisernen Bettgestellen im ersten Stockwerk. F. nahm selbst das Kopfkissen und legte es auf das Kind. Sie erinnert sich, F. hatte ein winziges Mädchen geboren. Sie wusch ihm nicht einmal das Blut ab, das verübelte S. ihr am meisten ... Eine Nachbarin schnitt die Nabelschnur mit einem gewöhnlichen Messer durch. F. drückte einfach das Kopfkissen auf das Kind. Das Kissen bedeckte es ganz. Nach etwa zehn Minuten sagte sie: Fertig. Da nahm die Nachbarin das schlaffe Körperchen und steckte es in eine blaue Plastiktüte mit der Aufschrift *Unikonsum*. S. sah nicht, was sie danach mit dieser Tüte tat. Auf F.s Gesicht lag nur Müdigkeit. Später stand sie auf und wusch mit eigener Hand den blutigen Kissenbezug.

Vielleicht hätte auch S. das tun können. Ein leichter Druck, und alles wäre im Nu erledigt, ihre und seine Qualen. Der Kleine schläft so ruhig, sicherlich würde er nichts spüren. Sie läßt den Arm hinab, berührt ihn fast. Sie spürt die Wärme seiner Haut und sieht seinen Brustkorb vibrieren vom Schlag seines Herzens. Dann zieht sie rasch die Hand zurück, als hätte sie Angst, sich zu verbrennen.

Nein, sie hätte es nicht tun können. So häufig hat sie den Tod gesehen, daß ihr schon bei dem Gedanken daran übel wird. Das schlimmste ist: Der Tod hat seinen eigenen Geruch. Es ist nicht jener Geruch, den die Leute gewöhnlich mit dem Sterben verbinden und vor dem ihnen graut: der Geruch nach frisch vergossenem Tierblut, verwesendem Fleisch, nach Alter, Krankheit und Moder. Es handelt sich nicht um das natürliche Sterben, sondern um einen gewaltsamen, plötzlichen Tod, um den Moment, da der Mensch fühlt, daß er stirbt, es ihm aber noch nicht bewußt ist, nicht völlig. Das dauert kurze Zeit. Aus dem noch lebenden Menschen verbreitet sich der Geruch von Todesangst in dem Augenblick, da sein ganzer Körper weiß, es ist zu Ende, während er noch immer hofft. Gerade dieser Zwiespalt bringt den Geruch des Todes hervor, herb und widerwärtig. Wer ihn einmal von nahem gerochen hat, vergißt ihn schwerlich. Wenn man dann schon gestorben ist, nimmt man einen ganz anderen Geruch an, süßlich, wie Fäulnis, die Übelkeit hervorruft.

Früher, vor all dem, was ihr im vergangenen Jahr widerfahren ist, hat sie sehr wohl daran gedacht, einmal ein Kind zu haben. Nun scheint ihr, als sei das in einer anderen Zeit gewesen, so weit fort, als handele es sich nicht um ihr eigenes Leben. Sie kann nicht mehr sicher sein, sich nicht mehr auf ihre früheren Erinnerungen verlassen. Es war in einer Zeit, die ihr nun ganz fern liegt, als die Wünsche und Entscheidungen der Menschen noch lebensbezogen waren.

In der Zwischenzeit hat sich ihr Leben gewandelt, es ist anders, nicht wiederzuerkennen. Oder vielleicht nicht vorstellbar. Nun liegt sie im Krankenbett in Stockholm und weiß noch immer nicht, wie sie es nennen soll, obwohl ihr klar ist, das Wort existiert, es lautet: Krieg. Aber Krieg ist für sie nur der allgemeine Nenner, ein Sammelbegriff für so viele Einzelschicksale. Der Krieg betrifft jeden einzelnen Menschen, das, was einem zustößt und wie sich das Leben dadurch verändert. Für S. ist der Krieg dieses Kind, das zu gebären sie gezwungen war.

Seit dem Tag, da sie erfahren hatte, daß sie schwanger war, haßte sie dieses Wesen mehr als alles andere. Wer weiß, ob sie ihren Haß woanders als in diesem schwedischen Krankenhaus überhaupt überlebt hätte. So ein Haß ist kaum zu überleben. Auch S. tat sich schwer damit. Wenn sie sich nachts im Bett gewälzt und gespürt hatte, wie sich jener Fremdkörper in ihrem Bauch regte, dann hatte sie Gesichter über sich gesehen, die Gesichter der Männer, seiner Väter. Namenlose Männer, meist betrunken, deren Zahl sie nicht kannte. Aber sie erinnerte sich an jemandes Augen, vielleicht an ein Gesicht, an Hände, den Geruch, oft Gestank. Jeder von ihnen konnte der Vater sein.

Sie kamen in den Träumen zu ihr, sie kamen wieder.

Ließen ihr keine Ruhe, auch hier nicht, in Schweden, wie ein verlegtes Gepäckstück, das nachgesendet wird. Häufig hatte sie den gleichen Traum: Sie geht auf der Straße in einer fremden Stadt. Plötzlich sieht sie in der Menge ein bekanntes Gesicht. Bestimmt ist es einer von denen. In diesem Traum hat sie immer ein Messer bei sich. Sie geht auf den Mann zu und rammt ihm das Messer in den Bauch, dabei gibt sie acht, daß er ihr Gesicht sieht. In dem Moment, als sie zusticht, spürt sie Erleichterung, vielleicht sogar Glück. Doch in seinen Augen bemerkt sie nur Verwunderung. Der Mann erkennt sie nicht und wundert sich, daß ihm eine völlig unbekannte Frau den Todesstoß versetzt. S. weint vor Wut, daß er in ihr nicht sein Opfer erkannt hat und daß ihre Rache deshalb sinnlos war.

Dann begann es in ihr zu wachsen, das Geschöpf, seine Frucht. Wie ein Tumor. Seit S. erfahren hatte, daß sie es in sich trug, kämpfte sie gegen diesen Fremdkörper, gegen die kranken Zellen, die sich wider ihren Willen in ihr vermehrten ... Irgendwo hatte sie gelesen, man könnte Krebszellen visualisieren und somit ihr Wachstum zum Stillstand bringen. Doch sie spürte, wie schnell der Tumor wuchs. Wenn sie die Augen schloß, sah sie sie ganz deutlich, jene fremden Zellen, die sich vermehrten und sie von innen okkupierten. Sie sah sich als ein riesiges Gefäß, das nur dazu diente, die gefräßigen Anhäufungen immer neuer Zellen zu ernähren. Dieses Bild machte sie verrückt.

Nun liegt der Tumor neben ihr, wie durch ein Wunder in ein Kind verwandelt. S. kann das nur schwer begreifen. Nie hat sie an das Kind gedacht, sondern alles nur als Krankheit, als Last empfunden, von der sie sich befreien wollte. Wie von einem Schmarotzer, den sie aus ihrem Organismus beseitigen wollte. Der Gedanke, daß er gegen ihren Willen in ihr wuchs, hatte ihr Angst gemacht. Die ganze Zeit über, die ganzen neun Monate lang. Daß er sich, ihr zum Trotz, bis zum Schluß an ihrer Gebärmutterwand festhielt und dann geboren wurde, daß er überlebte. So wie sie selbst.

Ohne die Last des Kindes ist ihr Körper noch immer matt, aber irgendwie befreit. Dennoch quält sie etwas: das Gespaltensein. Sie spürt noch nicht, daß ihr Körper ganz ihr gehört, daß er ihrem Willen gehorcht, daß das nun sie ist. Vielleicht würde sie eine Zeitlang so leben müssen, mit diesem Riß, der sich nicht schließen will.

Wieder überkommt sie das Gefühl, beschmutzt zu sein. Auch dieses Gefühl wiederholt sich häufig und ist ebenso quälend wie der Traum von der Rache. Sie betrachtet ihre Hände, den Schmutz unter den Nägeln, spürt den Geruch unterm Arm, sieht die Haut, die sich in winzigen, fast unsichtbaren Plättchen löst – eine dünne Schmutzschicht wie eine zweite Haut ... Sie weiß, nie wieder wird sie sauber genug sein. Es gibt kein Wasser, das sie reinwaschen kann. Mit Anstrengung steht sie auf und geht ins Badezimmer. Stellt sich hinter den blauen Vorhang und läßt das Wasser lange über ihr Gesicht laufen. Im Bad ist keine Wanne, nur ein metallener Halbkreis, umschlossen von einem Vorhang, und auf dem Fußboden ein Rost, durch den das Wasser abfließt. Sie setzt sich auf den Plastikstuhl unter der Dusche. Spürt die warmen Tropfen, die ihr auf Schultern und Brust trommeln. Das lange Duschen mit warmem Wasser empfindet sie als angenehmen Luxus.

Zwischen ihren Beinen sieht sie einen hellen Streifen Blut und Wasser rinnen. Mit diesem Blut spürt sie etwas Quälendes, Lastendes abfließen, das sich in den vergangenen Monaten in ihr verschanzt hat. Wie eine innere Spülung hilft ihr das Wasser zu vergessen.

Als sie in den Spiegel blickt, sieht sie, ihr Gesicht hat sich nicht verändert. Auf diesem Gesicht ist nichts zu bemerken, es ist klar, unbeschrieben, normal. Ein wenig blaß, mit Augenrändern, das ist alles. Zum ersten Mal hatte sie sich richtig angeschaut, als sie nach Zagreb gekommen waren. Es war in dem gemeinsamen Waschraum, sie erinnert sich genau daran. Die Beleuchtung bestand aus einer bloßen Glühbirne, und in dem gelblichen Halbdunkel sah sie ihr Gesicht. Dieselbe glatte Haut, dieselben Rehaugen, die geraden Brauen und die vollen Lippen.

Im ersten Moment gefiel S. nicht, daß man an ihrem Gesicht nicht erkannte, wie verändert sie war. Wie kann man das durchmachen, was sie durchgemacht hat, ohne daß die Ereignisse eine äußere Spur hinterließen? Waren diese Spuren wirklich unsichtbar, oder mußte man sie nur zu lesen verstehen? Doch nun, während sie sich im Badezimmer des Krankenhauses betrachtet, scheint es ihr günstiger, wenn man nichts sieht. Besser, daß alle Spuren der Leiden von der Oberfläche verschwunden sind. Das wird ihr ein Schutz sein. Mit einem so unschuldigen Gesicht wird es ihr eher gelingen, den anderen über ihre Person etwas vorzulügen.

Es bereitet ihr besonderen Genuß, die Cremedose zu öffnen. Wie schön, wieder Creme für das Gesicht und einen Spiegel zu haben. Und ein Gesicht im Spiegel. Endlich wieder. Sieht so die Zukunft aus?

Wann hatte sie begriffen, daß es trotz allem eine Zukunft gab? Vielleicht in dem Augenblick, als sie sich mit dem eigenen Tod abfand. Ihr war bewußt geworden, daß der Tod besser wäre, und dabei war etwas in ihr zerbrochen. Und ganz unerwartet hatte der Moment der völligen Aussöhnung mit dem Tod sie für die Zukunft geöffnet.

Alles war bereits geschehen. Sie lag auf dem Rücken, die Augen geschlossen. Den Kopf zur Seite gewandt. Sie wollte sein Gesicht nicht sehen. Das war ihre einzige Verteidigung. Sie spürte einen dumpfen Schmerz, öffnete aber nicht die Augen. Rührte sich nicht. Gab keinen Laut von sich. Der Soldat setzte den Stiefel auf ihre Brust.

Dreh dich zu mir, befahl er. S. wandte ihm den Kopf zu, ließ die Augen jedoch geschlossen. Noch nicht. Mach den Mund auf, befahl der Soldat. S. öffnete den Mund. Sie spürte den warmen Strahl seines Harns auf ihrem Gesicht. Trink, schrie er, trink! Es gab keinen Ausweg. Sie trank die salzige Flüssigkeit. Das kam ihr endlos lange vor, und sie wollte nichts als sterben.

Im Hof fährt ein Mann im Rollstuhl, langsam, von einem Ende zum andern. Neben ihm geht eine Krankenschwester in blauem Kittel. Die Luft ist schneidend kalt, fast wie in den bosnischen Bergen. Für einen Augenblick fühlt sie sich so einsam, daß sie gern in den Hof gegangen wäre und sich in den Rollstuhl gesetzt hätte, nur damit jemand neben ihr ginge.

Sie sieht das Geschöpf an, das kein Teil mehr von ihr ist, das ihr nicht gehört. Auch seine Zukunft gehört ihr nicht. In dem Moment glaubt sie, völlig frei von Verantwortung ihm gegenüber zu sein, und doch ist sie zufrieden, daß sie es geboren hat, daß sie ihm statt des Todes das Leben geschenkt hat. Wie leicht vergißt man, daß der Tod auch Spuren bei dem hinterläßt, der ihn verursacht, denkt S.

Sie spürt einen heftigen Druck in den Brüsten. Ihr Hemd ist naß. Die Milch schießt ein. Verwirrt sitzt sie da und weiß nichts mit sich anzufangen. Damit hat sie nicht gerechnet. Sie nimmt ein Handtuch und stopft es unters Nachthemd. Was soll nun aus der vielen Milch werden?

Bosnien, Dorf B., Ende Mai 1992

Den Geruch. Den Geruch nach Staub in der trockenen Luft, den sollte sie in Erinnerung behalten. Den Geschmack von übersüßtem Kaffee im Mund. Das Bild der Frauen, die ruhig in den Autobus einsteigen, eine nach der anderen, als wollten sie einen Ausflug machen. Und den Geruch nach dem eigenen Schweiß. Der Bus fährt los, und S. merkt plötzlich, sie ist schweißgebadet, der Schweiß läuft ihr übers Gesicht, unter den Achseln, über den Bauch, zwischen den Beinen. Sie fühlt sich unbehaglich. Ja, vielleicht ist es gerade dieses körperliche Unbehagen, das ihr am meisten im Gedächtnis bleibt. Es ist das erste Zeichen, daß ihr Körper nicht mehr nur ihr gehört und daß sie von da an damit rechnen muß ...

Es ist später Nachmittag. Die Luft im Autobus ist stickig. S. atmet schwer, bedrückt von dem herben Geruch menschlicher Angst. Die Frauen sitzen dicht gedrängt, sogar im Durchgang zwischen den zwei Sitzreihen. Zwischen ihren Füßen, den Taschen, Bündeln und Plastiktüten mit Essen ist das rostige Blech des Fußbodens zu sehen. Der schwitzende Kopf eines Kindes hängt über dem Arm seiner Mutter, als würde er jeden Augenblick abfallen.

S. löst sich von dem Plastiksitz, auf dem sie angeklebt ist, und drängt sich zum Fenster durch. Lehnt sich hinaus. Schaut zurück zum Dorf. Hinter der Kurve sieht sie die Umrisse der letzten Häuser. Hinter ihnen ist der Himmel schon dunkel von Rauch. Das Dorf ist nun leer, menschenleer. Dageblieben sind nur die Tiere. Ihre gelbe Katze, die Spatzen, die sie am Fenster gefüttert hat, und die Dorfhunde an der Kette. Die Kühe und Schweine werden die Soldaten wegführen, denkt S., und das ist ihr irgendwie tröstlich. Sie kehrt auf ihren Sitzplatz zurück. Sie weiß, wenn sie sich noch einmal umwendet, wird sie nichts weiter sehen als eine graue Staubwolke, die die Sonne verdeckt, und bald wird sie bezweifeln, daß es das alles einmal gegeben hat, das Dorf B., ihr Leben, sie selbst. All das, was ihr bis zu diesem Sommertag 1992 als sicher erschienen ist.

An diesem Morgen hatte sie zuerst Stimmen gehört. Ja, es war derselbe Tag, irgendwann gegen Morgen, obwohl die normale Zeit nicht mehr existiert, seit sie in den Bus eingestiegen ist. S. weiß, mit diesem Autobus übersiedelt sie von einer Wirklichkeit in eine andere, von einer Zeit in eine andere. Bisher verständliche Dinge werden plötzlich unbegreiflich, das Eigene wird fremd, und es ist, als gäbe es sie nicht mehr, als löste sie sich auf in ein Dasein, das ihrer Begriffswelt unzugänglich ist.

So war es gewesen: Im Halbschlaf hört sie Männerstimmen, Flüche und Rufe. Sie öffnet die Augen. Sieht, wie sich der weiße Store vor ihrem Fenster im Luftzug von der Straße bewegt, sie sieht die blaugetönte Wand des Schlafzimmers, und das gibt ihr augenblicklich das Selbstvertrauen zurück. Doch die seltsamen fremden Stimmen nähern sich. Der Store bläht sich, als atmete er. Der leichte Wind berührt ihre Haut. Auf dem Kirschbaum im Nachbargarten zwitschern die Stieglitze und übertönen für einen Moment den Lärm. Wenn S. aufstünde und sich aus dem Fenster lehnte, könnte sie sehen, woher die Stimmen kommen, wer die Leute sind, die am frühen Morgen durch das Dorf gehen. Aber S. will das nicht. Sie will nicht völlig wach werden. Vielleicht geht sie das gar nichts an, was da draußen geschieht. Für kurze Zeit fällt sie wieder in Schlaf, in der Hoffnung, der Lärm werde verschwinden.

Etwas später erwacht sie von der Stimme ihrer Nachbarin im Haus gegenüber. Tu's nicht, sagt sie zu jemandem, zuerst bittend, dann weinerlich. Die Stimme ist ganz klar, als wäre sie hier, im Zimmer nebenan, nur durch den weißen Store getrennt. Der Mann, an den die Bitte gerichtet ist und der sie offenbar kennt, stößt einen argen Fluch aus. Wo sind die Waffen? Wo hast du sie versteckt? Wo ist dein Mann? schreit er. Seine Stimme verliert sich in ihrem Schluchzen.

An diesem Tag gehen die Soldaten von Haus zu Haus. Offenbar durchsuchen sie alles. Sie sagen, sie kämen nach Waffen, aber wer weiß, was sie wirklich suchen ... S. steht hinter der Gardine und sieht zwei unbekannte Männer in Uniform die Straße entlanggehen. Sie führen einen älteren Mann in Zivil ab. Er lebt allein, er ist krank. S. kennt ihn. Sie sieht, wie einer der beiden in einen Hof abbiegt und der Frau, die er dort findet, ein Goldkettchen vom Hals reißt. Vielleicht ist es das, was sie wollen? Gewöhnliche Räuber, die sich als Soldaten ausgeben? Sie versucht sich zu erinnern, wohin sie ihren Goldschmuck getan hat; wenn sie ihnen den gleich gibt, vielleicht werden sie sie in Ruhe lassen. Sie ist ohnehin nur eine Frau.

Dann kommen drei Autobusse. Sie halten vor ihrer Schule an. Drei orangefarbene Busse mit grauen Streifen an der Seite. Dem einem entsteigt eine Gruppe Männer. Etliche von ihnen tragen Tarnuniformen, andere sind nicht uniformiert. Alle haben Waffen. Sie verteilen sich im Dorf.

Die Zeit vergeht, und noch ist keiner an ihrer Tür erschienen. Trotzdem wagt S. nicht, die Schule zu verlassen. Noch immer denkt sie, sie könnten bei ihr nichts weiter als Gold suchen. Sie glaubt, die Soldaten würden um sie einen Bogen machen.

Etwas später, als sie sich gerade Kaffee kocht, hört sie jemanden die Treppe heraufkommen, sie hört ein Scharren von Füßen vor ihrer Wohnungstür im Schulgebäude. S. weiß, das sind sie, es ist zu spät. Sie fühlt sich, als hätte sie den letzten Zug verpaßt oder etwas Wichtiges zu tun versäumt, obwohl sie nicht genau weiß, was. Erst in dem Moment fällt ihr ein, daß sie hätte fortlaufen können. Sie hätte noch am Morgen zur Schulhofseite hinausgehen, sich das Fahrrad nehmen und sich auf den Weg machen können. Vielleicht hätte sie auch früher fortgehen sollen, als das Schießen in Sarajevo begann. Warum ist sie in diesem Dorf geblieben? Was hat sie erwartet, was erhofft?

Ihre Kehle wird eng. Die Tür öffnet sich rasch, durch einen Fußtritt. Sie ist gar nicht verschlossen. Sie hat nicht einmal die Tür abgeschlossen, so naiv ist sie gewesen. *Es hätte mir ohnehin nichts genützt*, denkt S., als sie im Krankenhaus in Stockholm liegt. *Wie oft kehren meine Gedanken zu jenem Augenblick zurück, und noch immer bin ich nicht sicher, ob ich begreife, wie das alles geschehen ist.*

An der Tür ist ein junger Mann. Er scheint sicher zu sein, daß sie ihn erwartet. S. steht in der Küche neben dem Herd. Sie wendet sich ihm zu und verharrt reglos. Sie sagt nichts. Wir sammeln hier die Leute ein, sagt der junge Mann ziemlich laut, obwohl sie ihn nichts gefragt hat. Nicht, welche Leute, und nicht, warum. Es soll wohl eine Art Erklärung sein, denkt S. Sie wundert sich, daß der junge Mann nicht lauter brüllt und daß er ihr überhaupt eine Erklärung anbietet und nicht nur ein Kommando, auf das sie gefaßt war. Der junge Mann ist groß und schmal, mit schlaksigen Armen. Er trägt schmutzige Tarnhosen und ein Unterhemd. Aus seinem zerrissenen leinenen Turnschuh lugt der große Zeh mit schmutzigem Zehennagel hervor. In seinem kindlichen Gesicht, aufgepfropft auf einen langen Hals, bemerkt S. den Anflug eines Oberlippenbarts.

S. steht am Herd wie erstarrt. Sie wagt es nicht, sich zu rühren oder etwas zu sagen. Sie weiß, das, was sie gerade sieht, ist das Gesicht des Krieges: Jemand öffnet einfach die Wohnungstür, und der Krieg tritt ein in das Leben, in den Menschen. Sie weiß, von nun an gibt es zwischen dem Krieg und ihr kein Hindernis mehr.

Er schaut sie abschätzend an. Und sie ihn. Wird er sie schlagen? Wird er ihr Gold verlangen? In der Zwischenzeit hat sie ihr Schmuckkästchen gefunden und es in Reichweite hingestellt. Der junge Mann wirkt nicht gefährlich, obwohl er ein Gewehr in der Hand hat. Er scheint sogar vor Verlegenheit rot zu werden. Vielleicht hat ihn in seinem vorangegangenen Leben jemand gelehrt, zuerst an die Tür zu klopfen, weil es unhöflich ist, so ohne weiteres in eine fremde Wohnung einzudringen. Vielleicht hat er daran gedacht, als er die kleine Küche betrat, in der es nach Kaffee duftet, und hat es gleich wieder vergessen. Jetzt, da er ein Gewehr besitzt, muß er nicht mehr anklopfen. Er sieht das Mädchen, das ihn anstarrt. Er könnte das Gewehr heben und auf sie richten, um sie noch mehr einzuschüchtern. Er denkt nach, nimmt das Gewehr langsam hoch zur Schulter, dann überlegt er es sich anders und läßt es wieder sinken. S. rührt sich nicht, und er ist zufrieden. S. entschließt sich zu einem vorsichtigen Lächeln.

Setz dich, bringt S. schließlich hervor, möchtest du Kaffee? Sie weiß nichts anderes zu sagen. Eigentlich will sie erklären: Ich kann nirgendwohin entkommen, wozu die Eile? Völlig unerwartet nimmt der junge Mann ihre Einladung an. Er setzt sich. Stellt das Gewehr zwischen den Beinen ab. Wagt nicht, es an die Wand zu lehnen. Auch sie nimmt Platz, ihm gegenüber. Dann schlürft er ohne Eile den frisch gekochten Kaffee, als gehe ihn das, was außerhalb der Küche geschieht, nicht allzuviel an. Der Kaffee ist heiß und zu süß. Sie glaubt, sie sei ganz ruhig, und doch hat sie aus Verwirrung zu viel Zucker ins Wasser geschüttet. Nun fragt sie sich, ob der junge Mann ihre Verwirrung bemerkt. Doch er schlürft den Kaffee wortlos, wie abwesend.

Bis heute bin ich mir nicht sicher, weshalb ich ihm den Kaffee angeboten habe, vielleicht tat er mir leid, so kindlich und ungeschickt, wie er war. Ich hatte ihn noch nicht ernstgenommen, wohl wegen der Turnschuhe, denkt S.

Für einen Moment ist alles ruhig. Sie schweigen und trinken. Dieses Schweigen quält S. Sie überlegt, ob sie ihn nach einer Erklärung fragen soll. Warum? Nur diese einzige Frage lauert in ihr wie ein Raubtier, das zum Sprung ansetzt. S. fragt sich, was geschehen würde, wenn sie es jetzt ausspräche, wenn sie es endlich über die Lippen brächte ... Sie sieht den jungen Mann gegenüber an. Er hat eine pickelige Stirn. Die Hand, mit der er ungeschickt den Henkel der Porzellantasse hält, ist grob und kräftig. In dieser Hand hat er wohl noch bis gestern eine Schaufel gehalten. Nichts, überhaupt nichts wird passieren, wenn sie die Frage ausspricht. Sie bliebe in der Luft zwischen ihnen hängen. Er würde sie nicht verstehen und wütend werden, daß sie es wagt, ihn etwas zu fragen. S. würde es bedauern, die Frage überhaupt ausgesprochen zu haben. Im übrigen ahnt sie den ganzen Morgen schon die Antwort.

Die Tasse des jungen Mannes ist leer. Dennoch, er ist Soldat und kein gewöhnlicher Besucher und beschließt, ihr das zu zeigen. Er steht auf und fingert am Gewehr herum. Machen Sie sich fertig, sagt er ganz offiziell, Sie müssen fort. S. bemerkt, daß er sie siezt, vielleicht, weil sie Lehrerin ist. Normalerweise duzen die Bauern sie. Sie denkt, der junge Mann ist wohl noch nicht lange aus der Schule heraus, und dieser Gedanke entlockt ihr ein Lächeln.

Fort? Natürlich sagt er nicht, wohin sie gebracht wird und weshalb man überhaupt irgendwohin fahren muß.

Schon haben sich Leute in der Turnhalle im Erdgeschoß eingefunden. Stimmen und Rufe sind zu hören. S. denkt an eine Szene, die sie am Abend zuvor im Fernsehen gesehen hat: Ein Autobus voller Kinder, die das vom Krieg erfaßte Gebiet verlassen. Darunter auch ganz kleine Babys. Frauen klopfen an die Busscheiben und weinen. Kinder winken ... Noch gestern abend geschah das irgendwo anders, es betraf andere Menschen. Wer weiß warum, aber sie hatte geglaubt, so etwas könne in diesem Bergdorf nicht geschehen. Vielleicht denken alle Menschen so, bis ihnen selbst etwas Ähnliches passiert.

Schon vorher hatte sich in der Gegend die Nachricht verbreitet, die Armee nähere sich ihrem Dorf. Mehrere Dorfbewohner hatten ihre Kinder zu Verwandten nach

Deutschland geschickt. Sie war dagegen gewesen, das Schuljahr war noch nicht zu Ende. *Ich habe den Eltern gesagt, ich könne ihren Kindern keine Zeugnisse ausstellen. Aber wo mögen sie heute sein, ob sie noch leben?* Manche waren auch selber fortgegangen, als rechneten sie damit, das werde schon vorübergehen, und sie wollten wiederkommen, wenn sich die Situation beruhigt hätte. Die Mehrzahl aber war dageblieben. Sie hatten keine andere Bleibe. Die Männer sagten, sie brauchten sich nicht zu fürchten, sie hätten immer mit den Serben zusammen gelebt, Waffen besäßen sie ohnehin nicht und die Armee würde schon die Ruhe wiederherstellen. Es waren wenige Männer im Dorf, überwiegend ältere. Die jungen arbeiteten in Slowenien oder in den bosnischen Städten. In der Umgebung wurde noch nicht geschossen. Und daß Krieg war, daß der Krieg begonnen hatte, glaubten sie kaum, nicht einmal, als man nicht mehr reisen konnte. Doch dann waren die Autobusse gekommen.

Der junge Mann sagt ihr natürlich nicht, wohin die Busse die Menschen transportieren und wie lange die Fahrt dauern wird. Sie ist sicher, er hat selber keine Ahnung. Er wiederholt nur, sie solle sich beeilen, die Busse warteten. Nun klingt seine Stimme mit jedem Wort, das er sagt, schärfer. Gleich wird er losschreien, denkt S. und fährt zusammen.

Wenn man von zu Hause fortgeht, kann man überhaupt an etwas anderes denken als an eine Reise? Alles übrige ist unvorstellbar. S. muß an eine Rückkehr glauben, auch wenn sie nur für eine gewisse Zeit in das Bergdorf gekommen ist. Es ist nicht leicht, jemanden von seinem Platz fortzureißen, der Mensch ist wie eine Pflanze mit tiefen Wurzeln. S. spürt, wie sie sich an diese altbekannte Wahrheit klammert, wie sie verhaftet ist mit den Gegenständen, mit der Erde, den Menschen, der Sprache. In dem Moment kann sie sich nicht vorstellen, daß dieser

Milchbart sie vertreibt, nicht nur aus ihrer Wohnung, sondern aus ihrer Heimat, von der sie, bevor er seinen Fuß in ihre Küche gesetzt hat, glaubte, diese Heimat sei ihnen gemeinsam.

Durch die offene Zimmertür sieht sie ihr ungemachtes Bett und das weiche Kissen mit der Mulde, die ihr Kopf hinterlassen hat. Der Store bewegt sich noch immer. S. spürt, dieses Zimmer und das Bett haben in ihrem neuen Leben keinen Sinn mehr. Sie steht zwischen Zimmer und Küche in dem vollen Bewußtsein, rein gar nichts tun zu können, was ihre Situation verändern würde.

Wieviel Zeit hat sie, um sich fertigzumachen? Fünf Minuten? Eine Stunde? Unentschlossen läuft sie durch die Wohnung. Was soll sie mitnehmen, wenn sie nicht weiß, wohin es geht? Welche Kleidung? Nur Sommersachen oder auch etwas für den Winter? Und Bücher? Hat es Sinn, Bücher mitzunehmen? Es tut ihr leid, die Bücher dazulassen, ebenso die neue Stereo-Hifi-Anlage. Wenn man verreist, wenn man weiß, wohin es geht und wann man wiederkommt, dann weiß man auch genau, was man einpacken muß. Doch diesmal ist es keine gewöhnliche Reise. S. spürt instinktiv, sie wird diese Wohnung, die Schule und das Dorf nicht so bald wiedersehen. Sie denkt, dort, wohin man sie bringt, wird sie womöglich gar nichts brauchen. Dann unterdrückt sie rasch diesen verhängnisvollen Gedanken.

Sie versucht, klar zu denken: Man sollte nur das Nötigste mitnehmen. Wahrscheinlich werden sie in einem Flüchtlingszentrum untergebracht, und das kann nicht lange dauern. Aber vielleicht werden sie auch gleich über die Grenze geschickt, nach Kroatien oder noch weiter. Wenn es sich machen läßt, wird sie ihre Verwandte in Zagreb aufsuchen. Bisher ist ihr noch nichts passiert, deshalb bemüht sie sich nun, möglichst rational vorzugehen. Sie nimmt ihren blauen Leinenrucksack, den sie gewöhnlich bei Schulausflügen trägt. Aus der Schublade im Schlafzimmer holt sie etwas Unterwäsche, ein paar T-Shirts, ein Hemd, einen Pullover. Außerdem steckt sie in den Rucksack noch das Fotoalbum, das Schmuckkästchen mit einem Goldkettchen, einem Paar Ohrringen und einem Medaillon, ein leeres Notizheft und zwei Kugelschreiber. Dazu die Zahnbürste und Zahnpasta, Seife, Creme fürs Gesicht und Binden. An Binden nimmt sie alles mit, was sie im Haus hat: zwei Päckchen zusätzlich und ein Päckchen Watte. Sonst fällt ihr nichts ein, was sie noch brauchen könnte auf dieser Reise ins Unbekannte.

Wäre es ein früheres Jahr und nicht das Jahr 1992, dann hätte sie sich bald ebenso auf ihren Sommerurlaub vorbereitet. Mit dem Autobus wäre sie gefahren, dann mit dem Schiff. So war es noch im vergangenen Jahr. Sie erinnert sich an die Küste. Jedes Jahr hat sie ihren Sommerurlaub mit mehreren Bekannten in M. verbracht, in jenem Wäldchen, wo die Wurzeln der Kiefern bis hinunter zum Wasser reichen. Wenn sie nachts schwimmen waren, glänzten ihre Körper wie Fische. Sie denkt auch an B., an die Berührung seiner Lippen auf ihrer Schulter und wie er in jenem nun so fernen Sommer die Hand in den Ausschnitt ihres roten Kleides schob und ihre Brust streichelte. Und später: der Geruch seiner Haut auf dem Badelaken. Das allgemeine Chaos hat inzwischen auch B. verschlungen, schon früher als sie selber. Während des Sommerurlaubs mußten einige der jungen Leute zur Armee. In Kroatien wurde bereits geschossen, sie aber schwammen und brieten Fische und glaubten das alles nicht. Sie dachten, es sei weit fort, es gehe sie nichts an. Plötzlich, ausgerechnet in jenem Sommer, hat sie das, was in Kroatien geschah, nicht mehr berührt. *Als wären wir absichtlich blind gewesen; wir dachten, wir schützen uns vor den Schrecken, indem wir die Augen verschließen. Nicht hinschauen …*

B. hat sich seit Monaten nicht mehr bei ihr gemeldet, und S. weiß nicht, wo er ist. Vor einiger Zeit hat sie seiner Mutter geschrieben, jedoch noch keine Antwort erhalten. Anfangs, nach dem Sommerurlaub, hatten sie häufig miteinander telefoniert und sich gegenseitig eingeredet, das wären alles Dummheiten, in Bosnien könnte es so etwas nicht geben. Dann hatten sie sich verloren, die Verbindung war abgerissen. Als hätte dieselbe Art Widersinnigkeit auch sie bezwungen.

Seine Briefe hat S. schon in die Innentasche des Rucksacks gesteckt, doch dann fällt ihr ein, dort, wo man sie hinbringt, liest sie womöglich jemand Fremdes. Dieser Gedanke ist ihr unerträglich. Sie zieht die Briefe heraus, nimmt ein Streichholz und steckt sie über der Geschirrspüle an. Die Briefe verbrennen ganz schnell. Schließlich läßt sie einen Strahl Wasser laufen und entfernt damit die Asche aus der Spüle.

Sie empfindet keine Trauer, eher eine Art Ungläubigkeit, als wundere sie sich, daß das gerade ihr passiert. Sie ist sich bewußt, daß sie durch die Wohnung geht und ihre Sachen packt. Gleichzeitig kommt es ihr vor, als sähe sie sich selber zu, wie sie durch die Wohnung geht und die Sachen packt, während sie, die echte S., daneben steht und das alles ruhig beobachtet.

S. schaut sich ein letztes Mal in der Wohnung um. Was könnte sie noch mitnehmen? Der Rucksack ist halbleer. Aus dem Schrank holt sie das rote Sommerkleid und die neuen italienischen Schuhe, die zwei schönsten Dinge, die sie besitzt. Die Schuhe duften noch immer nach feinem Leder.

Dann geht sie hinaus. Als sie die Tür hinter sich schließt, spürt sie, wie ihr Leben seinen normalen Inhalt verliert.

In der Turnhalle ist es stickig. Die Menschen sitzen auf den Bänken an der Wand und auf dem Fußboden. Die

Männer rauchen, die Luft ist bereits verräuchert. Es sind alles in allem vielleicht hundert Leute, einschließlich der Kinder. Unter ihnen auch mehrere Schüler aus dem Dorf, andere Schüler sind sonst zu Fuß oder mit dem Bus aus den umliegenden Ansiedlungen gekommen. An der Tür steht ein Wachposten mit Maschinengewehr und zwei Patronengurten über der nackten Brust. Er hat eine Wollmütze auf und wischt sich ständig den Schweiß von der Stirn. Etwa zwanzig bewaffnete Männer stehen in einer Ecke der Turnhalle beisammen. Nur wenige von ihnen tragen die bekannte olivfarbene Armeeuniform, die übrigen sind in Zivil. Sie trinken Bier. S. erkennt den Polizisten aus dem Nachbardorf und den Briefträger. Der Briefträger winkt ihr zu. Er ist noch immer in seiner Briefträgerkleidung, nur hat er am Gurt eine Pistole. Auf einem umgestülpten Bierkasten sitzt der junge Mann, der sie abgeholt hat. Er winkt sie heran. Er sagt, da sie Lehrerin sei, müsse sie nun auf die Frauen aufpassen. Vor den anderen Männern spricht er grob mit ihr, duzt sie. Mit tieferer Stimme, wie es einem zukommt, der Befehle erteilt. S. sieht, wie stolz er ist, in der gefährlichen Gesellschaft erwachsener Männer zu sein. Aufpassen? Was heißt das? fragt S. ihn. Na, daß alle in den Bus steigen, daß sich niemand versteckt, antwortet der junge Mann und deutet auf sein Gewehr. Diese Geste beunruhigt S. Sie denkt, wie unnötig seine Warnung ist: Wer würde schon allein im Dorf bleiben? Wo sollte man sich verstecken? Doch das sagt sie nicht laut.

Schon damals habe ich nicht nur die eigenen Worte, sondern sogar die Gedanken hinuntergeschluckt, schon da begann – ebenso wie bei den Bauern, die mich umgaben – das Schweigen, in das ich bald ganz versinken sollte.

Einige Zeit herrscht merkwürdige Ruhe in der Turnhalle. S. kommt es vor, als habe die Menschen eine Art Schläfrigkeit erfaßt, als sei ihnen nicht ganz klar, was da geschieht. In der Halle ist es stickig vom Rauch, und doch wagt keiner, ein Fenster zu öffnen. Am anderen Ende der Halle weint ein Baby, aber gedämpft, als presse es jemand an sich. Der Junge neben ihr fragt seine Mutter leise, wer jene Leute seien. Sie drückt seine Hand und legt den Finger auf den Mund. S. bemerkt, wie sich seine Augen vor Angst weiten.

Sie hört, wie ein dicker Mann in Tarnuniform mit einem Gürtel, der ihm in den Bauch einschneidet, einer Gruppe Soldaten befiehlt, die Keller und Böden zu durchsuchen. Dann gibt ein anderer, bärtiger, das Kommando, die Männer sollten sich in einer Reihe aufstellen. In der Turnhalle entsteht Bewegung. In der Gruppe sind etwa zwanzig Männer, überwiegend ältere. S. sieht den buckligen Nachbarn, der vor Rheuma nicht mehr geradestehen kann, und seinen tauben Vater, dem sie immer die Arznei gegen den Bluthochdruck bringt. Die Soldaten erlauben ihnen nicht, sich zu setzen oder sich an die Wand zu lehnen. In dem Augenblick springt ein Mädchen auf seinen Vater zu und hängt sich an seinen Arm. Ein Soldat stößt sie mit dem Gewehr beiseite. Das Mädchen fällt auf den Holzfußboden und bleibt dort liegen, zusammengerollt, weinend. Der Vater löst sich aus der Gruppe und beugt sich über sie. Derselbe Soldat schlägt ihm den Gewehrkolben in den Rücken. S. sieht den Schlag. Langsam, scheint ihr, sehr langsam. Sie hört einen dumpfen Hall. Das ist der einzige Ton, den sie wahrnimmt, außer dem Weinen des Mädchens. In der Halle herrscht plötzlich völlige Stille, eine Stille des Schreckens. Das Entsetzen fährt in die Menschen und nistet sich in ihnen ein, um für immer dazubleiben …

Die kleine Gruppe Männer verläßt die Turnhalle. Begleitet von fünf Bewaffneten in Zivil, unter ihnen auch der Polizist. Es kommt ihr vor wie eine gewöhnliche Prozedur oder eine Operation, bei der die Bewaffneten und die zu einer Gruppe ausgesonderten Männer den Sinn und Zweck dessen, was da vor sich geht, kennen. Niemand stellt Fragen. Niemand widersetzt sich dem Abmarsch. Weshalb? Sie sind alle wie betäubt. Ist es die stickige Luft oder die Schwüle? Oder glauben die Leute, die gerade aus der Halle geführt werden, es handele sich um ein Versehen, das im nächsten Moment aufgeklärt würde? Sie müßten sagen, sie sind nicht schuld. Sie haben keine Waffen. Sie haben nicht auf die Soldaten geschossen, sie haben auf niemanden geschossen. Aber das müßten sie gleich sagen, jetzt sind sie noch in der Halle. Sie schweigen und gehen fort. Vielleicht sind die Leute nicht imstande zu begreifen, daß sie für jene bewaffneten Männer schuldig sind, einfach, weil es sie gibt und weil sie anders, weil sie Muslime sind. Und daß das ein völlig ausreichender Grund ist.

Später: S. ist sich nicht mehr sicher. Sie glaubt, die Leute haben womöglich viel besser als sie begriffen, was da vor sich geht, und haben deshalb nichts gesagt. Sie haben gewußt, was geschieht, und nur sie selber wußte es nicht.

Sie fühlt sich zeitweise in der Wirklichkeit und dann wieder abwesend; sie hört ihren eigenen Herzschlag, kann sich aber nicht rühren und bringt keinen Ton hervor.

Nach etwa zwanzig Minuten, vielleicht auch etwas länger, sind in der Ferne Schüsse zu hören. Jeder Schuß ist deutlich zu vernehmen, bei jedem erbebt der Junge neben ihr am ganzen Körper. Eine Frau in ihrer Nähe hält sich die Hand vor den Mund in stummem Schrei. S. blickt zu Boden und wagt nicht, in die Gesichter um sich zu schauen.

Die bewaffneten Männer kommen zurück und trinken weiter Bier, sie sind durstig, als hätten sie eine schwere Arbeit verrichtet. Mit Behagen schlucken sie die Flüssigkeit hinunter. S. beobachtet, wie sich ihre Adamsäpfel bewegen, ihre Gier, ihren Durst. Das Gefühl, bei etwas Unwirklichem zugegen zu sein, verstärkt sich. Noch vor kurzem waren die Männer, ihre Bekannten und Nachbarn, gemeinsam mit ihnen in der Turnhalle. Nun gibt es sie nicht mehr. Sie sind hinausgegangen und nicht wiedergekommen. S. ist entsetzt von der Nähe des Todes. Ihr wird speiübel. Sie geht zu dem Wachposten an der Tür. Bittet ihn, sie auf die Toilette zu lassen. Der Toilettenraum ist kalt und riecht nach Chlor. S. kniet auf dem vertrauten Betonfußboden und erbricht sich. Sie wäscht sich. Nun ist ihr leichter. Sie geht zum Fenster und atmet tief. Es riecht nach Staub. Im Nachbarhof winselt ein verlassener Hund.

Sie werden zum Autobus geführt. Keiner wird in eine Liste eingetragen oder aufgerufen, es werden keine Ausweise kontrolliert. S. kann sich das höchstens so erklären, daß die bewaffneten Männer sicher sind, alle im Dorf seien gleicher Nationalität, und deshalb erwartet sie alle, ohne Rücksicht auf ihren Namen, das gleiche Schicksal. Die Frauen steigen langsam in den Bus, eine nach der anderen. Sie stehen in einer Reihe. Geduldig warten sie, als würde hier etwas verteilt. Mehr als alles entsetzt S. ihre Unterwürfigkeit, ihre Bereitschaft, den Befehlen bedingungslos zu gehorchen. Ihr scheint, das liegt nicht nur daran, daß die Soldaten Waffen haben, sondern alle sind noch immer in einer Art Ungläubigkeit, einer zeitweisen Erstarrung befangen – ein Zeichen, daß sie es ablehnen zu begreifen, was mit ihnen geschieht. Doch vielleicht handelt es sich auch um ihre Naivität, um das Vertrauen, es müsse doch jemand wissen, was da vor sich geht, und dieses Vorgehen müsse einen Grund haben. S. ist auch selbst nicht in der Lage, genau zu unterscheiden, was eigentlich passiert. Später erkennt sie dieses Verhalten als Angst, die den ganzen Menschen – seine Gedanken, Bewegungen und Gefühle – lähmt.

Vor dem Autobus fällt eine junge Frau, die Verkäuferin aus dem Dorfladen, in Ohnmacht. Ihr Mann war in der Gruppe, die kurz zuvor erschossen wurde. S. beugt sich zu ihr und nimmt ihren Kopf in den Schoß. Die Frau ist blaß, ihre Stirn ist kühl. Sie atmet kaum vernehmbar. S. öffnet ihr den Gürtel am Kleid. Sie hat ein hellblaues, geblümtes, beinahe festliches Sommerkleid an. S. möchte weinen beim Anblick dieses seidigen Kleides und der Frau, die ausgestreckt im Schmutz liegt. Jemand bringt eine Flasche Wasser, und sie trinkt. S. putzt ihr den Schmutz vom Kleid und hilft ihr auf einen Vordersitz im Bus. Die Frau öffnet nicht die Augen, als seien ihre geschlossenen Lider die letzte Wehr gegen die Wirklichkeit.

Abfahren! ruft jemand, und die Busse setzen sich in Bewegung. In jedem Bus sind vier Soldaten. Die Frauen sitzen zwischen Decken, Kissen, Plastiktüten mit Essen, Körben, Koffern ... Reste des normalen Lebens. Zurück lassen diese Menschen das Essen auf dem Tisch, ungespültes Geschirr, eine angefangene Arbeit, die Tiere im Stall, ein eingeschaltetes Radio, Plättwäsche, Streitereien ... S. zwängt sich mit Mühe durch zu einem der hinteren Sitze im Bus. Den Sitz daneben belegt eine alte Frau, vielleicht schon an die neunzig Jahre. Sie tätschelt S. die Hand. Hab keine Angst, meine Liebe, sagt sie, noch leben wir. – Ich habe keine Angst, erwidert S. Was hätte sie in dem Moment überhaupt anderes sagen können?

Bosnien, Lager, Mai 1992

S. erwacht. Sie fährt sich mit der Zungenspitze über die trockenen Lippen und schluckt den Speichel hinunter. Sie hat Durst. Den ganzen Tag hat sie fast nichts zu sich genommen, keinen Tropfen Wasser getrunken. Sie träumt, sie schwimme im Meer, und davon erwacht sie.

Nun liegt sie auf dem Betonfußboden, und die Kälte des Betons lindert ihren Durst. Noch ist es Nacht, doch der Morgen ist schon nahe. Durch eine Öffnung unterhalb des Dachs dringt blasses Licht. In der Lagerhalle, wo sie untergebracht sind, gibt es kein Fenster, und die Hitze lastet wie eine dicke Decke auf den schlafenden Körpern.

Im Autobus war sie eingenickt. Die Hitze und die Müdigkeit hatten sie betäubt. Ihr Kopf lehnte an der Schulter der alten Frau. Deren schwarze Kleidung roch nach Alter und nach angebrannter Milch.

S. ist ganz klein, vielleicht drei Jahre alt. Auf dem altmodischen, mit Holz beheizten Herd steht der große rote Topf. Darin wird Milch erhitzt. Sie sieht, wie die Milch zu kochen beginnt, wie sie sich aufbläht und zum Rand des Topfes steigt. Oma, ruft sie, Oma! Die Großmutter läuft herbei, doch es ist schon zu spät, die Milch kocht über. Auf der Herdfläche hinterläßt sie einen häßlichen braunen Fleck. Die ganze Küche riecht nach angebrannter Milch. S. steht auf dem Stuhl neben dem Herd und beugt sich zum Topf hin. Mit dem Oberschenkel berührt sie den heißen Rand. Der Schmerz ist so stark, daß sie nicht einmal schreien kann. Der Geruch nach angebrannter Milch mischt sich mit dem Geruch ihrer verbrannten Haut. Noch heute kann sie am Schenkel die Narbe fühlen.

S. weiß nicht, wie lange sie gefahren sind. Sie merkt sich, zweimal machen sie am Straßenrand halt. In der Nähe sind keine Häuser, nur Wald. Und dunkel ist es, die Berge werfen riesige schwarze Schatten. Die Frauen gehen hinaus in die Nacht, laufen zum Wald und kommen sofort zurück. Sie rufen einander im Dunkeln zu wie Kinder beim Ausflug, die Angst haben, sich zu verlieren. Keine von ihnen erkennt die Gelegenheit zur Flucht.

Als sie im Lager eintreffen, ist es bereits Nacht. Die

Autobusse bleiben am Rand der ungepflasterten Straße stehen, vor dem Stacheldrahtzaun. Ein gelber Mond steht flach über dem nahen Wald und beleuchtet den Weg, den Hof und mehrere Gebäude, von denen das nächstgelegene wie eine Lagerhalle aussieht. Um sie herum ist Dunkel. Schwarz die Berge und der furchterregende Wald. Sie hört, wie eine Männerstimme (ein Soldat? ein Wachposten?) jemandem sagt, das sei ein Austauschlager. Das Wort Austausch klingt in dem Augenblick beruhigend, fast vertrauenerweckend. Auch die anderen spüren Erleichterung, daß die Fahrt zu Ende ist. S. schließt dies aus den Stimmen um sich. Sie sind angekommen, selbst wenn es nicht mehr ist als eine Art Fabriklager. Endlich können sie die Beine ausstrecken, das erscheint ihnen als ein Gewinn. Ein Gewinn? *An einem einzigen Tag wurden wir alle auf ein Mindestmaß zurückgeführt, auf das bloße Dasein.*

Gemeinsam mit den anderen Frauen betritt sie einen riesigen dunklen Raum. Sie betastet den Fußboden: Beton. Dann läßt sie sich auf den Boden nieder und benutzt den Rucksack als Kopfkissen. Auch die Frauen neben ihr legen sich wortlos hin, als sei es für sie normal, sich auf den nackten Beton zu legen und einzuschlafen. Wieder das Gefühl, die Leute verhalten sich so, als läge darin, was ihnen geschieht, ein tieferer Sinn, und sie ist anscheinend die einzige, die ihn nicht zu begreifen vermag. Ist es deshalb, weil sie nichts anderes tun können, als sich der Situation anzupassen? S. hat gelernt, Fragen zu stellen. Doch in der neuen Situation beschließt sie, sich so zu verhalten wie die Leute um sie herum und sich in keiner Weise abzusondern. Ich verstecke mich in der Menge, zum ersten Mal, denkt S. Der einzige Unterschied zu den anderen Frauen besteht darin, daß sie sich dessen bewußt ist.

Sie ist wach. Wieder denkt sie über die Angst nach. Bis zu diesem Moment war ihr die Angst nicht gegenwärtig, sie war überzeugt, keine Angst zu haben, nicht einmal, als die Gruppe Männer aus der Turnhalle geführt wurde, auch nicht, als sie die Schüsse hörte. Sie lauscht. Nun sieht sie, die Angst ist gerade jenes Nicht-Vorhandensein eines Gefühls, die Leere, als wiche in einem Augenblick alles Blut aus dem Körper.

Der Tag scheint ihr schnell vergangen zu sein, sie hat keine Zeit gehabt nachzudenken. An diesem Morgen hat mit dem Eintreffen des jungen Mannes in ihrer Wohnung ein neues Leben begonnen. S. fürchtet, diese zwei Leben wird sie bald nicht mehr miteinander vergleichen und verbinden können ...

Eine Zeitlang liegt sie so da und schaut, ob sich der schmale Lichtstreifen, der unterm Dach hervorscheint, verbreitert. Sie lauscht dem Atmen der eingeschlafenen Körper, und von dieser Ruhe bekommt sie eine Gänsehaut. Sie hört kein Kind weinen. Vielleicht weinen sie nicht, weil sie bereits wissen, es ist vergeblich, oder sie sind stumm vor Angst. Manchmal wissen Kinder mehr als die Erwachsenen, denkt S., als ihr müder Körper gegen ihren Willen in den Schlaf sinkt.

Sie erwacht. Ihre Glieder sind schwer, wie festgeklebt am Fußboden. Sie spürt, es ist ihr Körper, und doch ist sie nicht völlig anwesend in dieser Halle, im Lager, ausgestreckt zwischen zwei unbekannten schlafenden Körpern. Nein, noch nicht – als hätte der Bus nur einen Teil von ihr transportiert. Zum ersten Mal bemerkt sie deutlich diese Disharmonie, eine gewisse Unbehaglichkeit und Zweiteilung. Als spüre sie in sich einen Riß, die Linie, wo eine solche Teilung beginnt. Sie versucht, in Gedanken in ihre Wohnung in der Schule zurückzukehren, aber es gelingt ihr nicht. Kann es sein, daß sie ihre Vergangenheit bereits zu vergessen beginnt? Oder ist es eine Art Abwehr der bevorstehenden, kaum auszumalenden Schrecken?

Wenn sie zwischen zwei Wirklichkeiten gerät, fühlt sie sich, als gäbe es sie nicht. S. hat das schon einmal auf einer Reise erlebt. Sie war eingeschlafen, und als sie ankam, schien ihr, als wäre sie noch gar nicht losgefahren, und doch war sie bereits am Bestimmungsort. Das Fehlen der vertrauten Umgebung verursachte ihr ein leichtes Schwindelgefühl. Auch damals wußte sie nicht, wo sie sich festhalten sollte. Beim Anblick der fremden Straße war sie erschrocken: Sie kannte kein einziges Schaufenster, keine Aufschrift, keine Fassade. Schlimmer noch, sie erinnerte sich nicht, fortgefahren zu sein. Für einen Moment wußte sie überhaupt nicht, wo sie war. Nun hat sie das gleiche Gefühl. Sie versucht, die Kluft zwischen den zwei Wirklichkeiten durch einen logischen Gedanken zu überbrücken: Vielleicht wird der Aufenthalt im Lager nur kurze Zeit dauern, vielleicht werden wir schon morgen ausgetauscht. Sie kann sich nicht vorstellen, wozu die Soldaten so viele Frauen und Kinder gefangenhalten, in einer Lagerhalle, im Dunkeln, ohne Fenster.

Der Gedanke, daß sie die Ereignisse noch immer nicht vollständig begreift, quält sie. Ihre Mutter, Angestellte in einem staatlichen Unternehmen, ist Serbin. Ihr Vater, Ingenieur, ist Muslim. S. glaubt weder das eine noch das andere zu sein. Deshalb hat sie gedacht, von einer Volkszuordnung wäre sie ausgenommen – bis gestern, bis zu der Ankunft der bewaffneten Männer und Soldaten in dem Gebirgsdorf. Nun aber sieht sie, der Krieg hat für sie in dem Augenblick begonnen, da andere Menschen sie zuordnen und mit einem Etikett versehen, da sie nicht mehr gefragt wird … Wenn ihr Vater Muslim ist, so gilt sie für jene ebenfalls als Muslimin, anders kann es nicht sein. Die Mutter zählt nicht, denkt S. voll Bitterkeit. Ihr Bild von der Wirklichkeit zerbricht, als wäre an diesem Tag der Fernseher explodiert. Der Krieg hat sich einfach in ihre Wohnung ergossen. Nun befindet auch sie sich in seinem Strudel. Wenn sie überleben will, muß sie denen gehorchen, die die

Waffen haben. Über ihr Leben ebenso wie über ihren Tod entscheidet sie nicht mehr selbst.

In der Lagerhalle, ausgestreckt auf dem Fußboden, tröstet sich S. damit, daß eigentlich noch nichts Schlimmes passiert ist, zumindest ihr persönlich nicht. Gleichzeitig ist sie entsetzt über ihre eigenen Gedanken, über die eitle Dummheit dieses Denkens. Nichts? Bewaffnete Männer sind gekommen und haben im Verein mit Soldaten die Leute zusammengeholt, die Gruppe Männer ausgesondert und erschossen, die Frauen in Busse gestopft und sie in ein Lager gesperrt. Das Dorf haben sie angezündet. Ihr fällt die Frau ein, die ohnmächtig wurde, deren kalte Stirn. Diese Frau hat schon alles durchlebt.

Ich lüge, ich belüge mich selbst. Denn auch ich habe schon alles Mögliche durchlebt, oder fast alles, denkt S. Sie sieht ihr Hochhaus in Sarajevo-Grbavica, die Balkons, von denen schon längst die blaue Farbe abgeblättert ist, die Fernsehantennen und die Leinen mit Wäsche. Nur kann sie sich noch immer nicht vorstellen, daß die Nacht ihre Eltern und ihre Schwester verschlungen hat. *Ich hätte einen Weg suchen müssen, dorthin zu kommen, nach Sarajevo zu gehen, um mich zu überzeugen, daß sie nicht mehr da sind.* Ihre Freunde hatten ihr geraten, im Dorf zu bleiben, da wäre sie sicher. Das alles könnte nicht lange dauern. Dennoch hatte sie versucht, gleich zu fahren, als sie die Nachricht erhielt. Der Autobus war nach einer Stunde Fahrt stehengeblieben. Ihnen wurde gesagt, der Weg sei gesperrt. S. war ins Dorf zurückgekehrt.

Für S. ist das Verschwinden ihrer Angehörigen noch immer etwas Fernes, Unwirkliches. Als wäre plötzlich bei schlechtem Wetter die Telefonleitung zeitweise unterbrochen. Erst jetzt sieht sie, die ganze Zeit hat sie es innerlich abgelehnt, endgültig zu begreifen, daß die Eltern tatsächlich fort sind, irgendwo hingebracht, und das kann sie sich nicht verzeihen. Was hatte sie denn gedacht? Die

Nachricht von ihrem Verschwinden sei ein Mißverständnis? Oder es hätte sich womöglich jemand einen groben Scherz erlaubt? Wenn sie hingefahren wäre, sich mit eigenen Augen überzeugt hätte, vielleicht hätten dann auch die Ereignisse von heute morgen mehr Sinn ...

Als sie hörte, sie sind nicht mehr da, wollte sie sterben, als sei der Tod ein Lied, das man sich wünschen kann. Warum gerade ihre Eltern? Warum ihre Schwester? Wären sie aus Sarajevo geflüchtet, so wüßte sie das. Waren sie nur deshalb fortgebracht worden, weil sie nicht rechtzeitig von Grbavica weggegangen waren, weil sie, genau wie S., nicht geglaubt hatten, daß das, was um sie herum geschah, der Krieg ist?

Wenn sie die Augen schließt, sieht sie ihre Mutter den Tisch decken. Sie hört das Klappern von Geschirr in der Küche. Der Vater sitzt schon am Tisch, die Schwester öffnet gerade die Wohnungstür und lächelt ihnen zu. Bald werden alle drei am Tisch sitzen und zu Abend essen. Vater wird sich als erster hinlegen. Er steht gewöhnlich auch als erster auf und kocht für Mutter Kaffee. Die Mutter und die Schwester räumen danach gemeinsam die Küche auf, dann sehen sie noch eine Weile fern. Den nächsten Morgen sollten sie nicht mehr in dieser Wohnung erleben.

S. hat erst später gelernt, es gibt zahllose Arten von Schmerz, der körperliche Schmerz vergeht gewöhnlich, und man kann sich von ihm entfernen, wenn man lernt, wie man das anstellen muß. Doch sie weiß bereits, es gibt eine besondere Art Schmerzen, vor denen man nicht fliehen kann, sich höchstens ausruhen, zeitweilig. Die Nachbarin hatte sie darüber informiert, daß es passiert ist. Sie sagte, die Wohnung sei leer, später habe sich ein Soldat dort einquartiert. Sie sagte, vielleicht seien sie doch noch irgendwo am Leben. S. begriff, die Nachbarin behauptete das nur, um sie zu trösten. Im selben Moment, als sie es aussprach, verdichtete und verhärtete sich plötzlich in S. der Schmerz. Seither war er in ihr, sie konnte ihn unter der Haut fast berühren.

Häufig erinnerte sie sich an jene Worte. Vielleicht leben sie noch, vielleicht finden sie eine Möglichkeit zu überleben ... Würde sie es erfahren? Das einzige, was sie besaß, war diese schwache Hoffnung, die Worte der Nachbarin, nicht mehr.

In ihrem Kopf stehen zwei Bilder im Widerstreit, zwei Wirklichkeiten: die Vergangenheit und die Gegenwart. Doch während sie sich an den Platz auf dem Beton zwischen zwei unbekannten Körpern gewöhnt, erscheint ihr vorheriges Leben so fern, als habe es ein anderer erlebt, als sehe sie nun den Film und erkenne nur einzelne Teile: das Glas Eis-Cola, das sie noch in diesem Frühling im Garten eines Restaurants in Sarajevo getrunken hat, das Gesicht ihrer Schwester, die ihr sagt, sie habe sich verliebt, als sie am sonnigen Ufer der Miljacka promenieren; ihr Spiegelbild im Schaufenster; den Obstkiosk an ihrer Straßenecke und wie sie sich hinabbeugt, um den Duft der ersten Erdbeeren zu spüren. Wie lange würde die Erinnerung bleiben? Ist es gut, sich zu erinnern, oder wird das Überleben leichter, wenn man vergißt, daß man einst ein normales Leben geführt hat?

Der Altersunterschied zwischen S. und ihrer Schwester beträgt knapp drei Jahre. L. hat sie immer getröstet, sie weiß alles besser. Die Puppen. Die Schuhe. Die Jungen. Sie versteht die Eltern zu überreden, daß sie die Mädchen sonnabends tanzen gehen lassen. L. kann auch lügen, und das fasziniert S. Sie gibt das Kleingeld nicht ab, wenn sie einkaufen geht, und später kauft sie sich heimlich Zigaretten und raucht ... Warum war nicht wenigstens sie aus Sarajevo fortgegangen? Sie hatte ihr gesagt, sie könne die Eltern nicht allein lassen. Doch S. hatte ihr nicht geglaubt, zumindest nicht völlig. Die Schwester ist wegen ihres Freundes dageblieben, aber das hat sie nicht zugegeben, denkt S. und spürt noch immer, daß sie ihr deswegen böse ist.

Sie muß aufstehen und austreten gehen. Am Abend zuvor haben die Wachposten ihnen einen Eimer in der Ecke der Lagerhalle gezeigt. Vorsichtig dreht sie sich zur Seite und steht auf. Es dämmert bereits. Links neben ihr liegt ein Mädchen in einem dünnen Kleid und rechts eine alte Frau mit einem Tuch um den Kopf und dicken Wollstrümpfen. Die Alte gibt bisweilen pfeifende Töne durch die Nase von sich. Sie hat das Gesicht verdeckt, ihre Hände stecken unter den Achseln. Die Frauen liegen auf dem nackten Fußboden aneinandergedrängt, als schütze sie die Nähe des anderen Körpers vor Unheil. S. kann ihre Gesichter nicht unterscheiden. So im Halbdunkel kommt es ihr vor, als habe keine von ihnen mehr ein eigenes Gesicht, als seien sie alle gleich, denn alles, was sie früher unterschieden hat, ist mit der Ankunft im Lager ausgelöscht.

Um zu dem Eimer zu gelangen, muß man an der Wand entlanggehen und dabei achtgeben, daß man niemandem auf den Arm oder das Bein tritt. Sie kommt langsam voran, indem sie über schlafende Frauen springt und sich an der Wand festhält. Sie hofft nur, daß der Eimer noch nicht voll ist. Der Eimer hat keinen Deckel, und aus diesem Teil der Halle verbreitet sich unerträglicher Gestank. Der Fußboden ringsum ist naß von Urin. Wann haben die Frauen ihn so besudelt? Sie hätte nie geglaubt, einmal in einem Raum ohne Fenster, ohne Bett und ohne Toilette untergebracht zu sein. Doch jetzt hütet sie sich vor solcher Logik, die für sie gefährlich wäre, da sie auf ihre neue Situation nicht mehr anwendbar ist. Seit dem Vortag versucht sie immer wieder, sich über nichts mehr zu wundern, was ihr geschieht. Es ist zu leicht, sich in sinnlosen Fragen zu verlieren, auf die niemand eine Antwort gibt.

Noch ist es dunkel genug, daß sie Wasser lassen kann, ohne sich zu erniedrigen. S. begreift natürlich sofort, es geht gerade darum, die Menschen absichtlich zu erniedrigen. Lagerinsassen hören auf, menschliche Wesen zu sein, und ihre normalen Bedürfnisse wie auch ihre Körper verwandeln sich in einen Teil der Maschinerie, deren Funktionieren und deren Zweck sie erst ahnt.

Als sie den gleichen Weg zurückgeht, hört sie eine Frau im Schlaf schmerzlich stöhnen. Das Mädchen auf dem Fußboden dreht sich zu ihr um: Es riecht nach kindlichem Schweiß. S. legt sich neben ihm nieder, ihr Körper erkennt ihr neues Bett. Sie schiebt den Arm unter ihren Kopf und wundert sich über sich selbst – wie kann sie sich nur so schnell an die neue Situation gewöhnen?

Sie spürt, die Frauen neben ihr bewegen sich, und hört Männerstimmen. Die Tür der Lagerhalle ist offen, und mehrere Wachposten treiben die Frauen in den Hof. Ihre Kommandos klingen wie Hundegebell. Zum ersten Mal sieht sie die Lagerhalle, in der sie die Nacht verbracht haben, bei Tageslicht. Es ist ein langgestreckter Betonbau mit einem Wellasbestdach, durch das bereits die Hitze dringt. Ihrer Meinung nach muß hier eine Maschinenhalle gewesen sein, denn es liegen noch etliche Metallteile umher.

Der Hof ist durch einen Drahtzaun zweigeteilt. Am Ende, etwa fünfzig Meter entfernt, befindet sich gegenüber der Lagerhalle ein einstöckiges weißes Haus. Es ist das Verwaltungsgebäude. Sie schaut sich rasch um: In der Nähe keine Spur einer Ansiedlung, sie sieht keine Häuser. Wer weiß, wo sie sich befinden? Das Lager scheint völlig isoliert zu sein. Dies verstärkt ihr augenblickliches Gefühl einer unwirklichen Welt, in der es tatsächlich möglich ist, plötzlich in einem Lager zu erwachen. Die Frauen erzählen, in ihrer Nähe, nahe beim Wald, befinde sich auch ein Männerlager. Sie sagen, es sei viel größer …

Nun treiben die Wachen sie hinaus, hinter den Zaun, auf die Wiese. Am Lagereingang läßt der Posten eine Gruppe von etwa zwanzig Frauen durch. Im Freien gibt es keinerlei Versteck, keinen Busch, hinter dem sie sich vor den fremden Blicken verbergen könnten. Sie müssen sich einfach in der Gruppe hinhocken und ihre Notdurft verrichten, mitten auf dem freien Feld, vor den Wachposten, vor allen.

S. gelangt mit der zweiten Gruppe hinaus. Zum ersten Mal hat sie den Gedanken an Flucht. Sie müßte einfach aufstehen und zum Wald laufen, rennen, bis sie entkommen wäre oder bis ein Schuß sie träfe. Vielleicht würde sie es schaffen. Aber S. fürchtet sich vor dem Wald, sie würde sich bestimmt darin verirren. Hilflos hockt sie sich hin. Vermeidet es, umherzublicken. Sie denkt daran, wie sie einmal mit ihrer Schwester ins Feld gelaufen ist und beide sich hinhockten und Wasser ließen und dabei lachten. S. kauert am Boden und denkt wieder an ihre Schwester. Die Erde ist trocken und kühl, als sie sie berührt. Sie nimmt einen Klumpen Erde und zerbröckelt ihn zwischen den Fingern. Schaut auf die gelbliche Erde und auf das spärliche Gras und wagt nicht, den Blick zu heben. Sie weiß, sie ist ausgeliefert und kann nichts tun, um sich zu schützen, gar nichts.

Die Frauen stehen im Hof um den Wasserhahn herum. Es sind viele, und jede hat nur ein paar Minuten, um sich zu waschen und Wasser zu trinken vor dem Essen. Vor S. steht eine Frau mit einem Kind, es ist vielleicht drei Jahre alt. Das Kind trinkt, die Augen geschlossen, in großen Schlucken. Glänzende Tropfen gleiten ihm über Kinn und Hals. Mama, das Wasser ist gut, sagt das Kind und wischt sich den Mund mit dem Handrücken. Die Mutter streicht ihm über den Kopf.

Endlich hält auch S. ihr Gesicht unter den Wasserstrahl. Sie ist schmutzig von der Fahrt, vom Autobus. Und müde. Es ist erst Morgen, aber die Sonne hat den

Beton auf dem Hof schon erwärmt. Sie weiß nicht genau, wie spät es ist. Die kleine goldene Uhr, ein Geschenk der Mutter zu ihrem Abitur, besitzt sie nicht mehr. Ein betrunkener Soldat hatte im Bus Licht gemacht und alle Ringe und Armbänder eingesammelt, alles, was aus Gold war. Her mit dem Gold, hatte er gebrüllt. In einer Hand hielt er sein Käppi, in der anderen eine Flasche Raki. S. hatte ihre Uhr abgebunden und sie in sein speckiges Käppi fallen lassen. Als die Uhr auf das kleine Häufchen Goldschmuck fiel, schien ihr, als fiele sie in eine zeitlose Zone, in der eine Uhr ohnehin zu nichts nütze ist. Später beobachtete sie, wie der Soldat seine Beute mit dem Chauffeur teilte, beide sahen zufrieden aus.

Nun schluckt sie mit geschlossenen Augen Wasser, bis ihr vor Kälte die Zähne klappern. Eine Art Gelassenheit überkommt sie. Es existieren nur dieser Augenblick, sie und das Wasser. Sie spürt ihren Körper, die kühle Haut, die Muskeln, den Durst, der Körper genießt es, zu leben. Vielleicht ist nur so ein Überleben möglich, ein Leben von einem Moment zum anderen. Einen ununterbrochenen Lauf der Zeit gibt es für sie nicht mehr, nur einzelne Augenblicke, die sich nicht zu einem sinnvollen Ganzen verbinden lassen.

Ein Arm schiebt sie beiseite. Diesmal ist es kein Wachposten, sondern die Frau, die hinter ihr in der Schlange steht. Sie schaut S. wütend an, ärgerlich, als habe diese ihr gerade etwas gestohlen.

Die Wachposten verteilen Essen aus Plastikeimern: zwei Scheiben Brot und ein Stück einfache Salami. Die Wurst findet sie eklig, sie gibt ihr Stück dem Jungen neben sich. Dessen Mutter sagt ihm, er solle es mit seiner Schwester teilen. Doch es ist schon zu spät, der Junge hat die Salami bereits im Magen. S. ist entsetzt über seinen Egoismus. Sein Verhalten will ihr nicht in den Kopf, nur weil sie selbst noch nicht gelernt hat, was das Kind schon instinktiv weiß. Dieser Junge von etwa sieben Jahren hat bereits die erste Lektion des Lagerlebens begriffen: den Egoismus.

An die ersten Tage im Lager erinnert sich S. als an eine Reihe unzusammenhängender, scharf beleuchteter Bilder. Noch heute kann sie sich einzelne Gesichter und Szenen ins Gedächtnis zurückrufen, die dort in alptraumgleicher Unordnung durcheinanderwirbeln. Sie erinnert sich an die angespannte Erwartung – es würde etwas geschehen, sie würden irgendwohin fahren, ausgetauscht werden, das könnte nur eine Frage von Stunden sein. Die Ungläubigkeit, dortbleiben zu müssen. Dann täglich aufs neue die gewöhnlichen Verrichtungen, die schließlich bedeuten, es würde nichts von dem geschehen, was die Frauen erwarten, zumindest nicht so bald.

Die meisten Frauen gehen unter Bewachung die nahegelegenen Felder bearbeiten. Ihre Kinder gehen mit. Manche müssen in die Küche, da gibt es genug Arbeit, das Essen für das ganze Lager muß zubereitet werden. Eine Gruppe ist zum Saubermachen eingeteilt. S. und E. werden dazu bestimmt, sich um die Kranken zu kümmern. Endlich hat sie eine Aufgabe. Gleich fühlt sie sich besser, ist weniger verängstigt. Sie hatte gefürchtet, ohne Beschäftigung zu bleiben, die Tage auf dem Betonfußboden der Lagerhalle sitzend zu verbringen und nichts weiter zu tun, als auf den Austausch zu warten. So kann man am leichtesten den Verstand verlieren. Als Hilfe für E. kann sie wenigstens jemandem nützlich sein. Sie kennt E., diese hat als Krankenschwester der Dorfambulanz in der Nachbarschaft gearbeitet. Hier ist sie zusammen mit ihrer zwölfjährigen Tochter, sie hatte das Mädchen weder verstecken noch sich vorstellen können, von ihr getrennt zu werden. Z. ist S.s Schülerin. Ruhig, eine von denen, die gern lesen. Sie geht hinter ihrer Mutter gesenkten Kopfes durch das Lager, als schäme sie sich. Sie fragt nichts. Das ist für mich das schlimmste, sagt E., sie hat sich ganz in sich zurückgezogen. Wenn sie wenigstens reden würde! S. umarmt das Mädchen. Unter ihren Fingern spürt sie die schwächlichen Kinderschultern, die zarten Knochen, die Wirbelsäule. Es ist so mager, das Kind, so schwach. S. fühlt sich verantwortlich für eine Erklärung, doch ihr fällt nichts ein. Sie sagt, bald würden sie gemeinsam nach Zagreb fahren und dort werde sie mit ihr ins Kino gehen. Sie schaut E. an, die hat kräftige Arme, ihr Haar ist zurückgebunden, damit es sie nicht stört. Sie wirkt stark, als könne sie allem Unheil widerstehen. Dennoch, wie kann man eine solche Art Verantwortung ertragen? Wie kann man sein Kind schützen, wenn Krieg ist?

Eine Frau beklagt sich, sie bekomme keine Luft, sie habe ein schwaches Herz und Bluthochdruck. Sie ist noch jung, aber blaß und von ungesunder Hautfarbe, mit dünnem, hellem Haar und großen Augen. Sie ist herzkrank, ein Jahr zuvor operiert worden. E. kennt sie, sie hatte sie verbunden und gespritzt dort im Dorf, in ihrem Haus. Die Frau hat so viel Medikamente mitgenommen, wie sie zu Hause hatte, doch ihr Vorrat würde kaum eine Woche reichen, nicht länger. Sie streicht ihr über den Kopf, über das helle, dünne Haar. Sagt, es werde alles in Ordnung kommen. Sie kann ihr nur diese Worte und die Berührung bieten, und die junge Frau klammert sich krampfhaft daran.

Einer alten Frau, die sich den Fuß verstaucht hat, richtet E. das Gelenk zwischen zwei Brettstücken und legt Blätter von irgendwelchen wildwachsenden Kräutern dazwischen. Sie hat keinerlei ärztliche Instrumente zur Verfügung, weder Arzneimittel noch Verbandszeug. E. hat gelernt, in einer Dorfambulanz zu arbeiten, wohin der Arzt nur manchmal kommt, sie kennt die Heilkräuter sowie andere im Volk verbreitete Heilmittel. Doch jetzt ist sie hilflos, denn sie hat nicht einmal das, sie hat nichts, um diesen Frauen zu helfen. Ebensogut hätten sie mich zur Feldarbeit schicken können, sagt sie. Sie geht den Lagerkommandanten aufsuchen. Der Wachposten führt sie zum Verwaltungsgebäude.

S. bleibt allein mit einem Mädchen, das hohes Fieber hat. Sie legt ihr einen kalten Umschlag auf die Stirn und läßt sie viel Wasser trinken. Dann zieht sie ihr ein feuchtes Hemd über. Vielleicht hilft es, das Fieber zu senken. Sie erinnert sich, so hat es manchmal ihre Mutter getan, wenn sie oder L. Fieber hatten. Dann hat sie ein ganzes Laken in eiskaltes Wasser getaucht und den starren Kinderkörper darin eingehüllt. S. erinnert sich an die kalte Berührung des Leintuchs überall auf der Haut und an das Gefühl, wenn das Feuer in ihr schließlich erlosch. Oder ihre Mutter hat ihr die Brust und die Gelenke mit Alkohol oder Essig abgerieben, und dann lag sie im Bett, flach atmend, betäubt vom Schwitzen, bis sie einschlief. Auch das Mädchen schließt die Augen. Ihr Atem geht leichter.

E. untersucht ein Baby, das im Schoß seiner Mutter liegt. Die Mutter, eine junge Frau mit einem weißen Tuch um den Kopf, schaut sie erwartungsvoll an. Doch das Kind ist tot, es ist zu spät, etwas zu tun. Die Mutter versteht das nicht und hofft noch immer. Noch eine Weile, nur noch einen Augenblick wird der Blick des Kindes hell und lebendig sein, einen Funken Leben haben. Dann wird er erlöschen. S. sieht die Augen langsam erlöschen, die Arme fallen rasch herab. Die Mutter erfaßt ein Schmerz, für den es keinen Trost gibt. Was kann sie oder irgend jemand anders einer Frau sagen, deren Kind gerade gestorben ist? Sie erkennt plötzlich ganz deutlich, wie sich das Gesicht der Frau verdunkelt, als würde die Haut mit einmal ihre Farbe wechseln oder als fiele auf ihr Gesicht ein dunkler Schatten. S. sieht den Schatten des Todes. Und sie sieht, wie jede dieser Frauen, sie selber eingeschlossen, gezwungen sein wird, von nun an in diesem drohenden Schatten zu leben.

Der Tod ist an diesem Ort nichts Fernes oder Fremdes. Er ist im täglichen Leben kein unerwarteter Gast mehr. S. hat das Gefühl, der Tod werde ein immer sichtbarerer Begleiter ihres Lebens, wie ein Weggefährte oder ein Spiegelbild, von denen man sich nicht befreien kann, weil sie immer zur Stelle sind.

Man müßte jetzt das Kind von seiner Mutter trennen, zu zweit müßten sie der Frau den toten Körper ihres Kindes wegreißen, den sie fest an sich gedrückt hat. S. versucht, ihre Arme auseinanderzubekommen, doch die Frau ist stärker als sie. Einen Moment ringen sie miteinander, wortlos, lautlos. S. läßt ab. Wozu ihr das Kind mit Gewalt wegnehmen? Auch sie braucht Zeit zu begreifen, daß wir vom Tod umgeben sind, und der Stacheldraht bedeutet ebendas, ein eingezäuntes Territorium, in dem der Tod herrscht.

Vielleicht wird sie doch nicht alles ertragen: das Verhalten der Frauen. Das Lager. Die Schrecken. S. fühlt sich schwach, ihr ist übel von der eigenen Schwäche.

Es muß im Lager eine improvisierte Ambulanz geben, denn eines Tages bringt E. etliche Binden und ein paar Beruhigungstabletten. Und das Versprechen, sie würde bald Antibiotika und Schmerzmittel zum Spritzen bekommen. Es ist ihr außerdem gelungen, ein Fieberthermometer zu ergattern, obwohl ihr das auch selber sinnlos erscheint in einer Situation, wo es keine Hoffnung gibt, die Kranken mit Medikamenten zu versorgen. Die ganze Ausstattung steckt in einer verschlissenen Arzttasche. S. ist verwirrt. Woher kommt hier ein Arzt? Und warum ist er nicht in der Lagerhalle erschienen? E. blickt vor sich hin. Sie öffnet die Tasche, darin sind ordentlich zusammengelegt ein Stethoskop, Spritzen, eine kleine Schere, Binden … E. weicht ihrem Blick aus. Winkt ab. Scheint viel mehr zu wissen, als sie zu sagen bereit ist. Die Tasche hat offenbar einem Arzt gehört, einem Gefangenen aus dem anderen Lager. Dann stimmt es also, das mit dem Männerlager in der Nähe. Sie werden dort überhaupt nicht behandelt, sagt E. einfach. Sie brauchen keinen Doktor mehr ...

Doch auch nach dem, was in meiner Schule geschehen war, glaubte ich ihren Worten nicht ganz.

Eines Morgens erscheinen zwei Wachposten mit Zeltbahnen, Lastwagenplanen und alten Armeedecken. Sie sind verschlissen und schmutzig und stinken nach Maschinenöl. Vielleicht wurden damit vorher die Maschinen in dieser Lagerhalle abgedeckt. Nun sollen sie den Frauen als Lagerstatt dienen. Auch später? Ganz offensichtlich werden sie alle noch einige Zeit in dieser Lagerhalle bleiben. Die Decken sind für S. ein Beweis, daß sie hier auch den Winter verbringen müssen. Wie durch Brief und Siegel bestätigt, hegt sie nun keinerlei Zweifel mehr. Sie sagt es E., und auch diese wertet es als ein schlechtes Zeichen. Die schlechten Zeichen häufen sich, meint sie düster.

Ein paar Tage später erfolgt eine weitere Veränderung. S. sieht, wie abgemagerte Männer, in Hosen, die fast nur noch Lumpen sind, am Ende des Frauenteils im Hof, direkt am Zaun, eine Grube ausheben. Sie weiß, das sind Häftlinge aus dem Männerlager. Mehrere Frauen versuchen, sich ihnen zu nähern, um etwas über ihre Angehörigen zu erfahren. Es ist für sie eine Gelegenheit. Die Wachposten sind bestechlich. Informationen gibt es für Geld, für Schmuck oder Kleidung. S. fragt sich, wieviel jene Informationen wert sind, wie zuverlässig sie sind. Ihre Nachbarin in der Lagerhalle meint, das seien gute Leute, die gezwungen werden aufzupassen, es seien auch »unsrige« dabei, meint sie. Man könne ihnen glauben und sogar eine Nachricht an die Männer im anderen Lager schicken.

Über zwei Gruben stellen die Häftlinge in den Folgetagen Holzhäuschen auf. Endlich erhalten die Frauen

Klosetts. Obgleich sie nun zweifelsfrei im Lager bleiben werden. S. ist froh über die Klosetts. Die Aufstellung von Klosetts empfindet sie als einen großen Fortschritt im Leben der Frauen. Wenn sie schon noch eine Zeitlang in diesem Lager leben müssen, so müssen sie zumindest ihre Notdurft nicht vor den anderen in der freien Natur verrichten.

S. merkt, wie sie sich allmählich anpaßt. Jeden Tag erwacht sie durch etwas schon Bekanntes. Das Schaben der Metalltür, die Stimmen der Wachposten, den Gesang der Vögel, das Flüstern der Frauen um sie herum. Ehe S. aufsteht, sagt sie sich jedesmal: Hoffentlich geht auch dieser Tag gut vorüber. Sie weiß nicht genau, was dieses »gut« heißt, vielleicht bedeutet es in dem Moment für sie, nicht den Erniedrigungen der Wachposten ausgesetzt zu sein. Sie lernt rasch, unbeachtet zu lassen, was sie nicht direkt betrifft, und nicht an morgen zu denken. Sie hat begriffen, man darf sich nur mit den Problemen des Augenblicks befassen. Man kann sich lediglich auf kleine Aufgaben konzentrieren, beispielsweise, woher man einen Verband beschafft oder wie man etwas sauber bekommt, wie man eine Gelegenheit zum Ausruhen findet, ohne daß die Wachposten es sehen. Andere Dinge sind außerhalb ihres Blickfeldes.

Sie weiß, was zu tun ist, was von ihr erwartet wird. Sie bemüht sich, nicht nachzudenken über das, was den anderen geschieht, und den Lagergerüchten nicht zu glauben. Sie essen, haben ein Klosett, schlafen, keiner prügelt sie. Auch weiterhin waschen sie sich nach dem Austreten im Hof. Nun ist die Hitze unerträglich, und wenigstens einmal am Tag übergießt S. sich von Kopf bis Fuß mit Wasser. Sie sehnt sich danach, in einer Badewanne voll Wasser zu baden. Sie stellt sich vor, eine solche Wanne müßte es irgendwo im Lager geben, oder zumindest eine Dusche, und vielleicht könnte sie die Wachposten bestechen, daß sie einmal baden darf ... Nein, man wendet sich besser nicht an die Wachposten, hat besser keinerlei Umgang mit ihnen. Man weiß nie, wie das endet. Ohnehin brauchen sie keinen besonderen Grund, jemanden zu schlagen oder etwas noch Schlimmeres zu tun. Und tatsächlich bemerkt S., wie sich die Frauen instinktiv an diese Regel halten. Sie gehen gebeugt, schauen vor sich hin, gedrückt und still, machen sich klein. Ich muß möglichst unsichtbar bleiben, denkt S. Sie hält sich weitab von den Wachposten und glaubt, das würde ihr helfen.

Die älteren Bäuerinnen waschen sich nicht im Hof. Sie tragen das Wasser in Eimern in die Lagerhalle und waschen sich dort, einen Körperteil nach dem anderen. S. rührt ihre Schamhaftigkeit, selbst wenn sie nur unter Frauen sind und wenn sie nichts anderes mehr haben als den Körper.

Jetzt kommt es ihr vor, als habe es im Lager eine Zeit gegeben, wo nichts geschah. Arbeit, Essen, Schlaf. Es war heiß. Sie warteten nicht mehr ständig auf einen Austausch, obwohl solche Gerüchte immer wieder aufkamen und sie beunruhigten. Der Austausch wurde eine ferne Möglichkeit, wie eine Hoffnung mit Aufschub. Der Umstand, daß sich das Leben im Lager irgendwie organisierte, war tröstlich, er gab ihnen das Gefühl von Bestimmung und Zweck. S. hatte immer noch damit zu tun, die Tage in kleine Bruchstücke teilen zu lernen, die sie dann langsam schluckte wie Bröckchen altbackenen Brots.

Dann sieht sie eines Tages am Wald eine Gruppe Männer. Es ist spät, die Sonne geht schon unter. Die Männer graben. Aber sie graben nicht auf dem Feld wie die Frauen.

Später, als sie in der Küche Suppe essen, fällt ihr wieder jener Anblick der etwa zwanzig Männer am Waldrand ein. Bei S. sind auch E. und ihre Tochter Z. Mit Aluminiumlöffeln kratzen sie sorgsam die Teller leer. Das Geräusch ist laut, S. bekommt eine Gänsehaut davon. Doch sie haben nicht oft die Gelegenheit, in der Küche zu essen, das ist ein Privileg, und sie widmen sich ganz der warmen Speise, sogar das Mädchen scheint fröhlicher zu sein. Auf dem Tisch, der mit hartem rotem Kunststoff überzogen ist, steht die Suppenschüssel, und S. füllt ihren Teller noch einmal. Jemand hat in den Kunststoff ein Herz geschnitten, und darüber muß sie lachen. Also war einmal jemand in dieser Kantine verliebt, oder vielleicht hatte er Langeweile.

Die Köchin D. ist seit etwa einem Monat im Lager, vorher hat sie im Männerlager gekocht. Jedesmal, wenn sie etwas sagt, wird sie rot, und diese Eigenschaft gefällt S. Manchmal ruft D. sie in die Küche und gibt ihnen ein Stück Fleisch oder Kuchen, wohl die Reste vom Mittagessen der Lagerverwaltung. Sie sagt, sie rufe sie wegen der Kleinen, sie sei so mager, doch sie essen alle drei, die kleine Z. ißt am wenigsten, ohne Appetit.

S. stellt D. Fragen über das andere Lager und die Männer dort beim Wald: Ist es wahr, daß sie umgebracht und verscharrt werden und die Erde dann mit Bulldozern eingeebnet wird? D. schüttelt unbestimmt den Kopf, sie sagt, sie habe auch früher öfter gesehen, wenn sie am Waldrand gruben, und das sei überhaupt kein gutes Zeichen. Offenbar will sie nicht vor dem Mädchen sprechen. Als sie sicher ist, daß die Kleine nicht Obacht gibt, macht sie rasch eine Geste, als schnitte sie sich mit dem Messer die Kehle durch.

Manchmal kommen die Wachposten E. holen, und sie geht ins Verwaltungsgebäude oder sogar ins Männerlager. Von dort kehrt sie mißmutig und schweigsam zurück. Sie raucht nervös ein paar Züge und gibt dann die Zigarette weiter. Sie schaut keinen an, vermeidet den Blickkontakt, wenn sie arbeiten, und S. ist klar, E. weiß mehr, als sie sagt. Sie bittet sie, darüber zu sprechen. Besser, du fragst nichts, besser, du sagst nichts, antwortet E. und fügt hinzu: Dort passieren schreckliche Dinge. Dabei paßt sie auf, daß die Kleine es nicht hört.

Aber andere erzählen. In erster Linie die Wachposten selbst. Und die Frauen, die es von ihnen oder von anderen Frauen hören. In ihrem Lager gehen Gerüchte um von Greueltaten und zu Tausenden Getöteten im Männerlager. Die Frauen erzählen, sie hätten erfahren, den Gefangenen würden die Augen ausgestochen, ihnen würden bei lebendigem Leib Fleischstücke aus dem Körper geschnitten und die Knochen gebrochen. S. kann das nicht mehr ertragen. Sie bittet E., ihr zu sagen, was sie gesehen hat. E. bestätigt nur, verunstaltete Tote gesehen zu haben.

Zwei Frauen aus der Lagerhalle säubern das Verwaltungsgebäude am anderen Ende des Lagerhofs. Sie berichten S., in einem Raum sei häufig Blut auf dem Fußboden und an den Wänden. Und sie spülten es mit einem starken Wasserstrahl ab. Die Wände putzten sie mit einem Lappen. Aber es wird trotzdem nicht ganz sauber, sagt eine, man müßte Chlor oder Salzsäure haben. Die einstmals weißen Wände sind nun voller häßlicher brauner, gelblicher und roter Flecken.

S. weiß nicht, was sie von diesen Gerüchten halten soll. Sie fürchtet, die Leute fügen das Ihre hinzu und denken sich möglichst schreckliche Geschichten aus. Das Erschießen und Vergraben von Lagerinsassen am Waldrand erscheint ihr schlimm genug, sie hat selbst die etwa zwanzig Menschen graben sehen, wahrscheinlich haben sie eine Leichengrube ausgehoben. Aber die Folterungen …?

Sie sitzt in der Küche, am offenen Fenster. Allein. Zwei Wachposten gehen vorüber, sie hört ihre Schritte auf dem Schotter. Sie unterhalten sich. Der Spätnachmittagswind trägt ihre Stimmen wellenweise heran. Sie reden über Folterungen mit Strom im anderen Lager. Offenbar haben sie das mit eigenen Augen gesehen und sprechen nun darüber. Es fallen Wörter wie Elektrokabel, Säge. Allein von diesen Wörtern glaubt sie den Verstand zu verlieren.

Wie kann ich irgend jemandem die Isoliertheit erklären, in der wir gehalten wurden? Man erfuhr alles, aber die Informationen waren unzuverlässig, nicht bestätigt. Obwohl das neben einem passiert, glaubt man es nicht. Und selbst wenn du es glaubst, so kannst du nicht daran denken, es würde dich umbringen. Du glaubst es erst, wenn du es siehst. Vielleicht ist gerade diese absichtliche Blindheit das, was man Selbsterhaltungstrieb nennt …

Bosnien, Juni 1992

Eines Abends, noch bei Tageslicht, holt sie in der Lagerhalle die Sachen aus ihrem Rucksack. Sie muß sich überzeugen, daß es sie noch gibt als Person, als S., zumindest anhand der Sachen, die ihr gehören. Ihre Identität ist ihr bis zu diesem Jahr niemals fraglich erschienen. Sie hat gewußt, wer sie ist, sie hatte Eltern, Freunde, eine Arbeit, Interessen … Jetzt aber ist ein Schattenreich entstanden, in dem andere Regeln herrschen. Mit der früheren Welt verbindet sie die schwache Hoffnung, vielleicht noch immer dieselbe Person zu sein, doch sie spürt schon die Fadenscheinigkeit dieser Hoffnung, die Unsicherheit der eigenen Existenz. Sie fühlt sich wie ein gesprungenes Gefäß, aus dem langsam alles Wasser fließt. Sogar ihre Erinnerungen werden fern und unerreichbar.

Ihr alter blauer Rucksack und ihre Sachen sollen ihr bestätigen, daß es vielleicht doch nicht so ist. Darin ist das wenige aus ihrem früheren Leben zusammengepackt, und von Zeit zu Zeit hat S. das Bedürfnis, mit Hilfe der Sachen zu sich selbst zurückzukehren. Sie holt die Dinge aus dem Rucksack und legt sie auf die Decke um sich herum: die Wäsche, die T-Shirts, den Pullover, das Notizheft, die Stifte, das Album und das Täschchen mit Kosmetika.

Ihr kommt das Album mit den Fotos in die Finger. Sie schlägt es nicht auf, noch nicht. Für den Augenblick genügt es ihr, daß es da ist, bei ihr, wie eine Art Garantiebrief oder eine Geburtsurkunde. Sie hat beschlossen, es nur in der größten Not zu öffnen, falls sie in dem Moment noch die Möglichkeit dazu hätte. Ohnehin kann sie sich auch so alle Fotos ins Gedächtnis rufen, und wenn sie sie ansähe, bräche der bekannte Schmerz noch weiter auf. Ja, diese Fotografien sind der stärkste Beweis, daß es wirklich eine Person namens S. gegeben hat, 29 Jahre alt, Absolventin der Pädagogischen Akademie, zeitweise tätig als Lehrerin im Dorf B., ledig, 1,68 cm groß, Haare mittelbraun, Augen braun, besondere Kennzeichen: keine ... Wie jener Mann aus Sarajevo, der durch Mundhöhlenkrebs das halbe Gesicht eingebüßt hatte und ihr einmal, als sie im Sommergarten saß, sein Foto zeigte. Hier, das bin ich, hatte der Mann gesagt, der sich mit seinem entstellten Gesicht nicht abfinden konnte.

Auch sie erkennt sich in diesem Lager nicht wieder. Wer bin ich? denkt S., als sie ihre Sachen wieder in den Rucksack packt, ihre wertvollen Sachen, eine nach der anderen. Auch die herrlich weichen, noch duftenden Schuhe und das rote Kleid. Wozu überhaupt dieses Kleid und die Schuhe – wird sie sie je wieder tragen? Aber dann kommt es ihr vor wie ein Wunder, daß der Rucksack mit ihren Sachen noch da ist, daß sie ihn nicht verloren hat, daß keiner ihn gestohlen hat.

Etwas von ihren Sachen fehlt dennoch. S. durchsucht nervös den Rucksack, dann schüttet sie den Inhalt auf die Decke, auf der er liegt. Sie merkt, ihr fehlt das Kästchen mit dem Goldschmuck. Sie spürt ihre Lippen beben und fürchtet zu weinen, loszuheulen wie ein gekränktes Kind. Jemand hat ihr das Kettchen, die Ohrringe und das

Medaillon gestohlen. Wie ist das möglich? Haben es die Wachposten getan, haben sie die Sachen durchsucht, als die Frauen nicht in der Lagerhalle waren? Aber das haben sie gar nicht nötig. Sie können ihnen doch befehlen, alles übrige Gold herauszugeben, falls überhaupt noch eine von ihnen etwas besitzt. So wie im Autobus: Zuerst haben sie das Geld verlangt. Sie sagten: Geld her! Und die Frauen mußten es abliefern. Manche hatten kein Geld und gaben deshalb ihren Schmuck, die Ketten und Ringe. Später haben sie Gold verlangt. Die Frauen haben alles hergegeben, was ihnen geblieben war. S. beschloß, etwas zu riskieren. Zuerst trug sie das Schmuckkästchen im BH, dann tat sie es in den Rucksack zurück, überzeugt, daß die Wachposten glaubten, es habe keiner mehr etwas.

Nicht der Verlust des Schmucks quält sie, sondern vielmehr der Gedanke, es hat ihn womöglich eine von ihnen genommen, eine Gefangene wie sie selbst. Warum, warum? Wenn sich nicht einmal die Gefangenen aufeinander verlassen können, dann ist auf gar nichts mehr Verlaß. Wenn sie sich untereinander bestehlen, dann können sie sich auch gegenseitig anzeigen oder noch Schlimmeres tun. Es geht ihr nicht um die Sachen. Sie denkt sogar, am besten wäre, nicht weiter sinnlos an den Dingen zu hängen. Doch es quält sie das Gefühl der Reduzierung, der Verarmung, des Verlierens. Sie fragt sich, was sie noch alles würde abschreiben müssen, wie klein das Minimum der Dinge ist, mit dem ein Mensch überleben kann, ohne das Bewußtsein zu verlieren, ein Mensch zu sein.

Noch lange danach verfolgt S. das Gefühl von Verrat. Nun ist ihr völlig klar, daß sie auf niemanden zählen kann. Als sie den Rucksack ans Kopfende stellt, weiß sie, es ist möglich, daß sie ihn morgen dort nicht wiederfindet. Zwischen ihr und den Frauen in ihrer Nähe wächst die Mauer des Schweigens. Die Einsamkeit drückt sie. Wenn sie überlebt, so wird sie allein überleben. Den anderen zum Trotz, nicht mit ihnen zusammen. Sie ist wütend auf ihre Dummheit und Naivität. Zusammengerollt auf ihrem Stückchen Decke, fühlt sie sich zum ersten Mal vernichtet. Keinem wird sie mehr glauben, sie wird vorsichtig sein, keinem mehr helfen ... Allein schon das Nachdenken darüber, was sie alles unternehmen müßte, um sich vor solchen Schlägen zu schützen, macht sie kaputt ... Wer weiß, ob sie die Kraft haben wird, das alles zu tun ...

Sie träumt vom Essen. Es ist eine Feier, ein Geburtstag oder vielleicht eine Hochzeit. Am Tisch sitzen Leute, die sie nicht kennt. Sie sind festlich angezogen, aber sie essen mit den Fingern. S. findet es komisch, wie sie sich abmühen, ohne Besteck das gebratene Fleisch und die Kartoffeln zu verspeisen. Die Kellner sehen das, bringen jedoch keine Messer und Gabeln. Sie hat als einzige Besteck. Niemand scheint es zu bemerken. S. ißt paniertes Kalbsschnitzel und grünen Salat. Das Schnitzel ist riesig, und sosehr sich S. auch bemüht, es wird nicht kleiner. Daß das Schnitzel nicht verschwindet, bereitet ihr großen Genuß, so daß sie im Traum laut schmatzt ...

Manchmal gelingt es ihr, sich ganz zu entspannen. Dann stellt sie sich vor, sie ist in ihrem Zimmer in der elterlichen Wohnung in Sarajevo, ist noch nicht als Vertretung für eine Lehrerin in die Dorfschule gegangen, hat womöglich noch gar nicht das Studium abgeschlossen. Sie malt sich aus, wie sie in ihrem Bett liegt (oh, was würde sie jetzt dafür geben, die vertraute Delle in der Matratze zu spüren!) und in einem Modejournal blättert. Lässig schlägt sie die glänzenden Seiten um, ihre Augen gleiten über einen Text, wie man den Mann des Lebens erkennt, über die Beichte einer bekannten Schauspielerin, die Leserbriefe oder vegetarische Rezepte. Das Licht der kleinen Lampe fällt auf das Papier, von der Terrasse strömt der Duft blühender Rosen herein, das Geräusch vom Fernsehprogramm dringt durch ihre offene Zimmertür und mischt sich mit den Stimmen, die von der Straße heraufkommen an diesem warmen Spätnachmittag ... Sie könnte außerdem Hörnchen mit Vanille und Mandeln knabbern und ab und zu einen Blick auf ihre lackierten Fingernägel werfen. Daran denken, daß der rote Nagellack schon abplatzt, daß man die Nägel in Ordnung bringen sollte und daß die Mode in diesem Jahr völlig uninteressant ist. Wieder etwas Normales tun. Etwas Alltägliches. Beruhigt von diesem unwirklichen Bild, schläft sie ein in der Erinnerung an den Geschmack der Vanillehörnchen.

Sommergewitter. Die Frauen kommen eilig vom Feld gelaufen, durchnäßt und abgehetzt. Dann sitzen sie in der Lagerhalle und lauschen, wie die Regentropfen auf das dünne Wellblechdach trommeln, und für einen Moment vergessen sie, wo sie sind. Das Gewitter hat die Luft abgekühlt. Plötzlich wird das Atmen leichter, die Luft riecht nach Kamille und Minze, nach gemähtem Gras. Sogar der Beton im Hof riecht. In der Lagerhalle kommt freudige Stimmung auf, eine Erregung ob dieser Veränderung, wie am Nachmittag eines Feiertags. S. scheint es, als hätten die Frauen den Wachposten diesen Tag gestohlen und behielten ihn ganz für sich ...

E.s Tochter zeichnet gern, doch im Lager gibt es kaum Papier. Z. mochte in der Schule den Zeichenunterricht am liebsten. S. schenkt ihr das leere Notizheft, und das Mädchen zeichnet Gesichter, schnell und genau. In ihren Zeichnungen liegt etwas Reifes, Ernstes – die Frauen beim Anstehen nach Essen, nachdenkliche Gesichter, eine Zeichnung vom Lager. Manchmal schaut S. ihr zu, wie sie arbeitet, ruhig und konzentriert, die Stirn in Falten gelegt, als sei ihr das, was sie tut, sehr wichtig. S. ist glücklich darüber, denn sie glaubt, dadurch könnte das

Mädchen das Lagerleben leichter überstehen. Beim Zeichnen ist Z. in ihrer Welt, und das beruhigt sie. Nur ihr kleines Gesicht ist auch weiterhin traurig.

S. weiß noch nicht, wie wichtig ihr eines Tages gerade diese Zeichnungen von Z. in dem gewöhnlichen Notizheft mit dem dünnen grauen Umschlag werden sollten. *Das ist mein einziger Beweis, daß ich nicht geträumt habe, im Lager gewesen zu sein.*

Die Hauptnahrung im Lager sind Kohl und Kartoffeln, Margarine, Leberwurst, Makkaroni, Erbsen und Reis. Manchmal etwas Milch für die Kinder und Marmelade oder Kekse. Das Essen ist abhängig von der Lieferung, davon, ob der Lastwagen rechtzeitig kommt. Am meisten fehlt ihnen Brot. Das Brot im Lager ist alt und trocken, manchmal auch schimmelig. Die Frauen unterhalten sich darüber, wie man Teig knetet, für Brot, für Baklava, für Pita oder verschiedene Kuchensorten. Alle diese guten Dinge sind für sie nun unerreichbar. Beim Zuhören spürt S. den Duft von Fleisch oder Suppe, und ihr scheint, als knackte zwischen ihren Zähnen die Kruste eines frisch gebackenen Brotes.

Die Lagerhalle empfindet sie nicht mehr als Lagerraum, sondern wie ein Haus, in dem sich ihre Wohnung befindet: ihre Decke. Nur, daß die Wohnungen keine Wände haben. Die Decken bedeuten das Privatterritorium. Die Frauen, die sich von früher kennen, sind näher zusammengerückt und halten sich beieinander. Einmal gibt es eine Prügelei zwischen zwei Frauen, dabei geht es laut zu. Eine große, kräftige brüllt eine jüngere an, sie betrogen zu haben, die kleinere aber weicht geschickt ihren Schlägen aus, bis jene sie an den Haaren packt. Die Wachposten jagen sie auseinander und schlagen dabei wahllos in die Menge. Die beiden Frauen haben Sachen getauscht und sich dann gestritten, weil eine von ihnen mit dem Tausch unzufrieden war. Es gibt nicht viele Dinge zu tauschen: Seife, Knöpfe, Nadel und Faden, Essen oder Kleidung. Seife ist sehr wichtig, weil sie ihre Kleidung selber waschen und nachts auf einem Draht hinter der Lagerhalle trocknen. Von der anfänglichen Solidarität untereinander ist wenig übriggeblieben. Wie auch die anderen hat S. mit der Zeit gelernt: Gibst du jemandem etwas, fehlt es dir selber.

Noch immer kommt es ihr unwirklich vor, das Bild der beiden Lagerinsassinnen, die aufeinander losgehen, als hätten sie vergessen, wo sie sich befinden. Vielleicht hatten sie es auch vergessen. Vielleicht war ihre Prügelei ein Zeichen des Menschseins, ebenso wie das Verleumden, der Diebstahl, die Freundschaften und Feindschaften, die kleinen Gemeinheiten und kleinen Gefälligkeiten. Man kann nicht ständig an den Tod denken, nicht einmal, wenn man in seinem Schatten lebt.

Weiterhin hört sie die Gerüchte über die Männer aus dem anderen Lager. Nur daß die Zahlen in die Höhe gehen, als gäbe jemand Hefe dazu. Inzwischen heißt es, sie würden zu Tausenden umgebracht. E. behauptet das steif und fest, und das ist merkwürdig. Wie? Wann? Und das soll sich alles hier abspielen, gleich neben ihnen? E. spricht nicht über Einzelheiten, doch sie erwähnt diese schrecklichen, gewaltigen, unwahrscheinlichen Zahlen. S. fragt sich, wie sie das erfahren hat, aber sie kennt den Kommandanten, sie ist fast eine Angestellte in jenem Lager. E. sagt, mit den Frauen würden noch schlimmere Dinge angestellt. Im Verwaltungsgebäude gibt es ein Zimmer, das heißt »Frauenraum«, sagt sie, dort sind nur die jüngsten, hübschesten Mädchen untergebracht. Nachts gehen die Soldaten aus der Umgebung zu ihnen. Als E. das erzählt, hält sie S. so fest an der Hand, daß diese spüren muß, wie groß ihre Angst ist.

Natürlich hat sie von dem »Frauenraum« auch schon früher von anderen gehört. Diese Geschichten erscheinen ihr weitaus glaubwürdiger als jene über die Massaker an den Gefangenen. Wer würde die Wachposten oder die Soldaten daran hindern, mit den Frauen zu tun, was sie wollen? Nur der Lagerkommandant, falls er nicht selbst daran beteiligt ist. In den Augen des jungen Mannes, der sie damals geholt hat, hatte sie diese Art Begierde nicht bemerkt. Wahrscheinlich hatte er keine Zeit gehabt, etwas zu unternehmen. Die Autobusse warteten, die Leute mußten in die Turnhalle zusammengeholt werden. Im Lager jedoch gibt es genug Zeit. Am besten, ich wäre unsichtbar, denkt S. und rollt sich auf ihrer Decke zusammen.

Schon die Erzählungen reichen ihr aus, um sich vorzustellen, wie nachts der Wachposten kommt, sie zu holen, ihr befiehlt, aufzustehen und ihm zu folgen. Im ersten Augenblick hofft sie, es handele sich um eine Verwechslung. Doch es ist nicht an dem. Sie liegt auf dem Fußboden wie angekettet. Ist so schwer, daß sie nicht gleich aufstehen kann. Da heben zwei Wachposten sie hoch und führen sie fort. Sie strauchelt. Schreit. Einer schlägt ihr auf den Mund. Sie spürt Blut auf den Lippen. Sieht, daß ihr keiner helfen kann: Die Frauen rücken beiseite vor Angst, es könnte auch eine von ihnen mitgenommen werden. Schon sind sie vor der Lagerhalle. Draußen ist Nacht. S. versucht, sich von den Wachposten loszureißen. Sie merkt, die Männer stinken nach Schnaps. Sie amüsieren sich, daß S. sich wehrt, sie lachen, finden ihren Fluchtversuch maßlos komisch. In deren Händen ist sie hilflos wie ein Kind. Trotzdem wehrt sie sich und hofft noch immer, fliehen zu können.

Wir Frauen sind alle auf die gleiche Weise infiziert vom Lager, denkt S. Von »unreinem Blut«, sind wir für sie alle gleich. Die Frauen gibt es hier nur noch im Plural. Namenlos, gesichtlos, austauschbar wie ein Stück Brot oder Seife. Es gibt nur zwei Kategorien, alte und junge.

Eines Nachts wird sie geweckt von Lärm, Schritten und unterdrückten Schreien am anderen Ende der Halle. Alles spielt sich schnell und in völliger Dunkelheit ab. Nur der Lichtstrahl einer Taschenlampe blitzt ein paarmal durch das Dunkel wie ein Schwert. Ruhe! brüllt ein Wachposten ärgerlich, Ruhe! Ganz unnötig, denn keiner außer ihm macht Lärm. Ihr erster Gedanke ist, E. zu suchen. Sie steht auf, aber jemand faßt sie am Arm und zieht sie wieder zurück auf ihren Platz. Eine Weile liegt sie starr vor Schreck. Wagt nicht zu fragen, was da passiert, ahnt es nur. Dann denkt sie, sie will es im Grunde gar nicht wissen, dieser plötzliche Lärm geht sie nichts an ... Nach einiger Zeit schläft sie wieder ein, als wäre nichts geschehen ...

Die anderen Frauen bestätigen ihr, was sie auch selbst bei dem nächtlichen Ereignis vermutet hat. Jene waren gekommen, um Mädchen zu holen. Die hatten sie sich wohl schon früher ausgeguckt, denn sie wußten genau, wen sie suchten. Sie hatten sie bei Tag angeschaut, als sie arbeiteten, aßen, sich ausruhten, da hatten die Männer ihre Opfer ausgewählt. Dann hatten sie nachts die schlafenden Gesichter angeleuchtet und nach ihnen gesucht. E. sagt, sie müßten genau gewußt haben, welche Mädchen sie nehmen wollten, vergangene Nacht seien sie zwischen den schlafenden Frauen umhergegangen, bis sie gerade jene beiden gefunden hätten.

Die Mädchen sind noch nicht zurückgekommen. Die Hoffnung, S. werde diesem Schicksal entgehen, schwindet allmählich, doch gleichzeitig glaubt sie weiter an die schwache Möglichkeit, es könne die Männer etwas daran hindern.

An jenem Tag hat sie viel Arbeit mit einem Kind, das Fieber und Durchfall hat. S. fällt es nicht schwer zu arbeiten, die Arbeit rettet sie davor, an die jüngsten Vorgänge zu denken.

Die Mädchen sind noch nicht zurückgekommen, und

bereits mehrere Tage herrscht unter den Frauen eine ungewöhnliche Stille. Mit der Dunkelheit senkt sich Angst auf sie nieder. Schweigen. Erwartung. Das Lauschen auf Schritte und auf Zurufe der Wachposten. Angst vor den Männern, davor, was sie den Frauen antun könnten. In der Dunkelheit beginnt V. als erste zu sprechen. Anfangs redet sie stockend, als drücke ihr der Ansturm der Worte die Luft ab, denn sie kann die Angst, ihre eigene und die der Frauen, so spürbar und beklemmend, nicht mehr für sich behalten. Dann senkt sich ihre Stimme, sie wird langsamer, V. redet halblaut, wie für sich. Ihre Worte zerschlagen die Stille, in der jeder Frau nur der eine, einzige Gedanke vor Augen steht.

V. erzählt, ihr sei das bereits geschehen: Als die Soldaten in ihr Dorf kamen, haben sie ihren Mann abgeführt und sie ins Schlafzimmer gesperrt. Es waren mehrere. Sie haben es mit mir in meinem Ehebett getrieben, sagt sie, das war für mich am schlimmsten. Nein, sie hatte keinen Schmerz gespürt, nichts, gar nichts. Sie war völlig gefühllos gewesen, wie ein Stück Holz. Sie weiß nicht, wie lange es dauerte und wie viele Soldaten es waren. Einer trieb den anderen zur Eile, draußen waren Lärm und Schüsse zu hören. Sie wehrte sich nicht. Der letzte sagte ihr, du warst brav wie ein Lamm. Deshalb ließen sie sie wohl auch am Leben – besser, sie hätten es nicht getan, meint sie. Als jene abzogen, war sie nicht aufgestanden. Sie lag auf dem Bett und fühlte sich, als würde sie sterben, spürte, wie ein Teil nach dem anderen abstarb, ja, so war es, ein Teil nach dem anderen. Die Arme. Die Beine. Das Herz. Sie dachte nicht an den Tod, wußte einfach, das, was gerade geschieht, ist ihr Tod. Wären nicht die Kinder gewesen, dann hätte ich mich totschlagen lassen, sagt sie. Ihr Leben endete dort, auf dem Ehebett.

K. sitzt neben ihr und zittert. Ihre Schultern beben, als wäre das alles ihr passiert. Sie ist wohl kaum älter als S. Ihr Gesicht ist rauh von der Feldarbeit. S. hält ihre Hand.

Sie ist allein ins Lager gekommen, aber S. weiß, daß sie zwei Kinder hatte. K. sagt nichts, sie zittert nur immer stärker. Dieser Frau muß noch etwas Schlimmeres passiert sein als die Vergewaltigung. Darüber, was mit ihren Kindern geschehen ist, kann K. nicht reden.

Auch andere Frauen berichten. S. spürt, sie sprechen das erste Mal darüber, die Worte kommen ihnen kaum über die Lippen. S. erinnert sich an das Dunkel und an ihre Stimmen im Dunkeln. Jemand hat eine Kerze angezündet, und das schwache Licht flackert an den Wänden der Lagerhalle.

Als sie erzählen, sieht S. nicht ihre Gesichter, nur verzerrte Schatten. Irgendwo vom anderen Ende der Lagerhalle sagt eine Frau: Mir haben sie vor meinen Augen die Tochter geschändet. Sie haben mich gezwungen zuzusehen. Ich habe ihnen Geld geboten. Das haben sie genommen. Ich habe ihnen meinen Goldschmuck angeboten, damit sie sie in Ruhe lassen. Sie haben das Gold genommen, aber die Tochter haben sie nicht in Ruhe gelassen. Es hat den ganzen Tag gedauert. Am Ende haben sie sie … umgebracht.

Danach hört sie eine andere, ganz junge Stimme in Türnähe, wie das Echo der vorigen: Ich bin auf einem Waldweg zum Nachbardorf gegangen. In einem Graben habe ich drei tote Mädchen liegen sehen. Ich kannte sie aus der Schule. Sie waren nackt. Mit abgeschnittenen Brüsten. Ich habe sie mit Laub zugedeckt.

Eine Stimme, die einem Mädchen gehört, sagt, das gleiche hätten sie mit ihrer älteren Schwester gemacht. Sie habe es selber gesehen, habe sich im Dachstuhl versteckt gehalten. Ihre Schwester habe geschrien, ein Soldat habe ihr den Mund zugehalten. Sie habe gesehen, wie ihre Schwester danach nackt in den Wald gerannt sei. Sie haben sie nicht gefunden. Ihre Mutter hat gesagt, vielleicht lebt sie noch, bestimmt lebt sie noch.

Wieder schweigen sie. Ja, man erlebt alles mögliche, fügt die erste Frau hinzu, als rechtfertige sie sich, daß sie noch am Leben, noch unter ihnen ist.

Wie ist es möglich, das alles zu überleben, fragt sich S. Sie ahnt, es liegt daran, daß der Instinkt zu überleben das höchste Gesetz des Daseins ist. Dem zuzustimmen, ist sie nicht bereit, noch nicht. Ihr scheint, die Worte, *man erlebt alles mögliche* – im Sinne von: *und überlebt es* – sind der Ausdruck eines Bewußtseinszustands, den sie noch nicht erreicht hat. Vielleicht wirkt es ermutigend auf die Frauen, die im Lager leben, denn auch das Lager kann man überleben. Sie weiß selber nicht, wo sie ist, sie sitzt in der drückenden Hitze der Sommernacht zwischen den unbekannten Bäuerinnen und nimmt ihr Schicksal an, ebenso wie jene Frau. Der Umstand, aus der Stadt und gebildet zu sein, hilft ihr in dieser Situation nicht. Worin unterscheidet sie sich von der Frau, die sagt, man erlebt – und überlebt – alles mögliche? Lediglich darin, daß sie es ablehnt, dies zu akzeptieren, daß sie sich schont durch jene kindliche, absichtliche Eingrenzung der Wirklichkeit.

Es ist das einzige Mal, daß sie die Frauen über Vergewaltigung reden hört. Später sprechen sie nicht mehr davon, erwähnen es nicht mehr. Wenn bekannt wird, daß sie geschändet sind, können sie nicht wieder ins Dorf zu ihren Männern oder den Eltern zurückkehren. Sie schweigen, sie glauben, tatsächlich dorthin zurückzukehren, denkt S. *Wie schwer muß es für sie sein, mit dieser Last, mit dieser Art Angst zu leben.*

Sie meint, unterscheiden zu können, wem so etwas passiert ist. An der Art und Weise, wie eine Frau plötzlich schweigt, wenn zufällig das Thema angeschnitten wird, oder wie sie an ihrem Gesprächspartner vorbeischaut. Ja, das sorgfältige Ausweichen verrät sie, das Vermeiden bestimmter Wörter oder Blicke … Geheime Zeichen dafür, was sie so fälschlich ihre »Schande« nennen.

Eines Morgens, bevor die Frauen zur Feldarbeit gehen, werden fünf Mädchen ausgesondert. Bisher wurde das nicht offen, bei Tage, getan. Die Frauen stehen in völliger Stille da, als wären sie stumm geworden, bis Schläge sie von der Stelle rühren. Die Mädchen stehen etwas weiter ab, im Hof. Sie drängen sich aneinander. Eine von ihnen ist ganz jung, sie kann nicht älter als dreizehn sein. S. kennt sie, sie ist aus dem Nachbardorf. A. trägt einen Verband an der Hand, den S. ihr kürzlich angelegt hat, weil sie sich den Finger verletzt hatte. Wie A. so in der Sonne steht, den Kopf gesenkt, funkelt ihr schwarzes Haar, als brenne es.

Der Wachposten sagt, sie würden zum Verhör ins Verwaltungsgebäude gebracht, als hätten sie in diesem Lager jemals Frauen verhört. Er ist ein kleiner bärtiger Mann, der ein schmutziges Unterhemd mit großen Schweißflecken unter den Achseln anhat. Er wirft die Worte so hin und zwinkert dabei den anderen zu, als sei es ein guter Witz.

Der Tag ist drückend. S.s Blick begleitet die Schritte der Mädchen zu dem Haus. Sie halten sich aneinander und stolpern, als seien sie ein wenig benommen von der Sonne. Sie wenden sich zur Lagerhalle um, doch dort ist keiner, der ihnen helfen könnte. Für einen Moment dreht A. sich um und winkt S. mit der verletzten Hand zu. Es ist eine unsichere, schwache Geste. Dann fällt ihr Arm herab. Ich werde sie nie mehr wiedersehen, denkt S. und zittert, als streife ihre Haut ein eisiger Wind. Als sie sich wieder gefangen hat, hebt auch sie die Hand und winkt. A. ist schon weit fort, am anderen Ende des Hofes. Sie schaut nicht zurück, und S. merkt, ihre Handbewegung ist völlig sinnlos.

An jenem Tag zieht die Zeit sich zäh und träge dahin. Am frühen Nachmittag kommt ein Soldat in die Lagerhalle. Zuerst sieht sie ihn am Eingang stehen. Sieht nur seine schwarzen Umrisse, einen dunklen Schatten, der die einzige Lichtquelle der Lagerhalle verdeckt. Manchmal kommen tagsüber Wachposten, um E. zu holen. Normalerweise geht sie mit ihnen entweder ins Männerlager oder ins Verwaltungsgebäude, um jemanden von denen medizinisch zu versorgen. Sie wird dann gleich vom Hof aus gerufen, weil die Männer keine Lust haben, in der Hitze bis zur Lagerhalle zu gehen. Nun steht dieser Mann am Eingang. Rührt sich nicht. Wartet. Wartet, bis sich seine Augen an das Halbdunkel gewöhnen. Du, ruft er, du da, hierher! S. denkt, wie dumm diese Satzbrocken ohne Verb klingen. E. steht auf, nimmt ihre Arzttasche und geht auf ihn zu. Du nicht, die da! Seine Aufforderung kann nur an S. gerichtet sein, denn sie ist außer der Kranken in dem Moment die einzige Person in der Lagerhalle.

E. gibt nicht auf, sie geht trotzdem auf ihn zu und versucht ihm etwas zu erklären. Sie sagt ihm, sie sei Krankenschwester und sicherlich brauche er sie und nicht S., das sei eine Verwechslung, bisher sei nur sie in die Verwaltung gerufen worden. Ihre Worte prallen von dem Soldaten ab, als wäre er aus Eisen. Wortlos schiebt er sie beiseite. Ebenso wie er sich nicht bemüht, die Tätigkeitswörter auszusprechen, macht er auch keine Anstalten, selbst zu S. zu gehen. Seine erhobene, ausgestreckte Hand genügt. Oder nur ein Finger, starr und unheilkündend. Und dieses persönliche Fürwort, ausgesprochen im Kommandoton. Du! Er steht da und verdeckt das Licht. Wartet.

S. wischt die Hände am Rock ab, so wie das bisweilen Hausfrauen tun, wenn Besuch kommt, während sie das Mittagessen zubereiten. Oder ganz alte Frauen, die am Herd stehen und sich erst die Hände an der Schürze abwischen, bevor sie fremden Gästen die Hand geben. Ihre Handflächen sind feucht vor Schweiß. Sie spürt nur diese Hände und ihre Kehle. Plötzlich kann sie den Speichel nicht mehr hinunterschlucken.

Schließlich setzt S. sich in Bewegung. Sie geht auf den

Schatten am anderen Ende der Lagerhalle zu. In ihrer Erinnerung ist er riesig. Ihre Kehle ist trocken. Automatisch setzt sie ein Bein vors andere. Die Beine tragen sie gegen ihren Willen, als wären sie losgelöst von ihr. Sie hört ihre Schritte auf dem Beton widerhallen, seltsam, wie fremd. Glaubt ein Weinen zu hören. Unterm Dach der Lagerhalle flattert ein Vogel. Im Vorbeigehen sieht sie E.s bleiches Gesicht und ihre weit aufgerissenen Augen. Sie glaubt, niemals im Leben so große Augen gesehen zu haben.

Sie geht ganz langsam, oder zumindest scheint es ihr so. Ihr Kopf ist leer. Sie spürt den Druck in den Schläfen und in der Brust. Und eine Spannung, als müßten ihr jeden Moment die Adern platzen und alles Blut aus ihr fließen und als würde sie tot umfallen, hier, mitten in der Lagerhalle.

Dann sieht sie sein Gesicht, ganz nahe. Seine Haut ist jung und gespannt. Er hat dunkle, völlig undurchsichtige Augen. Das Gesicht ist ganz ausdruckslos, ohne jede Mimik. Er sagt nichts. Schaut nur, ernst. Durchforscht ihr Gesicht. Sein Blick gleitet an ihr herab, zur Brust und noch weiter nach unten.

S. prägt sich seinen heißen, forschenden Männerblick ein, als sie zusammen über den Hof gehen.

Wieder hat sie das Gefühl, überrumpelt worden zu sein, sich nicht rühren zu können, so wie an jenem Morgen, als der junge Mann unvermutet in ihre Küche eindrang. Mit einem Mal ist ihr Körper tatsächlich so schwer, daß sie kaum weiterkann. Ihre Bewegungen sind langsam und unentschlossen, das Gehirn ist leer. Sie möchte schreien. Brüllen. Aber der Mund ist trocken, kein Wort findet den Weg durch die zusammengepreßte Kehle. Sie möchte fliehen, jetzt würde sie tatsächlich fliehen, wenn sie nur einen Schritt zur Seite tun könnte, wenn sie nur die Kraft hätte. S. merkt, sie hat keinen eigenen Willen mehr, er ist wie ausgetauscht durch einen Automaten, der das Kommando über ihren Körper übernommen hat, und dieser bewegt sich und reagiert außerhalb ihrer selbst. Erneut geschieht etwas gleichzeitig ihrer Doppelgängerin und ihr selbst.

Der Weg von der Lagerhalle zu dem Gebäude am anderen Ende des Hofs erscheint S. lang und anstrengend. Die Sonne steht ihr im Rücken, und nun sieht sie ihren eigenen Schatten, der sich vor ihr herschiebt, zuerst über den betonierten Teil, danach über den Schotter. Als der Schotter unter den Männerstiefeln knirscht, überholt der Schatten des Soldaten den ihren.

Sie bleiben vor der Tür stehen. Der Soldat tritt mit dem Stiefel zu, und die Tür öffnet sich. Sie gelangen in ein Zimmer, eigentlich in ein Büro. Das Linoleum auf dem Fußboden ist verschlissen. In der Mitte ist ein primitiver Schreibtisch aufgestellt. Die Wände sind bis zur Hälfte mit grauer Ölfarbe gestrichen. Ein Mann sitzt da, die beiden anderen stehen. Sie sind Soldaten, tragen Tarnuniformen mit irgendwelchen an Ärmeln und Epauletten aufgenähten Abzeichen. Das Fenster in dem Büro ist geschlossen. Die Luft rauchgeschwängert. Alle drei rauchen, und S. denkt, in den Uniformen muß ihnen heiß sein. Der hochaufgeschossene Soldat, der sie hergebracht hat, geht und schließt die Tür hinter sich.

Ein Mausäugiger kommt auf sie zu. Er sieht gefährlich aus. Zieht den Gurt aus seiner Hose. Er wird mich schlagen, bestimmt wird er das tun, denkt S. fieberhaft und schließt die Augen in Erwartung des Schlags. Sie hebt die Arme zur Verteidigung. Doch nichts geschieht. Der andere, der sitzt, steht ebenfalls auf und löst seinen Gurt. S. schützt noch immer ihr Gesicht mit den Händen, doch auch er schlägt nicht zu. Sie halten die Gurte in der Hand, und dann tritt der größte der drei zu ihr. Sagt, sie solle sich ausziehen.

S. versucht, ihre Bluse aufzuknöpfen. Sie hat gut in Erinnerung, daß sie tatsächlich versucht hat, die Bluse aufzuknöpfen. Drei Paar Männeraugen verfolgen ihre Bewegungen und ihre zitternden Finger, die die Knöpfe nicht finden. Nicht etwa, daß sie dem Befehl nicht gehorchen wollte, ganz im Gegenteil, sie versucht, ihn schnell auszuführen. In dem Moment denkt sie gar nicht daran, was sie sonst tun könnte, es gibt keine Möglichkeit, nicht zu gehorchen. Sie steht und knöpft die Bluse auf, ihre Absicht muß ihnen klar sein, aber S. hat keine Kontrolle mehr über ihre Finger. Ihre Hände, in denen nicht einmal mehr Kraft für diese kleine, einfache Bewegung ist, lassen sie im Stich.

Dann verliert einer der drei die Geduld. Mit geübter Geste zückt er ein Messer und hält es ihr an die Kehle. Schneller, zischt er durch die zusammengepreßten Zähne, schneller! Und in dem Augenblick fällt ihr wieder auf, daß jene nicht imstande sind, sich in normalen Sätzen auszudrücken, sondern nur in knappen Worten, als hätten sie das Sprechen verlernt. *Vielleicht haben sie das auch. Vielleicht ist es im Krieg so, daß Worte plötzlich überflüssig werden, da sie die Wirklichkeit nicht mehr auszudrücken vermögen. Die Wirklichkeit entzieht sich den bekannten Ausdrücken, und neue Worte, in die sich diese neue Erfahrung einbringen ließe, gibt es einfach nicht.*

Der zweite Soldat ist nicht so sanft. Er droht nicht, sagt nichts, sondern geht auf sie zu und zerreißt ihr die Bluse.

Nun steht sie nackt in dem Büro, an die Wand gelehnt, von Jägern umstellt. Auf ihren Brüsten deren Blicke. Die kriechen über sie, sie spürt es. Feucht sind sie, schleimig, heiß, gleiten über ihren Hals, steigen, berühren ihre Brustwarzen, richten sich auf den Bauch, den Unterleib. Vielleicht ist das das Schlimmste, was sich in ihr Gedächtnis eingräbt: die Augen jener fremden Männer, die sich an der Beute weiden, bevor sie sie anfallen. Sie weiß, sie werden über sie herfallen. Weiß, sie ist gefangen in der Falle wie ein Wildtier, kann ihnen nicht mehr entkommen. Ihr

Herz schlägt laut und übertönt alle anderen Geräusche. Der Zigarettenrauch beißt ihr in die Augen. Tränen verdecken ihr Gesicht wie ein Vorhang.

Sie weiß nicht, wie lange sie so an die Wand gelehnt dasteht. Schließlich führen zwei sie zum Tisch. Sie ist auf dem Tisch. Ihre Arme werden mit den Gurten festgeschnallt. Sie wehrt sich nur ganz kurz. In einem letzten, vergeblichen Versuch, sich zu befreien, bäumt sich der Körper instinktiv auf zu einem Bogen und erschlafft danach schlagartig wie tot.

Als der erste in ihren Körper eindringt, empfindet S. einen momentanen Schmerz. Danach spürt sie nichts mehr außer einem Stoßen, von dem sich der Tisch immer weiter zum Fenster schiebt. Sie wendet den Kopf zur Wand. Dort wandert eine Fliege mit grünem Hinterleib auf und ab. Als hätte sie etwas verloren. Endlich hat sie es gefunden. Lange bleibt sie an einer Stelle und reibt sich die Beinchen. Dann fliegt sie nach oben an die Decke. S. folgt ihr mit dem Blick. In dem Moment sieht sie ihre in die Luft gehobenen Beine und dazwischen einen Männerkopf. Der Mann hat die Augen geschlossen und den Mund geöffnet.

Wieder sucht ihr Blick die Fliege, die nun auf der Glühbirne sitzt. Die Birne schwankt sacht. Als sie ihren Blick senkt, sieht sie ihre Beine noch immer oben, und ein anderes Männergesicht dazwischen. Es sind natürlich ihre Beine. S. sagt sich, das sind ihre Beine, doch sie spürt sie nicht. Als gäbe es mich nicht, denkt S. Als wäre ich gar nicht vorhanden, nicht mehr hier. Sie spürt nur den harten Tisch unter ihrem Rücken, der sich auch weiterhin zum Fenster schiebt. Durch die schmutzige Scheibe kann sie bereits den Hof und mehrere Wachposten sehen, die sich am Zaun ausruhen. Der Tag ist schön, sonnig. Ein Sommernachmittag.

Deren Stöhnen erfüllt das kleine Zimmer. Vielleicht reden sie auch etwas. Sie fluchen, ja, sie verfluchen ihre

Mutter. Einer versucht, sich ihr einzuprägen. Er dreht ihr Gesicht zu sich und brüllt, sie werde an ihn denken, sie müsse an ihn denken. Er stinkt. Ja, sein Gestank ist es, den sie in Erinnerung behalten wird, nicht sein Gesicht. Das verliert sich an der Zimmerdecke mit der Fliege, die weiterhin träge an der Glühbirne schaukelt.

Von dem groben Gerüttel der Männer rutschen die Tischbeine noch immer über das Linoleum. Der hölzerne Tisch knarrt. Wenn wenigstens dieses Knarren und Quietschen und Stöhnen aufhörte, der Lärm, der über ihr hängt und sie zudeckt!

S. spürt keinen Schmerz. Etwas in ihr ist zersprungen. Sie ist ganz ruhig und ganz außerhalb ihrer selbst.

Sie liegt auf dem Boden. Ihre Arme sind nicht mehr gefesselt. Ihr Lippe brennt. Sie berührt sie: eine frische Blutspur an den Fingern. Ihren Körper spürt sie auch weiterhin nicht völlig, nur diese Scharte an der Lippe, die höllisch brennt.

Dann der Stiefel auf ihrer Brust. Der dumpfe Schmerz treibt ihr die Luft aus der Lunge. Mund auf, sagt eine Männerstimme. Er steht über ihr, die Beine gespreizt. Mund auf! S. öffnet den Mund. Ein langer Strahl Harn. Trink! befiehlt er, ich werde dir Gehorsam beibringen! Sie versucht zu trinken. Der Urin ist warm und salzig, sie muß erbrechen. Sie hustet und erbricht gleichzeitig. Er ohrfeigt sie. Nun trinkt sie gehorsam wie ein Kind, doch er prügelt sie auch weiterhin, als bereite ihm das besonderes Vergnügen. Er schlägt mit der flachen Hand. Seine Schläge sind hart, ihr Kopf pendelt von einer Seite zur andern, doch es tut ihr auch jetzt nicht weh. Ihr ist schon völlig egal, was er mit ihr macht.

Das letzte, woran sie sich erinnert, sind die Schläge, wie der Soldat ihr ins Gesicht schlägt, einmal, noch mal und noch mal. Dann wird sie bewußtlos.

S. kommt zu sich. Öffnet die Augen. Das erste, was sie sieht, sind Tischdecken, die über ein paar waagerecht eingeschlagenen Brettern an den Fenstern aufgehängt sind. Die Sonne scheint direkt durch die zwei Fenster bis ans Ende des Zimmers, durchquert dabei rote und weiße Felder und bildet ein Muster neben ihr auf dem Fußboden. Hier muß früher ein Büro gewesen sein. Nun sind Matratzen und Decken auf dem kahlen Fußboden ausgelegt. Auf der Matratze nebenan schlafen umarmt zwei Mädchen.

Sie weiß nicht, wann man sie in dieses andere Zimmer gebracht hat. Sie merkt nur, daß jemand sie behutsam zudeckt, als sie mit Schüttelfrost daliegt. Eine Hand hebt ihren Kopf an und legt ihn sich in den Schoß. Trink, hört sie eine Frauenstimme, du mußt trinken. Im Mund spürt sie noch den Blutgeschmack. Sie trinkt einige Schlucke kaltes Wasser. Dann fällt ihr Kopf wieder hinab.

Später sagen ihr die Mädchen, der halb bewußtlose Fieberzustand habe mehrere Tage angedauert. E. kam mehrmals und gab ihr eine Arznei, wahrscheinlich ein Schmerzmittel. Sie war besorgt. Befürchtete eine innere Blutung, das war schon einmal passiert. Das Mädchen war an Sepsis gestorben. S. wußte in den drei Tagen nicht, wo sie war. Ihr Körper kämpfte nur mit dem Fieber. Die Mädchen legten ihr kalte Umschläge auf die Stirn und brachten Tee. Sie erinnert sich an nichts dergleichen.

Endlich sinkt das Fieber. Sie erwacht. Ihre Lippe ist innen zerschnitten und ihr Gesicht geschwollen von den Schlägen. Jeder Teil des Körpers tut ihr weh: Noch immer spürt sie Schmerzen im Leib, als glühe etwas da innen, Schmerzen in den Handgelenken, Schmerzen im Rücken und in den Muskeln, von denen sie sich kaum rühren kann auf der Matratze. In jenen wenigen Tagen und Nächten haben sich in S. die Schmerzen eingenistet. Haben von ihr Besitz ergriffen. Ein bisher unbekannter Schmerz ist in sie eingedrungen und frißt sie nun von innen auf. S. hätte sich nie vorstellen können, daß ein Männerkörper so eine Gewalttätigkeit über eine Frau ausüben kann, daß er so stark ist, so ungleichberechtigt übermächtig, so daß eine Frau sich gegen solche Art Gewalt nicht verteidigen kann.

Ihr ist, als wäre sie nicht mehr vollständig. Dieses Gefühl kann sie sich nicht erklären. Nicht, als fehlte ihr ein Teil des Körpers, ein Arm oder ein Bein. Vielmehr sagt man, Leute, denen eine Gliedmaße amputiert wurde, spüren diese noch lange Zeit so, als lebte sie noch, als wäre sie an ihrem Platz. S. liegt da, die Augen geschlossen. Durch ihre Lider dringt ein wenig Tageslicht, und ihr Dunkel ist von milder purpurfarbener Helle erleuchtet. Es scheint, als versuche sie in sich hineinzuschauen, um nachzuprüfen, ob sie noch immer ein Ganzes ist. Sie sieht nur dieses Dunkel in der Farbe des Bluts, sieht ihr pulsierendes Blut und darin das Flimmern von Lichtpartikeln bei jedem Herzschlag.

Klarer als je zuvor empfindet sie, wie ihr das Recht auf sich selbst genommen, sie völlig und endgültig entmachtet ist.

An die kalte Wand gelehnt, schaut S. sich ihr neues Gefängnis an. Mitten durchs Zimmer ist eine Leine gespannt. Daran hängt Wäsche zum Trocknen. Höschen, BHs, Handtücher und eine blaue Bluse. Der Raum ist klein, man kann hier nur auf den Matratzen oder auf dem Fußboden liegen oder sitzen. Es ist schwül. Sie sind zu neunt im Zimmer. Sie atmet den linden Geruch von Frauenschweiß und alten Matratzen.

Dennoch tröstet es sie, daß hier eine gewisse Ordnung herrscht. Die Decken sind ordentlich zusammengelegt, die Matratzen im Kreis angeordnet, so daß in der Mitte noch ein wenig freier Raum bleibt. Die Schuhe stehen nebeneinander in der Ecke an der Tür. Weiße Sommersandalen mit abgewetzten Hacken, flache Leinenschuhe, mehrere Paar Turnschuhe. Und ein Paar schwarze Pumps mit hohem schmalem Absatz. Wessen Pumps sind das, fragt sie sich, Schuhe, die einer anderen Welt angehören und sie traurig stimmen. Sie denkt an die Hoffnung auf Zukunft, die dieses Paar Schuhe verrät, und an ihre italienischen Pumps im Rucksack. Das Mädchen hat genau wie S. einen Moment lang gedacht, dort, wohin sie der orange Autobus fährt, könnte sie so ein Paar Schuhe gut gebrauchen. Oder sie hat nicht gewußt, was sie mitnehmen soll. Hat sich nicht von ihnen trennen können. Hat sie womöglich gerade angehabt. S. möchte den Mädchen etwas über ihre unbedachte Naivität sagen, aber in ihrem Kopf rauscht es. Plötzlich ist ihr alles egal.

Die Mädchen schlafen oder dösen. Eine summt vor sich hin, eine andere liest am Fenster einen zerfledderten Roman. Neben ihr auf der Matratze ist M. aus der Gruppe jener Mädchen, die vor kurzem aus der Lagerhalle fortgeführt worden sind. Sie sagt S., das sei der »Frauenraum«. Der, den E. erwähnt hat. Weshalb hat sie S. nicht gesagt, wie er aussieht? Sie mußte es wissen, sie ist manchmal hergekommen, denkt S. voll Bitterkeit. Aber vielleicht hat sie gedacht, S. würde vermeiden können, hierher zu müssen. Die Tür, die zum Gang führt, ist verschlossen. Den Schlüssel hat die Frau des früheren Lagerwächters, die ihnen das Essen bringt. Außer den Soldaten und den Wachposten ist N. die einzige Person, die die Mädchen zu Gesicht bekommen. Sie sagen, N. sei gut zu ihnen.

Die andere Tür ist offen, sie führt zur Toilette. Wir haben unser eigenes Klo mit Waschbecken, sagt M. ein wenig stolz. Sie sagt, was S. bereits selbst ahnt, daß die Frauen, die hier eingeschlossen sind, den Soldaten zur Verfügung stehen müssen. Die kommen, wann sie wollen, gewöhnlich nachts. Manchmal suchen sie eine aus, manchmal wählen sie nicht. Manche Mädchen kommen nicht in den »Frauenraum« zurück. Sie selbst schreibt regelmäßig das Datum in ein kleines Notizbuch und streicht jeden Tag aus, sonst fürchtet sie, verrückt zu werden.

Solange S. in der Lagerhalle lebte, hatte sie Angst vor der Ungewißheit. Gewißheit, egal welche, war ihr besser erschienen. Nun gibt es keine Ungewißheit mehr. Sie befindet sich im Frauenlager, in einem Raum, in dem Frauenkörper lagern, um nach Bedarf von den Männern benutzt zu werden.

Die Mädchen haben tatsächlich eine eigene Toilette, eine richtige Toilette, eine für neun Personen, das ist ein Luxus. Sie läßt sich zumachen, aber nicht abschließen. Und ein weißes Waschbecken aus Keramik, wenn auch mit einem Sprung. Aus dem Hahn läuft kaltes Wasser, obwohl man ihn auch »warm« drehen kann, aber dann kommt nur Luft heraus. Kaltes Wasser stört sie nicht, es ist ohnehin Sommer. *Damals hoffte ich noch immer, den Winter nicht an diesem Ort verbringen zu müssen.*

Am Waschbeckenrand sieht sie ein Stückchen längliche roséfarbene Seife. Sie duftet nach Maiglöckchen. S. ist nicht sicher, ob sie es tun darf, doch sie kann der Versuchung nicht widerstehen, sich zu waschen, und greift nach der Seife. Zuerst wäscht sie Gesicht und Hals, dann die Brust, unter den Achseln, zwischen den Beinen. Wie herrlich ist die Seife, wie kostbar. In der Toilette, hinter der geschlossenen Tür, atmet sie den Duft von Frische. Sie ist glücklich.

Der Toilettenraum ist grün gefliest und groß genug, daß darin außer dem Toiletten- und dem Waschbecken auch noch ein Krug sowie eine Emailschüssel stehen können. Eines der Mädchen hat ihre Wäsche darin eingeweicht, um sie später zu waschen. Auch diese Waschschüssel erscheint ihr nun wie ein Geschenk. Sie könnte sich in Ruhe duschen und die Haare waschen, doch sie beschließt, das später zu tun. Noch immer hat sie keine Kraft. Die Schmerzen im Bauch haben nachgelassen, aber im Gesicht und auf der Brust hat sie große und schmerzhafte Blutergüsse.

Der Raum hat auch ein kleines Fenster, das nicht mit Brettern vernagelt, nicht einmal vergittert ist, denn es ist so klein, daß man sich unmöglich hindurchzwängen kann. Wenn sie sich auf das Klosettbecken stellt, das ohnehin keinen Deckel hat, sieht sie einen Hof, der hinter dem Verwaltungsgebäude sein muß. Der Hof ist ganz leer, abgesehen von drei riesigen rostigen Müllcontainern. Hinter dem Stacheldrahtzaun ist Wald, herrlicher Kiefernwald. S. atmet tief den feuchten Duft, und davon kehrt ihre Kraft zurück. Ich lebe, denkt S., als sei das ein Geheimnis, das man gut hüten müsse. Über den dunkelgrünen Bäumen steht ein blauer Sommerhimmel. Kobaltblau wie auf den Zeichnungen ihrer Schüler.

Einen Spiegel gibt es hier nicht mehr, obwohl man an der Wand über dem Waschbecken genau die Stelle sieht, wo er einmal gehangen hat. Vielleicht ist es besser so, vielleicht ist es besser, sich nicht zu sehen, nicht jetzt. Wer sich täglich im Spiegel überm Waschbecken anschaut, meint, sich selbst zu sehen, und dieses Spiegelbild flößt ihm eine gewisse Sicherheit und Selbstvertrauen ein. Doch sein Gesicht zu betrachten hat nur Sinn, wenn man sich selbst wiedererkennen kann. S. möchte sich nicht wiedererkennen. Keines der Mädchen möchte sich in der Gefangenschaft des »Frauenraums« wiedererkennen. Sie sind andere Personen geworden, ihre Gesichter sind nicht mehr ihr Eigentum, sie gehören dem Lager.

In dem Augenblick, ausgerechnet in diesem Raum, erkennt S., das Lager ist nicht nur der Ort, an dem sie sich zufällig befindet, sondern nun ist es auch für ihren Körper und ihren Geist ein Lager.

Tagsüber herrscht Halbdunkel im »Frauenraum«, durch die Ritzen zwischen den Brettern fallen Sonnenstrahlen und bilden glänzende Muster auf dem Fußboden. Vom Hof her dringen Geräusche und Stimmen. Männerstimmen. Unverständliche Kommandos, Ausrufe, das Trappeln zahlreicher Füße, Gemurmel und Schreie. Niemand im Raum kümmert sich darum, zumindest kommt es S. so vor. M. dreht sich auf die Seite und rollt sich noch mehr zusammen. Keiner geht zum Fenster, um wenigstens durch die Ritzen nachzuschauen, was sich draußen abspielt. Oder wissen alle Bewohnerinnen des »Frauenraums« etwas, was S. noch nicht weiß? Sie gehen nicht zum Fenster, es interessiert sie nicht, was anderen geschieht. Als seien sie Gefangene ihrer abgesonderten Wirklichkeit, die ihre eigenen Gesetze und Regeln hat. Für sie könnte das Stimmengewirr nur noch mehr Soldaten und Wachposten bedeuten, die nachts an ihrer Tür erscheinen, betrunken, schmutzig, gefährlich. Diesen Augenblick gilt es hinauszuzögern, man soll nicht daran denken, was ohnehin nicht zu vermeiden ist. Nur Schritte auf dem Gang versetzen sie in Unruhe. Dann versuchen sie schnell zu erraten, ob es die Schritte von N. in ihren Pantoffeln sind oder jene anderen, schweren. Wieviel sind es? Einer oder mehrere? Soldaten oder Wachposten? All das müssen sie schnell herausbekommen, wenn sie von weitem Schritte auf dem Gang hören.

Trotz der Hitze sind die Mädchen bekleidet. Keine von ihnen hat wohl Lust, ihren nackten Körper zur Schau zu stellen. Die Nacktheit erinnert sie an das, woran sie nicht denken wollen, an die Vergewaltigung. Man muß den Körper verbergen, so gut es geht, ihn möglichst wenig sichtbar und noch weniger anziehend machen. Sie können sich nicht vor den Männern verstecken, denen sie zur Verfügung stehen. Hier hat die Frau kein Recht mehr, nein zu sagen. Sie verstecken sich vor sich selbst, sie bedecken sich mit Kleidern, die sich in den Händen der Männer im Nu in Fetzen und Lumpen verwandeln.

S. weiß nicht mehr, ob die Mädchen um sie herum schön und anziehend sind, solche Worte verlieren ihren Sinn, den sie im normalen Leben haben. Ihr scheint, auch die anderen haben gleich ihr die Beziehung zu ihrem Aussehen verloren. Im »Frauenraum« drückt sich die Erinnerung an die Außenwelt in der gewaschenen Kleidung, den ordentlich zusammengelegten Sachen und dem Blumenduft der Seife auf ihrer Haut aus.

M., das Mädchen, mit dem S. die Matratze teilt, spürt den Duft der Seife auf S.s Haut. Du brauchst nicht mit Seife zu sparen, sagt sie, die gehört allen. S. findet es merkwürdig, daß hier nicht mit Seife gespart wird. M. lacht. Oh, wir bekommen auch manchmal Shampoo oder Kekse oder ein Stück Käse, sagt sie. Von den Soldaten? – Nein, von unserer Bewacherin.

Das Abendessen wird gebracht. Eigentlich ein Topf mit Suppe. N. bringt ihn. Wer weiß, ob sie wirklich N. heißt? Sie hat schon früher hier gewohnt, ihr Mann war Wächter der Lagerhalle. Sie hat die Aufgabe, sich um den »Frauenraum« zu kümmern. S. glaubt, sie ist alt, nach den tiefen Falten im Gesicht und den grauen Haaren zu urteilen, die unter dem Tuch hervorkommen. Aber ihr genaues Alter ist schwer zu schätzen. Sie hat keine Zähne, deshalb stehen die Nase und das Kinn hervor. Bekleidet ist sie mit einer Art Kutte von unbestimmter graubrauner Farbe. An den Füßen trägt sie Schafwollsocken, obwohl es Sommer ist. Auf S. wirkt sie bedrohlich. Wieder Erbsensuppe? Die gab's doch gestern schon, sagt B. Sie sagt es ohne den geringsten Vorwurf, nicht einmal verwundert, eher traurig. S. denkt, die Alte wird sie vielleicht schlagen. Doch diese winkt nur ab und lacht mit ihrem zahnlosen Mund. Das Lachen verwandelt ihr Gesicht, und plötzlich sieht sie ganz gütig aus.

Der Lastwagen ist nicht gekommen, murmelt sie und breitet die Arme zu einer Geste aus, die auch ihre Hilflosigkeit ausdrückt. Ich esse Erbsen wie ihr, Kinder, sagt sie wie zur Entschuldigung. Wenn der Lastwagen nicht kommt, so heißt das, es wird gegessen, was da ist, alte Erbsenbüchsen, angefaulte, süßliche Kartoffeln und Kohl. Kohl ist aus irgendwelchen Gründen immer genügend vorhanden. So bleibt es dann, bis der Lastwagen aus B. kommt, und das hängt davon ab, ob in der Umgebung geschossen wird oder ob es ruhig ist. Manchmal geht N. ins nächste Dorf, das etwa zwei Wegstunden zu Fuß vom Lager entfernt ist, und bringt für sich und ihren Mann ein Hühnchen, und den Mädchen kocht sie Hühnersuppe. Dünn und wäßrig, ähnelt sie doch im Geschmack einer Suppe von zu Hause.

S. erinnert sich nicht mehr an den Tag, aber an den Moment, als N. einmal ein rundes gelbes Brot aus ihrer Schürze zog, ein Maisbrot. Es war noch warm. J. riß ihr das Brot aus den Händen und küßte es. Sie trug es im Zimmer herum und ließ jedes Mädchen daran riechen. Für S. gibt es nichts Schöneres als den Duft von frisch gebackenem Brot oder den Hörnchen aus der Bäckerei an der Ecke, die ihre Mutter morgens früh, noch ehe sie und ihre Schwester wach waren, geholt hatte, und dann hatte sie die Tür zum Zimmer der Töchter geöffnet, und der Duft war allmählich durch die ganze Wohnung gezogen. Wenn die Schwestern aufstanden, waren das Brot und die duftenden, noch warmen Hörnchen schon auf dem Tisch.

N. bricht das Brot, und auf einmal kommt es ihnen vor, als sei nicht Krieg, als seien sie nicht im Lager. Auch N. sitzt zwischen den Mädchen. Sie ißt nicht, sondern schaut nur zu, wie sie sich über das Stückchen frisches Brot freuen, das sie nur für sie gebacken hat, für die Frauen, die Gott verlassen hat. Ihr Gott und jeder andere auch. Eßt nur, Kinder, sagt sie, das Brot wird euch Kraft geben zum Durchhalten. Ihr müßt Kraft haben. Diese Schrecken werden auch mal vorbei sein. Die jüngste von ihnen, A., schluckt die Stücke, als wollte sie ihr jemand stehlen. Später hat sie Bauchschmerzen.

N. bringt ihnen Frühstück, Mittagessen und Abendbrot und sieht zu, daß sie etwas Obst oder Kekse oder ein Stückchen Schmelzkäse beschaffen kann. Das Zimmer fegen sie selbst, manchmal wäscht sie ihnen die Handtücher. Sie bringt ihnen Seife und Shampoo, bisweilen auch ein Kleidungsstück. Schuhe. Einen Rock. Wem gehören diese Sachen? Wo ist die Frau, was ist mit ihr geschehen? Ist sie gestorben? Umgebracht? Niemand wagt zu fragen, woher sie all diese Sachen hat, ob sie sie anderen Frauen wegnimmt und den Mädchen ins Zimmer trägt. Diese Sachen sind zu wertvoll. Die Mädchen wollen es womöglich gar nicht wissen. S. weiß genau, sie will nichts Überflüssiges erfahren, nichts, was sie zusätzlich belasten oder in Zweifel über die Herkunft der Sachen stürzen würde. Es ist leichter, nicht zu denken, ohnehin hat keine von ihnen die Macht, etwas zu ändern. Die Mädchen vermeiden es, darüber zu sprechen.

Einmal bringt N. Kaffee und kocht ihn im Zimmer auf einem Elektrokocher, den sie ebenfalls mitgebracht hat. Sie setzen sich alle im Kreis nieder und trinken aus winzigen Tassen, die ebenfalls von N. stammen, und lutschen Zuckerwürfel. Dann breitet N. auf dem Boden ein Stück alte Zeitung aus, und die Mädchen drehen die Tassen um. Sie warten, daß N. ihnen aus dem Kaffeesatz wahrsagt. Ich sehe einen Weg, sagt sie zu A., ich sehe einen weiten, breiten Weg, als würdest du fliegen. Ja, ja, hier sehe ich es, du hast Flügel, fliegst irgendwohin. Das ist gut, sehr gut ... A. lacht und geht im Zimmer umher, die Arme ausgebreitet wie Flügel. N. sieht in jedem Kaffeesatz nur Gutes. Zu

J. sagt sie, sie werde eine gute Partie machen, H. werde auf die Schule gehen und B. werde viele Kinder bekommen. Die Wege seien ihnen allen offen und es kämen viele Briefe und gute Nachrichten von den Ihrigen – obwohl einige davon schon lange tot sind. Sie lachen wie Mädchen in den Schulferien über das, was die Alte sich ausdenkt.

N.s Mann, ihr Wächter, kommt nicht in ihr Zimmer. Er hatte angeordnet, daß ihre Fenster mit Brettern vernagelt würden, da die Fenster in der ersten Etage des Verwaltungsgebäudes keine Gitter haben. Als könnte jemand von da oben fliehen, ohne sich die Beine zu brechen! Meine Liebe, das Fenster ist zu hoch zum Flüchten und zu niedrig, sich umzubringen, sagt H. ganz nüchtern zu S., so als habe sie beide Möglichkeiten schon ernsthaft in Erwägung gezogen. Sie ist die älteste von ihnen. Hochgewachsen, mit lauter Stimme. Zu allen sagt sie »meine Liebe«, und manchmal singt sie Lieder, bei denen S. das Weinen ankommt.

Wegen der Bretter vor den Fenstern ist die Luft im Zimmer drückend und stickig. Deshalb bewegen sich die Mädchen langsamer, sind schläfriger. Durch die Ritzen sieht man den Hauseingang, und wären nicht die Bretter da, so könnten die Mädchen sich aus dem Fenster lehnen und beobachten, wer aus- und eingeht und was auf dem Hof los ist. Sie dürfen nur in den Hinterhof, und auch nur als Gruppe. Dann steht N.s Mann da, das Gewehr im Anschlag, während sie über den Hof schlendern und nichts mit sich anzufangen wissen. Nicht so nahe an den Zaun! ruft er. Weg da! Weg da! Der hohe Stacheldrahtzaun läßt sich nicht überspringen. Ohnehin sind die Mädchen schwach vom ständigen Liegen und benommen von der schlechten Luft und der Hitze, sie haben zu nichts Lust, schon gar nicht zum Springen.

Von diesen zeitweiligen Spaziergängen bleiben S. nur die nachmittägliche Wärme und die Sonne auf der Haut, die Luft, die über dem Boden flimmert, und das eintönige Knirschen des Schotters unter den Füßen in Erinnerung. Und die grobe Stimme.

Solange S. in der Lagerhalle untergebracht war, ruhte sie sich nachts aus. Wenn die Frauen vom Feld gekommen waren, hatten sie sich hingesetzt und sich unterhalten. Der Tag dauerte lange, es war bis abends spät hell. Manche hatte auch eine Kerze. Sie wuschen Wäsche. Sie bewegten sich frei auf dem Hof um die Lagerhalle. Um neun Uhr rief der Wachposten: Schlafen! Sie gingen in die Lagerhalle, doch auch dann schliefen sie nicht sofort ein, ihr Flüstern dauerte bis spät in die Nacht.

Die Bewohnerinnen des »Frauenraums« müssen lernen, daß es für sie keine klaren Grenzen zwischen Tag und Nacht gibt. Tagsüber schlafen oder dösen die Mädchen. Nachts spürt man die Angst im Zimmer. Mit der Abenddämmerung beginnt das Lauschen und Rätseln. Sie hören schon von weitem, wenn Autos oder Lastwagen ankommen. Und Stimmen. Dann Schritte. Daraus versuchen sie zu erraten, wie viele Soldaten es sind und ob sie schon betrunken sind. Sie kommen beinahe jede Nacht. Von einer Stellung in der Nähe. Manchmal kommen sie auch am Tage und stören die kaum hergestellte Ordnung.

Bei ihren Besuchen gibt es keine Reihenfolge, man kann nirgendwohin fliehen oder sich verstecken. Es sind nur neun Mädchen, und da kann es vorkommen, daß eine davon jede Nacht einmal oder mehrmals »zum Vergnügen« muß. Krankheit ist keine Ausrede, besser, nichts von Krankheit zu erwähnen, es würde die Männer an nichts hindern. Gegen Abend denkt jedes der Mädchen das gleiche: Bin ich heute nacht an der Reihe?

Schritte im Gang, sie kommen näher und näher. Die Tür öffnet sich. Immer rasch, weit, als gäbe es keine Klinke. Sie sind im Flur. Man würde erwarten, die jungen

Männer blieben stehen und schauten sich an, was sich ihnen bietet. Wie im Bordell, denn es ist nichts anderes als ein Soldatenbordell. Aber meistens benehmen sie sich so, als sei es ihnen egal, welche sie sich greifen. Überwiegend sind sie betrunken. Vielleicht ist es ihnen tatsächlich mehr oder weniger gleichgültig. Vielleicht geht es gerade darum, daß es ihnen egal sein muß. In jedem der Mädchen fließt gleichermaßen »falsches« Blut. Die Unterschiede zwischen ihnen sind offenbar so gering, daß es für die Männer nichts bedeutet. Die Mädchen sehen, sie sind austauschbar, und das ist für sie eine zusätzliche Erniedrigung. *Vielleicht ist es auch im Leben so, vielleicht sind wir für sie viel ähnlicher, als wir glauben, und wir bemerken es nur nicht.*

Seit dem Augenblick, da bewaffnete Männer in ihrem Dorf erschienen waren, hatte jedes der Mädchen aufgehört, eine Person zu sein. Und nun sind sie dies noch weniger, nun sind sie nichts als eine Gruppe Geschöpfe weiblichen Geschlechts von gleichem Blut. Und nur das Blut ist wichtig, das rechte Blut der Soldaten gegenüber dem falschen Blut der Frauen.

Doch auch die Männer sind keine Personen mehr, nur sind sie sich dessen weniger bewußt. Für die Mädchen sind sie lediglich gefährliche Abgesandte einer übergeordneten Macht geworden, die sie treibt, mit ihnen so umzuspringen, wie sie es tun. Für S. ist klar, auch jene sind Gefangene, ohne Individualität, ohne Gesicht. Ihre Körper, ihr Wille gehören ebenfalls nicht ihnen, sondern der Armee, dem Anführer, der Nation. Sie gehorchen und erfüllen die Befehle von Menschen, denen sie glauben oder vor denen sie sich fürchten. Für einen Augenblick meinen sie, etwas anderes zu sein, wenn sie auf der Schwelle zum »Frauenraum« stehen. Herren zu sein. Wissen sie, daß sie vor dem Krieg nicht weglaufen oder sich verstecken können? Daß auch sie ihr Leben verlieren können? fragt S. sich, als sie deren Schritten lauscht.

Einer der nächtlichen Besucher erinnert S. an den jungen Mann, der sie aus ihrer Wohnung abgeholt hat an jenem Morgen, der ihr nun so fern scheint. Er stellt eine unerwartete Entschlossenheit zur Schau, die von Unsicherheit rührt, als er sie, ohne zu zögern, auffordert, mitzukommen, so als wüßte er, daß er gerade sie haben will. S. denkt nicht, ihr Gesicht oder etwas an ihr habe seine Aufmerksamkeit auf sie gelenkt. Sie glaubt, er habe sie nicht einmal angeschaut, sondern ganz zufällig auf sie gezeigt.

Er ist betrunken, und das ist gewöhnlich kein gutes Zeichen. Wenn sie betrunken und zu mehreren sind, dann können sie besonders gefährlich sein. Dann denken sie sich gemeine Belustigungen mit den Mädchen aus. Ihr Ziel ist es, etwas auszuklügeln, was möglichst viel Schmerzen bereitet. Manche Frau steht das nicht durch. Man kann nicht sagen, sie mordeten absichtlich, zu morden fällt ihnen nicht schwer. Mehr Mühe macht es ihnen, eine Methode auszudenken, die die Frau total erniedrigt.

Dieser junge Mann, fast noch ein Kind, ist nicht grob. Er nimmt sie bei der Hand, und so, als wären sie in der Schule, geht er mit ihr durch den langen Flur zu einem Zimmer. Darin sind zwei Soldaten. Zeig ihnen, was ein Mann ist, fordern sie ihn auf. Der Jüngling wird rot, vielleicht fürchtet er, jene beiden würden mit im Zimmer bleiben. Doch sie gehen hinaus. S. merkt seine Erleichterung. Er zieht sich nicht aus, das ist bei den Besuchern des »Frauenraums« ein Zeichen von Schwäche. Er knöpft nur den Schlitz auf und wirft sich auf die Matratze neben S. Woher bist du? fragt S. ihn. Aus N., antwortet er. Das ist weit, sehr weit, sagt S., ich bin einmal dagewesen.

Er schaut sie an. Es kommt ihr vor, als würde der junge Mann am liebsten seine Sachen packen und geradewegs nach Hause gehen, in sein fernes Städtchen, und sich dort in sein Bett kuscheln, einschlafen und alles vergessen. Am nächsten Tag würde die Mutter ihn wecken und ihm einen starken Kaffee kochen, und alles wäre wie früher.

Sie haben uns geholt, wir mußten, sagt er, als erklärten diese kargen Worte alles, auch den Grund für den Krieg und die Tatsache, daß ihn niemand gefragt habe, und auch, daß er nun neben S. liegt in diesem Lager in Bosnien, mit einer eingesperrten Frau, die zum Vergnügen dient. Der Ton seiner Stimme ist fast weinerlich.

Er versucht, ihr die Kleidung auszuziehen. Seine Hände sind groß und ungeschickt. Ihm fällt nicht ein, ihr zu befehlen, sich auszuziehen, er fummelt nur mit seinen großen Fingern an ihrem Rock herum. Zögert, dann läßt er davon ab. S. rührt sich nicht. Sie will ihm nicht die Handlung erleichtern, es ist nicht ihre Sache, das zu tun. Manchmal schlagen die Männer sie in solcher Situation, besonders, wenn es mehrere sind. Er aber lehnt seinen Kopf an ihre Brust und schläft ein. Auch S. schlummert. Sie weiß, jede derartige Situation ist ein Lotteriespiel, und diese Begegnung erscheint ihr wie ein Gewinn.

Es hätte nicht passieren dürfen. Sie hätte sich nicht gehenlassen sollen. Beide waren wohl eingeschlafen. Plötzlich donnert jemand gegen die Tür. Der junge Mann springt schlaftrunken auf, voller Angst, jemand könnte ihn in dieser erniedrigenden Lage antreffen, in der Haltung eines Kindes. Der zweite Soldat kommt herein, stößt den Jungen aus dem Zimmer, bleibt mit S. allein. Er verliert keine Zeit und kein Wort. Seine Bewegungen sind grob. Hure, Hure, Hure! brüllt er sie an. Sie versucht, ganz ruhig zu sein, nicht auf seine Worte und Gesten zu reagieren. Sie liegt lautlos da, die Augen geschlossen, einer noch warmen Frauenleiche gleich. Für einen Moment scheint ihr, sie würde davonkommen, der Kerl würde es bei den gewöhnlichen Grobheiten belassen.

Schon ist er fertig, ist schon aufgestanden, hat ein paar Schritte getan und eine Zigarette angezündet. Gleich würde er die Tür öffnen und hinausgehen, und sie könnte sich erholen, vielleicht ist das alles für heute, der dritte würde vielleicht nicht mehr kommen, die Nacht ist fast zu Ende. Ihre Muskeln entspannen sich bereits, sie atmet tief, ist irgendwo anders, außerhalb des Zimmers …

Der Schmerz ist plötzlich und stark, wie ein Messerstich. Sie denkt nicht. Streckt im Moment die angezogenen Beine aus und tritt ihm mit aller Kraft in den Bauch. Er fällt, der Fußboden dröhnt von der Schwere seines Körpers. Ich bring dich um, ich bring dich um! schreit er. Die beiden anderen sind schon da, drücken S. auf die Matratze. Sie kann sich nicht rühren. Nun ist sie völlig in deren Macht. Sie wartet, vereist. Sie werden sie töten, das ist sicher. Da hört sie die Stimme des Wächters. Niemanden wirst du umbringen, sagt er, geh und tob dich bei den Gefangenen aus, die Mädchen stehen unter meinem Schutz! Merkwürdigerweise läßt der Soldat von ihr ab und geht wortlos hinaus.

N. bringt sogleich eine Kompresse und verbindet S. die Wunde. Während sie erzählt, was ihr passiert ist, entblößt V. ihre Brüste. Sie sind übersät mit noch frischen Malen von Zigaretten. Ich habe gebettelt, daß sie es nicht tun, aber sie haben gelacht, sagt sie. Je mehr ich geweint habe, desto mehr haben sie gelacht, sagt sie traurig. Am Ende bin ich ohnmächtig geworden. S. weiß, V. sagt ihr das, um sie irgendwie zu trösten, um ihr zu zeigen, daß sie gut davongekommen sei mit nur einer Brandwunde in der Leistengegend. Im Vergleich zu ihren runden roten Stempeln fällt das Mal an S.s Leiste kaum ins Gewicht.

Sie hat Glück gehabt. Es hätte ihr ebenso wie V. ergehen können, es hat auch nicht viel gefehlt, daß sie tatsächlich ums Leben gekommen wäre. Der Anblick von V.s Brüsten tröstet sie letzten Endes wirklich. Nun sieht sie, daß es viel schlimmer hätte kommen können.

Die Mädchen hatten den Soldaten brüllen hören, er werde sie umbringen. Ganz erstarrt hatten sie gewartet, ob sie einen Schuß hören würden. Später bekennt S., sie habe ihn getreten. Sie berichtet, sie habe ihn so stark getreten, daß er hingefallen sei, und das habe ihn rasend gemacht. Zu ihrem Glück sei der Wächter herbeigelaufen.

Die Mädchen glauben ihr nicht, daß sie gewagt hat, den Soldaten zu treten. S. sieht, sie haben große Angst. Das hättest du nicht tun sollen, sagt M. finster. Jetzt werden sie sich an uns allen rächen. S. versucht, sich zu verteidigen, sie sagt, sie habe nicht nachgedacht, sie habe es unbewußt getan, wie ein Tier, das sich wehrt. Aber du hättest nachdenken müssen, erwidert Z. vorwurfsvoll, als hätte sie ein starrköpfiges, unvernünftiges Wesen vor sich. S. vergißt zuweilen, daß es hier keine echte Solidarität gibt, nur den Kampf ums nackte Überleben. Gemeinsam atmen sie die gleiche Art Furcht, jede Nacht. Und doch bangt jede nur für sich selbst. S. hat ein Vergehen begangen. Durch ihr Verhalten hat sie die Mädchen in Gefahr gebracht. Daß sie damit gleichzeitig auch sich gefährdet hat, ist ihr Problem. *Sie hatten natürlich recht.*

A. ist die Jüngste im »Frauenraum«. Sie behauptet, fünfzehn zu sein, obwohl allen klar ist, sie ist kaum dreizehn. Vielleicht glaubt sie, sie käme damit besser durch oder das, was ihr geschieht, sei weniger schrecklich, als es bei einer Dreizehnjährigen wäre. So denkt sie, schon erwachsen zu sein. Es stimmt. Der Krieg hat sie zur Frau gemacht. Plötzlich, über Nacht, haben die Soldaten dieses kleine Mädchen in eine Frau verwandelt. Ihr Körper, ihr selbst noch unbekannt, ist ihr nun noch fremder.

A. hat eine kindlich reine, weiße Haut, ihre Wangen röten sich, wenn jemand sich unerwartet an sie wendet, und dann bleiben die rosa Male noch lange auf ihrem Gesicht. Sie ist zart gebaut, noch unentwickelt, schwach, wie die Bauern in ihrem Dorf sagen würden. Es ist absonderlich, daß sie hier in dieses Zimmer gekommen ist zwischen die stattlichen Bauernmädchen mit den festen Hüften und großen Brüsten. Ihre Brust beginnt eben erst zu wachsen, und hätte sie keine langen Haare, so könnte man sie immer noch für einen Jungen halten. S. wußte anfangs nicht, wie A. in das Zimmer geraten war, ob sie jemandem aufgefallen oder ob es ein Zufall war, daß ein so unreifes Geschöpf zum Vergnügen bestimmt wurde. Dann hatte M. ihr erklärt, daß A. sich nicht von ihrer Verwandten hatte trennen wollen und freiwillig mitgekommen sei, als man jene hierherbrachte. A. hatte nicht ganz verstanden, was hier auf sie wartete. Sie hatte gedacht, den Mädchen beim Wäschewaschen oder ähnlichem zu helfen. Doch die Soldaten griffen sie sich bereits in der ersten Nacht. Sie vergewaltigten sie brutal, als wollten sie sich an ihr rächen, daß es nicht »das Wahre« war, daß ihnen jemand so ein mageres Geschöpf untergeschoben hatte.

A. sah schnell ein, daß sie nichts tun konnte, um sich nachts vor ihnen zu schützen; so wie ihre Verwandte, so wie die anderen Mädchen, ging sie ruhig mit den Soldaten und erfüllte ihnen die Wünsche. Sie gewöhnte sich an sie und an das Leben im »Frauenraum«. Sie hatte niemanden mehr außer den Zimmergefährtinnen, die ihr die Eltern ersetzten. Das änderte sich erst mit dem Verschwinden ihrer Verwandten, die kaum ein paar Jahre älter war als sie selbst. Diese kam eines Nachts einfach nicht ins Zimmer zurück.

Seither kann A. sich nicht beruhigen, als sei ihre einzige Verbindung zur Wirklichkeit unterbrochen. Wenn ich wenigstens wüßte, was mit ihr passiert ist, sagt sie. Mir wäre leichter, wenn ich wüßte, sie ist tot. Die anderen meinen, es sei besser, daß sie es nicht weiß. Sie verschonen sie weitestgehend, sie ist doch noch immer ein Kind. Sie wissen, T. ist tot, sie wurde erdrosselt. Sie können es ihr nicht sagen, denn es hat keinen Sinn zu berichten, was die Soldaten ihrer Verwandten alles angetan haben vor ihrem Tod. Sie können ihr auch nichts vorlügen. Sie muß lernen, daß jedes Wegbleiben aus dem »Frauenraum« nur eines bedeutet: Tod. Sie trösten sie mit den üblichen Ausreden, daß sie nicht wüßten, was passiert sei, vielleicht sei T. sogar geflüchtet. A. wird noch erregter, dann sagt sie immer wieder, ihre Verwandte würde sie nie allein zurücklassen.

Eine Zeitlang bleibt sie untröstlich, dann sieht es so aus, als habe sie sich abgefunden mit T.s Verschwinden. Sie spricht nicht mehr darüber. Sie hat sich verändert. Ist sichtlich abwesend. Plappert nicht wie sonst, sondern antwortet nur auf Fragen. S. bemerkt, wie sie einzelne Bewegungen wiederholt. Sie setzt sich in eine Ecke und wiegt sich lange vor und zurück, wobei sie einen Abzählreim summt. Oder sie reibt sich unaufhörlich nervös die Arme und Schultern, als fröre sie. Oder sie kämmt ihre Haare. Sie zieht den Kamm gleichmäßig mit eintönigen Bewegungen durchs Haar, und das dauert so lange, bis eines der Mädchen es nicht mehr mit ansehen kann und ihr behutsam den Kamm aus der Hand nimmt. Dann erwacht sie plötzlich wie aus einem Traum.

Sie hat schwarzes Haar, lang und glänzend. So stellt S. sich Schneewittchen vor. S. erinnert sich, in dem Märchen heißt es, Schneewittchens Haar sei »schwarz wie Ebenholz«. Sie weiß nicht genau, wie Ebenholz aussieht, aber wenn sie A. anschaut, glaubt sie, Schneewittchen habe genausolches Haar. A. wäscht es jeden Tag, als könnte sie so die Schrecken der Nacht herausspülen.

Ihre Mutter hatten die Soldaten vor ihrem Haus getötet. Sie hatte den Schuß des Soldaten gehört. Ihre Mutter fiel mit offenen Augen. Sie schaute die ganze Zeit auf A. Obwohl sie nicht blinzelte, waren ihre Augen noch lange lebendig. Und nur weil sie nicht blinzelte, wußte A., daß es Zeit war, wegzulaufen. Sie wandte sich um und lief fort. Die Soldaten schossen hinter ihr her, verfehlten sie jedoch. Sie war schnell, und der Wald war nicht weit. Dort waren schon viele Leute aus dem Dorf. Nachdem sie sich etliche Tage verborgen hielten, wurden sie doch gefunden und ins Lager transportiert. Sie wurden dabei entdeckt, als sie nachts zurück ins Dorf nach Nahrung gingen. Im Wald gibt es nichts Eßbares, erklärt A..

Sie weiß nicht, was mit ihrem Bruder und ihrem Vater geschehen ist. Ihnen war gesagt worden, alle Männer müßten sich auf dem Gemeindeamt melden. Eines Morgens waren sie gegangen, und seither hat sie sie nicht mehr gesehen.

Am meisten sorgt sie sich um den Hund, der angebunden auf dem Hof zurückgeblieben war. Was meinst du, was ist mit ihm passiert? fragt sie. S. sagt ihr, der Hund habe sich bestimmt von der Leine losgerissen und strolchte nun durch den Wald und jagte Hasen. Die Antwort gefällt ihr, und danach hat sie lange Zeit Ruhe. Seit ihre Verwandte nicht wiedergekommen ist, beruhigt A. sich nicht einmal im Schlaf. Sie wälzt sich herum, phantasiert, stöhnt. Aber es genügt, wenn jemand sie umarmt, dann hört sie sofort auf. Man muß sie nur um die Schulter fassen, das reicht aus, daß sie in tiefen Schlaf sinkt wie ein übermüdetes Kind. Manchmal gibt sie im Traum einen Laut von sich wie ein kleines Waldtier in der Falle. Von diesem Ton erwacht S. und kann dann die ganze Nacht nicht mehr schlafen.

Der Soldat, der am Abend in den »Frauenraum« kommt, kennt ihren Namen. A. sitzt auf der Matratze und liest einen Liebesroman, den jedes der Mädchen schon mehrmals durchgelesen hat. Sie hört ihren Namen. Zuckt zusammen vor Erregung. Es ist noch nicht vorgekommen, daß eine von ihnen von einem unbekannten Soldaten beim Namen gerufen wurde. A. weiß das, S. sieht, wie ihre Hände zittern, als sie den Roman auf den Boden neben die

Matratze legt. Sie wirft einen schnellen, fragenden Blick durch den Raum, doch alle Mädchen sind gleichermaßen überrascht. Dann steht sie unsicher auf, als würde sie fallen. Sie trägt ein kurzes Sommerkleid. Richtet sich auf, streicht dann den Saum nach unten. Diese Geste verrät ihre Furcht und völlige Verwirrtheit.

Im Flur stehen noch zwei Soldaten. Sie kommen nicht ins Zimmer. Diese Männer sind anders gekleidet als diejenigen, die sonst herkommen. Ihre Uniformen sind neu und sitzen tadellos. Schwarze Uniformen, S. sieht sie zum ersten Mal. Auf der Schulter haben sie ein gelbes Zeichen, eine Art Tigerkopf. Ein Tiger, wie dumm, denkt S., in Bosnien gibt es doch keine Tiger.

Nun ist A. an der Tür. Der Soldat, der sie gerufen hat, reicht ihr die Hand. Sagt etwas zu ihr. Sie scheint ihn zu kennen, zu erkennen. A. wendet sich an die Mädchen: Das ist ein Freund meines Bruders, mein Bruder lebt, sagt sie freudig. Ihr Gesicht glüht. Auch der Soldat lächelt. S. erinnert sich, daß sie in dem Moment dachte, sein Lächeln wirkt unangenehm trügerisch. Weshalb kommt er, sie zu holen? Wohin bringt er sie? Woher weiß er, daß sie hier ist? S. ahnt, etwas an diesem Bild der Freude ist verlogen, doch sie kann A. nicht warnen, sich in acht zu nehmen.

A. schickt den Mädchen einen Kuß. Sie küßt ihren Handrücken und bläst den Kuß in den Raum wie einen Ballon. Eine Sekunde, nur noch eine Sekunde steht sie in der Türöffnung, dann verschwindet sie gleich einem Gespenst. Die Tür schließt sich. Im Zimmer herrscht Stille. Das ist ein Freund ihres Bruders, sagt eines der Mädchen, als versuche sie mit diesen Worten alle zu beruhigen.

Das Wesen, das am Abend des folgenden Tages in den »Frauenraum« zurückkommt, ist nicht mehr A. Sie ist nicht wiederzuerkennen. Sie sieht aus wie A., aber jedem der Mädchen ist sofort klar, es ist nicht mehr A., diese befindet sich nicht mehr in dem Körper, den sie vor sich sehen. So wie ihre Mutter, deren Augen noch lange lebendig blieben, obwohl sie tot war, ist der Körper noch lebendig, aber A. ist tot. Seit die Wachposten sie hereingebracht haben, weint sie nicht, spricht nicht. Offenbar ist sie stumm geworden, denn sie gibt keinen Ton mehr von sich. Bewegt die Augen nicht. Blinzelt, schaut aber nicht. Ihre Augen sind schwarze Löcher, in die kein Licht dringt.

Auf der Brust, der Stirn und dem Rücken ist ihr mit dem Messer jeweils ein Kreuz und viermal der kyrillische Buchstabe S wie vier Hufeisen eingeritzt. Das geronnene, schwarz gewordene Blut hat sich in den Schnittstellen gesammelt, und von weitem sieht es aus, als wären die Male sorgfältig mit Farbe gemalt. Nur daß die Wunde auf dem Rücken tief und offen ist, und jedesmal, wenn A. sich rührt, klafft ihr rosafarbenes Fleisch. Sie liegt auf der Seite. N. bringt die Schüssel mit warmem Wasser, und dann waschen die Mädchen sie und weinen. Das Wasser in der Schüssel ist hellrosa wie ihre Wangen.

Nach drei Tagen stirbt A. Die Wunde auf der Stirn hat schon zu heilen begonnen, und unter dem Schorf kam die frische rötliche Narbe zum Vorschein.

Das schlimmste war, der junge Mann hat sie tatsächlich gekannt, er war ein Freund ihres Bruders gewesen.

Bosnien, »Frauenraum«, Juli 1992

Manchmal hinterließen die Mädchen außer Kleidung auch Schminke. S. erinnert sich lebhaft an ein solches Plastiktäschchen mit Patentverschluß. Darin ein Lippenstift, knallrot, wie sie ihn nie benutzt hat, ein schwarzer Eyeliner, Wimperntusche, Puder und Lidschatten in drei Farben, dazu eine halbleere Dose Niveacreme. Sie bedauert, daß nicht auch Zahnpasta dabei ist, keines dieser Bauernmädchen benutzt Zahnpasta. Sie denkt an das Mädchen, das ihre Sachen aus dem Badezimmer zusammengerafft hat, ohne nachzudenken, als bereite sie sich auf eine gewöhnliche Reise vor, so wie sie es auch selbst getan hatte. Wie konnten sie es wissen? Oder hätten sie es dennoch wissen sollen? Die flinken Bewegungen der Frauenhände, fast automatisch. Das Nichtwissen. Das Nichtverstehen. Ein Mädchen, das hofft, es werde den Lippenstift brauchen.

Es sind noch ein Kamm und eine Zahnbürste darin. Sie nimmt diese Zahnbürste heraus und betrachtet sie. Wenn jemand eine Zahnbürste hinterläßt, so ist es ein sicheres Zeichen, daß er sie nicht mehr brauchen wird.

Das Kosmetiktäschchen reizt sie. In Sarajevo hat sie sich jeden Morgen geschminkt. Als sie ins Dorf kam, hörte sie schon nach ein paar Tagen damit auf.

S. nimmt den Lippenstift und schminkt sich. In dem kleinen viereckigen Spiegel, den sie in dem Täschchen findet, sieht sie ihre blutroten Lippen, die glänzenden weißen Zähne und die Zungenspitze. Sie lacht verstohlen, und die Lippen im Spiegel werfen ihr Lachen zurück. Es macht ihr Spaß, sich wieder einmal zu schminken. Mit dem Eyeliner zieht sie sorgsam einen Strich auf dem Augenlid, erst einen, dann den anderen. Trägt grauen Lidschatten und schwarze Wimperntusche auf. Nun schauen sie im Spiegel geheimnisvolle, verführerische Augen an. Sie erkennt sich nicht völlig wieder, doch das stört sie nicht. Sie sieht ihr früheres Gesicht zum Vorschein kommen, das sie ganz vergessen hatte. Als verwandele sie sich durch das Schminken in eine andere Frau, erinnert es sie daran, daß sie früher in der Stadt gelebt hat, und das gefällt ihr. Sie fühlt sich wieder wie jene alte S., die sich abends zum Ausgehen zurechtmacht. Sie legt eine Maske an, hinter der sich die jetzige S. verstecken kann. Schließlich sieht sie, was es bedeutet, Schauspielerin zu sein. Wie herrlich ist es, das Gesicht zu ändern, sich in jemand anderen zu verwandeln, zumindest für eine gewisse Zeit. Und wie einfach ist das. Ein wenig Rouge, und schon bist du eine andere Frau.

Plötzlich fühlt sie sich befreit. Was für eine Erleichterung, so eine herrliche Möglichkeit zur Verfügung zu haben! Sie möchte ihre Freude mit den Mädchen teilen. Zeigt ihnen ihr geschminktes Gesicht. Ruft: Seht mich an, wie schön ich bin! Dreht sich rasch um sich selbst, die Arme ausgebreitet, bis ihr schwindlig wird. Außer Atem, fröhlich, wirft sie sich auf die Matratze. Bei der Entdeckung, daß es möglich ist, sich so zu maskieren und eine Rolle anzunehmen, kehrt unversehens ihr verlorenes Selbstvertrauen zurück.

Die Mädchen verstehen sie nicht, sind besorgt. J. fühlt ihr die Stirn. Wisch die Schminke vom Gesicht, sagt sie. Du siehst aus wie eine Hure! Sie steht über ihr und beugt sich hinunter, als wolle sie ihr ins Gesicht schlagen. Sie ist ärgerlich, das merkt S. an ihrem scharfen Tonfall. Warum bist du wütend? fragt S. Ich bin ja eine Hure. Wir sind alle Huren! J. wischt ihr mit einem nassen Handtuch die Schminke vom Gesicht. Auf dem Tuch bleibt ein roter Fleck zurück.

Gar nichts verstehst du, ruft S., ihr seid alles dumme Bauernmädchen! Tränen laufen über ihr Gesicht. J. weicht zurück, sieht sie mit erschrockenen Augen an. Sie ist verrückt geworden, verrückt ist sie, sagt sie leise. S. flieht in die Toilette. Lehnt sich gegen die Tür. Zieht wieder den Lippenstift heraus. Die verstehen doch nichts! Sie muß ihnen irgendwie erklären, daß es für sie wichtig ist, sich verkleiden zu können, daß das gut ist. Ihre Hände zittern, ein roter Strich geht über den Rand der Lippe.

N. klopft an die Tür. Sie versteht, S. sieht es an ihrem Blick. Du willst nur schön sein für unsere Männer, ist es so, meine Liebe? S. nickt. Sie streichelt ihr über die Hand. Schön sein für die Männer, wiederholt sie laut. Natürlich, ihnen gefallen. Sie anlächeln mit den rot geschminkten Lippen, jene Männer, die feindlichen Soldaten. Lächeln und ihnen sagen: Komm in meine Arme. Ruhig die Angst schlucken wie das Sperma. So tun, als wäre es keine Vergewaltigung, sondern etwas, das ihr Spaß macht. Sie werden vielleicht vergessen, daß es ihre Aufgabe ist, sie zu vergewaltigen.

Später sagt S. den Mädchen, sie sei in dem Moment nicht verrückt gewesen. Sie habe es nur satt gehabt, ein eingelagertes Stück Fleisch zu sein wie eine Schafskeule oder Eingeweide. Zu liegen. Zu warten. Den Schritten zu lauschen, blitzartig zu erraten, wie viele es sind. Ihre eigene Angst zu schüren, die bei den bekannten Geräuschen in der Brust flattert wie ein närrischer Vogel. Ein Körper, der sich spannt, schon darauf vorbereitet, zerfleischt zu werden ... Das war es, was sie hatte ändern wollen. In dem Augenblick wollte sie etwas tun, um sich wieder als ein menschliches Wesen zu fühlen. Nichts Heroisches, was eine Lebensbedrohung für sie alle bedeutet hätte. Nur etwas im Rahmen der Möglichkeiten, die der »Frauenraum« bietet. Als sie begriff, daß die Schminke ihr eine Maskierung ermöglicht, entdeckte sie, wie man damit Macht erlangen kann. Ja, für die Männer schön sein, mit ihnen spielen und ihnen dadurch womöglich die Gelegenheit nehmen, sie zu erniedrigen.

Erneut versucht S., den Mädchen im Zimmer die Wichtigkeit des Schauspielerns zu erklären. Sie sagt ihnen, wenn sie so täten, als genössen sie es, und die Soldaten glaubten, verführt worden zu sein, dann schafften die es nicht, sie zu erniedrigen. Es seien dann nicht mehr Männer mit einer Waffe, sondern gewöhnliche Männer. Man brauchte auch keine Angst zu haben, die könnten ihre List durchschauen.

Das sagt S. ganz ernst und konzentriert. Sie ist nicht

sicher, ob die anderen sie verstehen. Sie könnte es ihnen auch einfacher sagen, nämlich, daß sie dadurch eine größere Chance hätten, am Leben zu bleiben.

Gegen Morgen, wenn sie sich schlafen legen, bleibt die Toilettentür offen. Durch das Fensterchen strömt frische Luft, senkt sich auf den Boden, streicht über ihre Fußsohlen und den Bauch, kitzelt sie am Hals und steigt ihr in die Nase. Sie atmet tief, atmet dieses bißchen wertvolle Frische ein. Lauscht dem Zirpen der Grillen und stellt sich vor, sie schwimme im Meer. Es ist warm, kein Wölkchen am Himmel. In der Ferne der steinige Strand, der Kiefernwald und die Grillen. Und da fühlt sie sich, als wäre sie nicht im »Frauenraum«, sondern irgendwo weit fort. Manchmal herrscht nachts im Lager eine unwirkliche Ruhe.

S. wird durch jemandes Husten wach. Sie öffnet die Augen. Es muß früh am Morgen sein, noch ist es nicht hell. Das Zimmer ist voller Rauch, kaum erkennt sie M., die neben ihr liegt. Auch diese hustet. Als hätte jemand eine stinkende Rauchbombe ins Zimmer geworfen. Der Rauch stört sie weniger als der schreckliche Gestank. Ein unbekannter Gestank, der in die Nase, ins Haar, in die Haut zieht. Sie weiß nicht, wie sie diesen Gestank beschreiben soll, denn er erinnert nicht an etwas Menschliches. Eigentlich erinnert er an verbranntes Fleisch. Sollte etwa jemand Fleisch verbrennen? Bestimmt irgendein krepiertes Tier …

Sie ist verschlafen, möchte gern weiterschlafen, bekommt aber keine Luft. J. steigt auf das Toilettenbecken und schließt das Fensterchen. Und M. klopft bereits an die Tür zum Gang und verlangt, es solle ihnen jemand die Zimmertür öffnen, sonst würden sie alle ersticken. Der Rauch ist nicht so dicht, doch von dem Gestank müssen sie sich übergeben. Jemand schaut durch das Fenster des Waschraums und ruft: Feuer, Feuer! Auch S. klettert auf das Toilettenbecken, sieht jedoch nur dichten Rauch, der aus einem Müllcontainer quillt. Dann erblickt sie das Feuer, Flammen züngeln. Nun sind die Mädchen wach. Luft, sie brauchen frische Luft! Doch ehe die Zimmertür nicht geöffnet wird, gibt es keinen Durchzug.

Endlich schließt N. die Tür auf. Noch im Nachthemd, im blaugeblümten. Der Luftstrom reinigt das Zimmer vom Rauch, aber der Gestank bleibt. N. hält sich ein Taschentuch vor die Nase. Ihre Augen tränen. Was ist denn, warum regt ihr euch auf? Es wird Müll verbrannt, sagt N. Sie ist nicht allein. Sie bringt H. mit. Deren Augen sind gläsern. Anscheinend ist N. nicht gekommen, weil die Mädchen Lärm geschlagen haben, sondern weil H. nicht imstande war, allein zum Zimmer zu gehen. Wieder werden sie eingeschlossen. Bleiben allein mit dem unerträglichen Gestank.

H. schaut wie hypnotisiert auf einen Punkt, ohne zu blinzeln. Sie ist weiß wie die Wand, an der sie lehnt. Anscheinend sieht sie etwas, das die anderen nicht sehen. Am Abend zuvor waren zwei Männer gekommen und hatten sie weggeführt. Sie waren gut gelaunt gewesen. S. erkennt die Symptome von Schock und weiß, das hat mit den Soldaten zu tun. H. kann nicht reden, sie sagt nur ständig: Nein, nein. Dann schluchzt sie, den Kopf gesenkt.

Keiner kann mehr schlafen. Im Zimmer herrscht eine seltsame Unruhe. Die Mädchen ahnen, daß etwas Ungewöhnliches vor sich geht. S. spürt die allgemeine Furcht, die mit einemmal nach außen dringt wie Hautausschlag. All das Schreckliche und Drohende, das sie jeden Tag umgibt – das Lager, der Tod –, wird plötzlich sichtbar und greifbar, als der unbekannte Gestank ihnen den Atem nimmt.

In ihrer kleinen Frauengruppe ist es tatsächlich so, daß nur das Realität ist, was ihnen zustößt, jeder einzelnen von ihnen. Außerhalb dessen werden die Dinge unerklärlich. Die Mädchen sind gewissermaßen isoliert vom Lageralltag. Sie funktionieren auf besondere Weise wie ein Dienstleistungsbetrieb und stellen eine zusätzliche Erniedrigung der Lagerinsassinnen dar. Dennoch glauben sie, dabei überleben zu können. Sie haben es gelernt. Sie müssen. Sie wissen, die anderen Frauen im Lager bemitleiden sie. Sie selber haben keine Kraft zum Selbstmitleid, das erscheint ihnen in ihrer Situation als Luxus. Mehr noch, S. kommt es vor, als seien die Mädchen mit der Zeit gefestigt, härter geworden. Jeden Morgen pflegen sie die Wunden, die ihnen zugefügt wurden, glücklich, eine weitere Nacht überlebt zu haben. Es ist Tag, jede von ihnen hat die Augen geöffnet. Und vielleicht bleibt die nächste Nacht ruhig, oder sie bekommen ein Stück frisches Brot. Oder in der Nähe wird geschossen, dann gehen die Soldaten ins Terrain und lassen sie eine Zeitlang in Ruhe. Für sie ist Glück der Augenblick der Erholung zwischen zwei Abscheulichkeiten.

Der Gestank verzieht sich nicht. Sie drängen sich aneinander wie verstörte Tiere. S. sagt, der Gestank erinnere sie an verbrannte Haut, als sie einmal als Kind mit dem Oberschenkel an den Herd geraten war. Sie sagt es flüsternd, doch in H. kommt plötzlich Bewegung. Sie hebt den Kopf. Da, da, stottert sie wie ein Kind, das noch nicht sprechen kann. Sie zittert. Die Mädchen hüllen sie in ein Laken, geben ihr Wasser zu trinken. Sie schluckt gierig, als glaube sie nicht, daß sie noch am Leben ist. Das Wasser läuft ihr das Kinn hinunter und benetzt ihr T-Shirt. Beruhige dich, du bist bei uns, sagt S. und streicht ihr über das schweißverklebte Haar. Endlich atmet sie gleichmäßiger. Es stimmt, das mit dem Gestank, sagt H. Es stinkt nach Menschenfleisch. Die Soldaten verbrennen die Leichen von Lagerinsassen.

Nun spricht sie ganz ruhig. Ihre Worte fallen in die Stille, es ist, als hätte sie sei gar nicht oder zu leise ausgesprochen. Doch natürlich hören es alle, S. sieht den Gesichtsausdruck der Mädchen wechseln. Zuerst Unglaube, dann Entsetzen. Sie brauchen Zeit zu verstehen, daß der Gestank, dieser unerträgliche Gestank, vom Verbrennen menschlicher Körper herrüht. Kann Menschenfleisch so … unmenschlich stinken?

H. sagt, die Soldaten seien stark betrunken gewesen, als sie sie holen kamen, und nachdem sie sie gequält hatten, hätten sie sie in den Hof hinter dem Gebäude geführt.

Dort lag ein Haufen Leichen, vielleicht ein Dutzend oder mehr. Die Soldaten zwangen H., die Szene mit anzusehen. Das sind eure Bauern, sagten sie zu ihr. Siehst du, was wir mit ihnen machen? Eine Kugel in den Kopf und dann ab in den Container! Guck mal, so werdet ihr alle enden! lästerte der jüngste und betrunkenste von ihnen. H. kennt ihn gut, sie haben zusammen gearbeitet. Auch die Frauen und die Kinder, alle werden so enden, wenn man mich fragt! fügte er hinzu.

Die Wachposten kamen und warfen schweigend die toten Leiber in den Container. Ein Soldat übergoß sie mit Benzin aus einem Kanister. Dann zündete er sich eine Zigarette an und warf das Streichholz hinein. Eine bläuliche Flamme stieg hoch auf zum Himmel. Die Soldaten lachten. Sieh nur, wie sie brennen, riefen sie. H. konnte das nicht mehr ertragen. Sie rannte auf das Haus zu. Die Soldaten hatten ihren Spaß an der Szene und ließen sie laufen.

N. sah das alles, an ihr Fenster im Erdgeschoß gedrückt. Sie sagte nichts, half H. nur, ins Zimmer hinaufzugehen.

Im ersten Moment fällt es S. schwer, das Ganze zu glauben. Wie kann es jemandem einfallen, Leichen in einem Müllcontainer zu verbrennen? Den Gedanken, daß der Tod nicht das Schlimmste sei, was einem Menschen widerfahren kann, sondern daß eine weitere Erniedrigung nach dem Tode möglich ist, weist sie von sich. Sie spürt, wie sie sich verzweifelt gegen diese Erkenntnis wehrt. Das Verhalten derer ist etwas Grauenhaftes, nicht nur in bezug auf die Menschen, die in einem Haufen Müll in Containern brennen, sondern auch auf jene, die sie angezündet haben.

An den Tod haben sie sich schon gewöhnt. Der Tod ist ihnen hier nahe, er ist etwas Menschliches, sogar wenn er grausam und gewalttätig ist. Aber das Verbrennen menschlicher Leichen im Müllcontainer, das ist etwas anderes. Es ist ein Akt, den man unmöglich akzeptieren kann. Menschen brennen wie Abfall in Müllcontainern, zusammen mit dem Müll – und stinken hundertmal schlimmer. Ist das das Äußerste? Oder gibt es noch etwas Schlimmeres? Die Leichen der getöteten Lagerinsassen an Tiere verfüttern? Das tun sie womöglich schon. In dieser Zeit der Morgendämmerung, da das Zimmer voll vom Geruch nach verbranntem Fleisch ist, das nun einen Namen hat, erscheint ihr nichts mehr unmöglich. Sie begreift nur, daß sie selbst nicht genügend Phantasie besitzt, dafür haben andere jedoch um so mehr. Keine Phantasie zu haben erscheint ihr in diesem Augenblick als ein Trost.

Und uns hat N. gesagt, da wird Müll verbrannt, meint J. finster. Aus ihren Worten strömt kalter, geballter Haß. Er ergießt sich aus ihr wie ein Sturzbach und wälzt sich durchs Zimmer. In dem Moment möchte jedes der Mädchen jemanden hassen. Nur der Haß kann ihnen die Wucht der Erkenntnis erleichtern.

Demnach sind für jene die Lagerinsassen Müll. N. hat recht, es wurde Müll in Brand gesteckt. Das denken die auch. Die getöteten Männer sind für die keine Menschen, sondern menschlicher Abfall, deshalb wurden sie umgebracht. S. merkt, die Mädchen ersticken fast vor ohnmächtiger Wut, und das Leid verzerrt ihre Gesichter. In eine Ecke gedrückt, fühlt sie sich bedrängt von dem Gestank und von dem nun schon fühlbaren Haß, der sie umgibt. In dem Augenblick, dessen ist S. sich sicher, wären die Mädchen imstande, den Soldaten im Hof das gleiche anzutun. Sie umzubringen, anzustecken, sich an den Flammen zu freuen. Nicht einmal für sich kann sie garantieren, nicht in diesem Moment. Womöglich würde sie sich ihnen anschließen. Womöglich würde sie sogar als erste das Streichholz werfen …

S. bemüht sich, den Anfall von Haß abzuwehren und nachzudenken. Sie will nicht gleichzusetzen sein mit denen, die die Leichen im Hof angezündet haben. Sie versucht, den Mädchen etwas zu sagen, ihre Situation zu erleichtern. Deshalb sagt sie, N. sei nicht schuld. H. steht auf, stößt sie, brüllt. Sie ist schuld, ist schuld, und wie! Die alle sind schuld! Sie hat zugeschaut, ich hab's gesehen, sie hat ruhig zugeschaut, wie sie brennen. Hat nichts gesagt. Hat nicht das Fenster zugemacht … Sie ist schuld, lenkt S. ein, es stimmt ja, daß die alle schuld sind, doch nicht gleichermaßen.

Was konnte N. tun? Auch sie ist in gewisser Weise eine Gefangene in diesem Lager. Ob sie betrunken war? S. weiß nicht, woher ihr Bedürfnis rührt, N. zu verteidigen, vielleicht denkt sie in diesem Augenblick gar nicht nach, sondern will sich einfach der Finsternis widersetzen, der sie alle verfallen.

Ich hab es satt, dein ganzes Verständnis für alles mögliche, Lehrerin! schreit H. nun. Ich würde sie an die Wand stellen und abknallen, ohne Gnade! Die so sprechen und die sie verteidigen! Gehörst du zu uns oder zu denen?! Da brennen Leichen im Müllcontainer, und du erzählst mir, die Frau sei nicht schuld! Bin ich etwa schuld? Habe ich die Leute etwa umgebracht, mein Fräulein, habe ich sie angesteckt?!

Was konnte S. darauf erwidern? Vielleicht besteht der Unterschied nur darin, daß keine von ihnen die Gelegenheit hatte, das gleiche zu tun. Erst dann hätten die Frauen erfahren, ob sie anders sind als die Soldaten oder nicht. Doch woher nimmt S. das Recht, darüber zu urteilen, wenn der Unterschied gerade darin liegt, was getan und was nicht getan wurde?

In dem Rauch, der sie nach Luft ringen läßt, mag S. nicht weiter auf die Mädchen einreden oder versuchen, die anderen zu lehren, Nuancen zu unterscheiden. Sie hat keine Lust, jemanden zu verteidigen, sie ist ja selbst die Gefangene von denen. Sie hatte ihnen sagen wollen, soweit sie diese Dinge verstünde, kann derjenige, der einen Menschen tötet, nicht genauso schuldig sein wie der, der das Streichholz entzündet oder wie einer, der das alles mit ansieht. Es muß einen Gradmesser für die Schuld geben, sonst sind alle verloren. S. ist zumindest geneigt zu sehen, daß N. machtlos, vielleicht sogar entsetzt ist. Doch was kann diese alte Frau tun, wenn die betrunkenen Soldaten vor ihren Augen die Häftlinge ermorden und die Leichen anschließend verbrennen? Sie ist die Frau des ehemaligen Wächters des Landmaschinenlagers. Vielleicht hätte sie fortgehen können, man kann ja immer fortgehen. Vielleicht hätte auch sie die Möglichkeit der Wahl gehabt, denn die hat jedes menschliche Wesen. Aber was weiß ich oder jemand sonst von den Wahlmöglichkeiten eines anderen? denkt S. Sie kann lediglich bezeugen, daß N., die wählen kann, ob sie zu den Frauen im Zimmer gut oder schlecht ist, die Möglichkeit gewählt hat, gut zu sein, sich wirklich um sie zu kümmern, ihnen Brot und Seife zu bringen, sie zu trösten. Darin besteht ihre Wahl. Vielleicht war sie nicht stark genug für etwas anderes, Besseres, Richtigeres. Wie so viele andere Menschen weiß N. vielleicht, daß sie eine solche Wahl mit ihrem Leben bezahlt hätte. Doch auch sie ist ein Teil des Systems, ein Teil des Lagers, so etwas wie ein Häftling, eine Person, die keinen eigenen Willen hat und nicht frei über ihr Leben verfügen kann. Der Unterschied besteht darin, daß ihr – bisher – keiner eine Kugel in die Schläfe schießen will.

S. verspürt auch selbst den Wunsch nach Rache, wenn sie an ihre Eltern und ihre Schwester denkt und an den Mann, der sich daheim in ihre Wohnung gesetzt hat. Ob auch sie töten könnte? Weshalb sollte ihr Verhalten anders sein? Wäre in diesem Fall ihr Haßgefühl nur ein Spiegelbild, die andere Seite von deren Haß? Doch das klingt ihr schon nach Rechtfertigung. *Wenn du zweifelst, ob du selber fähig bist, das gleiche zu tun, dann ist es schon zu spät. Denn dann hast du bereits unbemerkt den ersten Schritt auf die andere Seite getan, zu denen hin.*

Am Morgen ist das Zimmer heller, der Rauch hat sich verzogen, übrig bleibt der Gestank, er klebt am Körper, an den Wänden, an der Kleidung, wie eine dünne Fettschicht, die sich nicht abwaschen läßt. Selbst wenn er gänzlich verschwindet, wird keines der Mädchen ihn vergessen. So wie D. kein Schweinefleisch mehr essen kann. S. erinnert sich daran, wie die Köchin erzählte, sie habe die Schweine in ihrem Dorf in den Leichen der Bauern wühlen sehen. Seitdem könne sie kein Schweinefleisch mehr anrühren, sagte D. Und jedesmal, wenn sie Schweinefleisch anrichten müsse, frage sie sich, ob dieses Schwein wohl Menschenfleisch gefressen hat. Ihr wird übel von Schweinefleisch, als wären die Schweine schuld und nicht die Menschen.

Ein Gespräch hat keinen Sinn, jedes der Mädchen ist allein mit sich, mit diesem aufgebrochenen Haß, der den Geist entzündet und dem man nicht entrinnen kann. Für keine von ihnen gibt es ein Zurück, sie können das Böse, das sie in sich spüren, nicht abwehren.

S. verkriecht sich immer tiefer in sich selbst. Es muß eine Grenze geben, hinter der sie nichts mehr berühren kann, hinter die kein Gefühl mehr dringt, nicht einmal die Angst vor dem Tod. Sie muß in sich eine Kammer finden, in der sie das Bewußtsein von sich verliert, davon, wo sie ist und was sie ist. Etwas wie Tod, der kein Tod ist, sondern nur eine zeitweise Abwesenheit. Daß sie nicht hier ist, so als gäbe es sie nicht, als wäre sie gar nicht vorhanden ... Bisweilen gelingt ihr das. Doch an jenem frühen Morgen empfindet sie nur Müdigkeit. Sie hat in sich nur noch ganz wenig Raum für den Verstand. Und auch diese Winzigkeit wird bald aufgebraucht sein.

Später sagt jemand, der Container sei nicht mehr da. Nicht mehr da! Eine nach der anderen steigt aufs Klosettbecken, um sich zu überzeugen. Der Hof ist nun ganz leer. Als wäre nie ein Container dagewesen. S. hat ein merkwürdiges Gefühl, einen Augenblick lang ist sie beinahe bereit zu bezweifeln, ob das, was sich am frühen Morgen abgespielt hat, nur ein nächtlicher Alptraum war oder vielleicht eine Gruppenhalluzination. Doch die lange Radspur vom Lastwagen, der den Container weggeschafft hat, ist ein gewisser Beweis. Ein anderer ist der Gestank, der noch tagelang nach diesem Vorfall im Zimmer hängt.

Bosnien, »Frauenraum«, August 1992

Der Hauptmann hat schöne Hände. Er hält sie ausgestreckt auf dem Tisch, so daß S. sie gut sehen kann. Seine Fingernägel sind sorgfältig geschnitten. Das ist möglicherweise ein Zeichen seiner Eitelkeit. Oder auch von Ordnungssinn, sogar Pedanterie. Sein Büro zeugt davon, daß er keine Unordnung duldet. Weiße Wände. Ein sauberer Fußboden. Ein leerer Tisch, nur ein Bogen Papier und ein Stift darauf. Bisweilen spielt er mit dem gelben Stift. Nicht ungeduldig, sondern mehr wie abwesend, als wisse er nicht, was er noch sagen soll. Er bietet ihr einen

Platz an. Genau sagt er: Bitte machen Sie es sich bequem, und weist auf einen Stuhl. Sie ist verwundert, daß sie von einem Mann im Lager gesiezt wird. Sie, die Gefangene. Und dann jene gepflegten Hände, das olivfarbene Hemd ohne jede Knitterfalte. Der Duft von Aftershave, den S. gierig einatmet.

Der Hauptmann hält offensichtlich auf Hygiene und Anstand. Sicher ist er davon überzeugt, daß er unter den gegebenen Umständen das Äußerste tut, was er kann, um Ordnung und Disziplin zu wahren. Die gegebenen Umstände sind der Krieg. Der Hauptmann rasiert sich regelmäßig. Er siezt die Gefangenen und vielleicht auch alle Untergebenen. Damit glaubt er, den Krieg in gebührendem Abstand zu halten.

Das alles sieht S., als sie ihm gegenübersitzt. Über ihn wird im Lager nicht viel geredet. Er wohnt in einem Flügel des Verwaltungsgebäudes, allein. Seine Frau und sein Kind befinden sich irgendwo in der Ferne, er stammt nicht aus dieser Gegend.

Erzählen Sie mir etwas über sich, sagt der Hauptmann. Seine Arme sind auf der Brust verschränkt. Er hat dunkle Augen und graumeliertes, kurzes Haar. Wären sie sich beide irgendwo anders begegnet und wäre er nicht der Lagerkommandant, so hätte S. sich eingestanden, daß er gut aussieht. Scharf geschnittene Gesichtszüge, eine längliche Nase, ausdrucksvolle Lippen, dichte Brauen, ein schnurgerade geschnittener Schnurrbart.

Seine Aufforderung verwirrt sie. Über sich erzählen? Über welches Ich, fragt sie ihn. Nun ist auch er verlegen. Über das frühere Leben natürlich. Wie sie hier lebt, interessiert ihn doch nicht! Das weiß er ohnehin alles. Sie sind eine gebildete Frau, sagt er in der Absicht, ihr zu helfen, sich an die andere Person zu erinnern. Ach, das ist es! Pädagogische Hochschule, sagt sie, und mit einemmal kommt es ihr ganz unwahrscheinlich vor. Als wäre eine andere an ihrer Stelle gewesen. Die Vorlesungen, die Angst vor den Prüfungen, die Nächte, in denen sie Namen und Jahre auswendig lernte – wie hat sie das alles vergessen können? Offenbar hat der Hauptmann Achtung vor ihrer Ausbildung. Lehrerin also? – Grundschullehrerin, eine ganz gewöhnliche Lehrerin, antwortet S. und merkt, wie sich ihr Gesicht zu einem dummen Lächeln verzieht. Auch er wird weicher, vielleicht versteht er die Absurdität des Ganzen. Aber wie sind Sie hierhergeraten, Fräulein Lehrerin?

S. bittet ihn, sie nicht so zu nennen. Das sei ihrer Situation völlig unangemessen, sagt sie. Der Hauptmann nickt. Leider, erwidert er, als handele es sich um ein Mißgeschick, an dem er nicht den geringsten Anteil hat. S. erzählt ihm, sie sei zufällig in der Dorfschule gewesen, wo sie zeitweise eine Bekannte vertreten habe, die ihr Mütterjahr in Anspruch nehme. Als die Soldaten ins Dorf gekommen seien, habe sie gesehen, daß es zu spät war, daß ihre Erklärung jene nicht interessierte. Eigentlich hatte sie ihnen gar nichts zu erklären versucht. Was hätte sie ihnen sagen können? Daß sie nicht aus diesem Dorf ist? Daß sie aus einer Mischehe stammt? S. winkt ab. Nein, es war bereits zu spät … Also eine Art Verwechslung? fragt er. S. zuckt die Schultern. Der Hauptmann weiß, von einer Verwechslung kann nicht die Rede sein. Auch sie hat, wie die anderen Dorfbewohner, die falsche Nationalität. Im übrigen hat keiner ihre Namen kontrolliert. Das heißt, die wußten, noch bevor sie in ihre Wohnung kamen, wer sie ist. Eine Verwechslung? Wäre sie in Sarajevo geblieben, dann wäre sie womöglich durch die Kugel eines Heckenschützen ums Leben gekommen, so wie ihre Freundin, die nur über die Straße ging, um Wasser zu holen. Das Brot hat später ein Passant aufgehoben. Das Wasser hat sich über den Fußweg ergossen und mit ihrem Blut vermischt.

Während sie erzählt, schaut der Hauptmann ihr direkt in die Augen. Wieder nickt er. Vielleicht versteht er tatsächlich. Wer weiß, wie er hierhergeraten ist, ob es ein Zufall war, denkt S. Sie ist verwirrt, daß sie eine Art Nähe zu diesem Menschen empfindet. Es muß an dem Duft der Lotion liegen, an den sauberen Fingernägeln und dem gebügelten Hemd. Und daran, daß auch er aus der Stadt ist.

Das Licht überflutet den Tisch und den sauberen Bogen Papier, der für eine Art Protokoll vorgesehen ist. Der Hauptmann spielt weiterhin mit dem gespitzten gelben Bleistift, und S. weiß genau, er hat gar nicht die Absicht, etwas zu notieren, dies ist kein Verhör. Der Bogen Papier ist leer und glänzt. S. bleibt ganz ruhig, ihre Furcht ist verschwunden. Nach kurzer Pause fragt sie ihn, ob er verheiratet sei, ob er sich einsam fühle. Sind Sie allein? Das sagt sie kokett wie eine Frau, die ihn gern zum Abendessen einladen würde. Sie tut es, weil sie sieht, er weiß nicht, was er sie fragen soll, sie ist nicht zum Verhör gerufen, sondern um ihm Gesellschaft zu leisten. Das spürt S. instinktiv. Der Hauptmann scheint anständig zu sein, sein Hemd ist bis zum Hals zugeknöpft, und irgendwie wirkt er nicht aufdringlich, obwohl er der Kommandant des Lagers ist …

Wie war er auf sie gekommen? Jemand mußte seine Aufmerksamkeit auf sie gelenkt haben. Oder er hatte sich erkundigt. Die einzige gebildete Frau im ganzen Lager. In T-Shirt und langen Hosen, die Haare gewaschen, ohne Angst vor ihm. Geschminkt ist sie, S. verläßt das Zimmer nicht mehr, ohne sich vorher geschminkt zu haben. Sie sieht aus wie eine Studentin. S. liest in seinen Augen, er will diese Frau mit der weichen Haut und dem intelligenten Blick haben und nicht eine Bäuerin, die vor Angst heult und schon verloren ist, wenn ihr eigener Mann ihr zu nahe kommt.

S. weiß, sie darf nicht die Gelegenheit verpassen, dem Hauptmann zu gefallen. Es wäre töricht. Außerdem könnte er sie auch mit Gewalt nehmen, doch das würde er nicht tun, das gesteht S. ihm zu.

Der Hauptmann lächelt. Er hat schöne, regelmäßige Zähne. Vielleicht ist er nicht gewalttätig, weil er sich seiner Wirkung auf Frauen bewußt ist, denkt S. Nun, da sie sich von der Angst befreit hat, gefällt er ihr immer mehr. Er erzählt ihr, er sei verheiratet, seine Frau und sein kleiner Sohn seien jedoch in Serbien geblieben. Er redet nicht von Einsamkeit, kein einziges Mal verwendet er dieses Wort, doch S. sieht, darum geht es ihm. Er braucht Gesellschaft. Sind Sie frei zum Abendessen? fragt S. ihn, so als wären sie in Sarajevo oder in seinem Belgrad und könnten sich ein Restaurant auswählen. Er geht auf das Spiel ein, und das gefällt ihr. Sie entspannt sich. Er zieht eine Zigarette heraus und zündet sie mit einem eleganten Feuerzeug an, das er aus einer Schublade holt. Sie hat die Idee, ihn zu fragen, wie er zu dem vergoldeten Feuerzeug gekommen ist, ob er es vielleicht einem Gefangenen abgenommen hat, doch sie beschließt, den Gedanken fallenzulassen, delikat, wie er das Feuerzeug auf den Tisch legt, sich seines Wertes voll bewußt.

Noch immer sind sie in seinem Büro, doch beide scheinen bereits ein wenig vergessen zu haben, wo sie sich befinden, und beiden ist wohl dabei. Als der Hauptmann den Rauch der Zigarette in tiefen Zügen genießt, fühlt S. ihre Macht über ihn, als sei sie die Katze und er die Maus und nicht umgekehrt. Sie glaubt die Oberhand über ihn bekommen zu haben. Das Verführungsspiel erleichtert ihr die Situation. Männer wollen verführt werden, sie wollen glauben, verführt worden zu sein, sogar wenn sie vergewaltigen können. Solange sie so tut, als verführe sie sie und als genieße sie das Spiel, zwingt sie sie, auf ihre Spielregeln einzugehen. So nimmt sie ihnen das größte Vergnügen. Das Gefühl der Übermacht eines Serben, der eine Muslimin vergewaltigt, wird abgelöst von dem Gefühl der Übermacht des Mannes, der die Verführerin befriedigt. Der kleine Trick der Frau macht aus dem Serben nur einfach einen Mann und stuft ihr Verhältnis auf eine gewöhnliche Mann-Frau-Situation zurück. Wenn sie das wenigstens den Mädchen erklären könnte ... Aus der Schwäche der Männer ihren Vorteil zu ziehen ist das Ziel, dessen S. sich ganz bewußt ist, als sie dem Hauptmann gegenübersitzt.

Später, als sie den Mädchen von dem Besuch beim Hauptmann berichtet, sind sie aufgeregt. Sie beratschlagen. Er ist immerhin der Lagerkommandant. Vielleicht können sie über S. etwas erwirken. J. bittet S., sich nach ihrem Vater zu erkundigen, der mit ihr gemeinsam hergebracht worden ist. Sie hat schon geraume Zeit keine Nachricht von ihm. M. glaubt, sie könne erreichen, daß der Hauptmann ihre Mutter freiläßt. H. sagt: Frag ihn, wie lange wir hierbleiben. S. hört sich ihre Bitten an, als hätte sie tatsächlich die Absicht, dem Hauptmann alles vorzutragen, als würde sie als Vertreterin des »Frauenraums« zu ihm gerufen und nicht, um ihn zu unterhalten, damit er vergißt, daß er sich in einem Lager in den bosnischen Bergen befindet ...

Sie scheinen das nicht zu verstehen. J. bietet ihr an, für den Abend ihr schwarzes Kleid anzuziehen. Sie zögert, geht aber schließlich auf das Angebot ein. Warum nicht? Das Kleid steht ihr. Sorgfältig macht sie sich für den Hauptmann zurecht. Sie weiß, wozu sie das alles tut, aus dieser Begegnung könnte sie wirklich einigen Nutzen ziehen, obwohl ihr noch nicht ganz klar ist, welchen. Sie trägt Puder, Lidschatten und Wimperntusche auf. Kämmt ihr Haar nach oben und steckt es mit Nadeln fest. Schminkt sich die Lippen mit dem kräftigroten Lippenstift. Diesmal helfen ihr die Mädchen, sie widersetzen sich ihrem Schminken nicht. Sie sieht gut aus, sagt S. zu ihrer eigenen Maske. Die Mädchen lachen. Sie empfinden das als gelungenen Witz, über sich in der dritten Person zu sprechen, als sei man eine Puppe oder eine Schauspielerin, die gerade eine neue Rolle einübt. Vielleicht begreifen sie doch den Trick mit dem Maskieren, wenn sie sehen, daß man mit Hilfe von Schminke und Kleidung ein anderer Mensch wird.

S. fällt auf, daß keines der Mädchen etwas für sich erbeten hat. Wieso? Wieso stellen sie sich zurück? Ist das eine Folge ihrer Hoffnungslosigkeit? Sie leben doch, noch leben sie.

Der Hauptmann öffnet die Tür seiner Wohnung im Verwaltungsgebäude. Er trägt ein weißes Hemd. Tritt ein, sagt er einfach, als würden sie sich seit langem kennen. Das war offensichtlich auch früher eine Wohnung. Eine Küche, ein Wohnzimmer, weitere Räume. S. bleibt stehen. Wie lange hat sie schon keine gewöhnliche Wohnung mehr gesehen? Eine normale Couch und Sessel, ein Teppich, ein Fernseher, ein gedeckter Tisch. Ihr kommen die Tränen. Sie senkt den Kopf, will nicht, daß der Hauptmann ihre Schwäche sieht.

Er schenkt Wein ein. S. hofft, er würde nicht bemerken, wie erschüttert sie ist und wie krampfhaft ihre Finger das Glas halten. Zum Wohl, sagt er. Der Wein rinnt durch ihre Kehle und geht rasch ins Blut. Eine angenehme Wärme durchströmt sie, und sie lacht überlaut. Sie weiß, sie ist schon berauscht, und erzählt ihm, sie werde leicht betrunken und könne dann nicht aufhören zu lachen. Sie sagt dem Hauptmann: Ich bin schon betrunken. Lehnt sich an seine Schulter. Berührt ihn. Dennoch hat sie nicht so viel getrunken, als daß sie nicht wüßte, sie darf sich nicht betrinken, sie darf ihre Rolle nicht vergessen. Würde sie es tatsächlich tun, so könnte es passieren, daß sie etwas Falsches sagt, ein einziges Wort wäre genug, sie zu gefährden. Zum Beispiel: Verbrecher. Der Mann, der Kommandant dieses Lagers ist, muß ein Verbrecher sein, sogar wenn er persönlich niemanden getötet hat, denkt S., als sie ein Glas nach dem anderen leert. Sie lächelt ihm zu, aber sie sieht ihn schon wie durch einen leichten Nebel.

Der Wein wirkt stark, weil sie lange keinen getrunken hat. Sie sagt sich, sie muß essen, das Essen wird sie vor der Trunkenheit schützen. Der Hauptmann serviert das Mahl. S. weiß nicht, wer es zubereitet hat, vielleicht N. oder die Köchin. Er wünscht offenbar mit ihr allein zu sein, und S. ist ihm dankbar dafür. Sie möchte keine Zeugen für das, was sich hier abspielt.

Als sie die Suppe essen, eine richtige Suppe, gibt sie acht, nicht zu zeigen, wie gierig sie ist, sondern sich so zu benehmen, wie der Hauptmann es von einer Städterin erwartet und nicht von einer Bäuerin oder Lagerinsassin. Dieses Abendessen steckt voller Tücken. S. muß auch aufpassen, nicht ihren Erinnerungen zu erliegen. Die Kartoffeln sind gelb, das gebratene Rindfleisch riecht so köstlich, als hätte ihre Mutter es zubereitet. Gerüche sind gefährlich, sie versetzen sie urplötzlich in die Vergangenheit, und sie fürchtet zu vergessen, wo sie ist. Sie muß sich auf den Hauptmann konzentrieren. Wenn ihr das gelingt, dann wird alles gut werden. Sie schließt die Augen und lauscht seiner Stimme.

Der Nutzen, den sie durch den Hauptmann hat, wird ihr jeden Tag klarer. Überleben. Wein trinken, essen, in sauberem Bettzeug schlafen, sicher sein. Der Hauptmann ist vielleicht ihre Chance zu überleben. Sie denkt nicht an Freiheit, so naiv ist sie nicht. Sie will nur diese unverhoffte Gelegenheit nutzen, um ihre Situation zu verbessern. In dem Augenblick fragt sie sich nicht einmal, ob sie dazu das Recht hat, Gut und Böse haben im Lagerleben kaum noch einen Sinn. Gut ist, was einem nützt, und schlecht ist, was keinen Nutzen hat oder einem anderen unmittelbaren Schaden zufügt. S. ist sicher, daß sie durch ihr Verhalten niemandem schadet.

Jedesmal stürzt sie sich auf das Essen. Sie ist ausgehungert, doch sie gibt acht, daß der Hauptmann es nicht bemerkt. Man kann zwar nicht sagen, sie litten Hunger im »Frauenraum«, doch das Essen ist eintönig und ohne Geschmack: Kartoffelsuppe, Erbsen, Mehlspeisen, Reis, Kohl. Auch der Hauptmann hat einen guten Appetit, vielleicht ist ihm das Essen das einzige Vergnügen in einem solchen Leben. Was für eine Befriedigung könnte er sonst haben? Er ist fern von seiner Familie, von den Freunden, von seiner Stadt. Umgeben von Stacheldraht und Tod. Was ist das für ein Leben? Zwar besitzt er Macht, doch ist das genug? Es muß ausreichend sein, wenn man ein Mann ist und wenn man glaubt, das, was man tut, sei gerechtfertigt. Oder wenn man einen Befehl ausführt. Sie fragt ihn solche Dinge nicht, wagt nicht, über seine »Arbeit« zu sprechen. Er hat das einmal ihr gegenüber geäußert, und seither hält S. sich an die Abmachung.

Sie sollte ihn hassen. Doch sie haßt ihn nicht, da sie an seiner Seite zumindest für kurze Zeit glaubt, nicht im Lager zu sein. Diese Wohnung ist ein Zeichen dafür, daß es etwas anderes gibt, Zivilisation, eine Welt hinter dem Stacheldraht. Und mag ihr dieses normale Leben auch noch so wenig zugänglich sein, so möchte sie doch für einen Augenblick die Illusion genießen. Sie glaubt, auch der Hauptmann brauche diese Illusion, und deshalb verstehen sie sich. Nein, S. haßt ihn nicht. Im Gegenteil, für jene Nächte ist sie ihm bis heute dankbar.

Am ersten Abend schaltet er den Fernseher ein und winkt ihr, neben ihm auf der Couch Platz zu nehmen, mit der gleichen Geste, wie er auch seine eigene Frau bitten würde. Ist es vielleicht so, daß S. ihn an sie erinnert, oder möchte er einfach eine Frau in seiner Nähe spüren? Der Fernseher ist alt, ein Schwarzweißgerät. Im Dunkeln lehnt sie ihren Kopf an seine Schulter. Er legt eine Zeitlang den Arm um sie. Auf der Couch aneinandergekuschelt, schauen sie sich gemeinsam in der Stille einen alten Hollywoodfilm an. Das Dunkel um sie schluckt die Lagerwirklichkeit.

Als seine Hände ihre Brust berühren, erscheint das ganz natürlich. S. wehrt sich nicht. Die Bettwäsche auf dem Ehebett duftet frisch.

Bosnien, »Frauenraum«, September 1992

Ja, der Hauptmann ist einsam. Er redet nicht darüber, aber zumindest einmal wöchentlich, meist am Sonnabend, läßt er sie holen, damit sie ihm Gesellschaft leistet. Als sei das Lager ein Betrieb, wo am Wochenende nicht gearbeitet wird. Er erzählt ihr von seinem fünfjährigen Sohn. Auf dem Foto sieht sie einen lächelnden Jungen mit einem Fußball, danach eine Aufnahme am Meer. Das Meer, sagt der Hauptmann nachdenklich, als zweifele er daran, noch vor kurzem neben seinem Sohn am Strand gelegen zu haben. Auch er zweifelt an seinem früheren Leben, denkt S. Dann spricht er von seinen Freunden und von seiner Schwester. Seine Frau erwähnt er nicht. Nur weil er mir gegenüber rücksichtsvoll ist, denkt S.

Doch das Lager kennt keinen Sonnabend und keinen Sonntag, alle Tage sind gleich. Nur er und S. haben ein Wochenende. Einmal klopft ein Soldat am Sonnabend abends an die Tür und unterbricht sie beim Essen. Zum ersten Mal hört sie den Hauptmann fluchen. Er bleibt ein paar Stunden fort. In der Zeit sieht S. fern. Als er zurückkommt, sagt er nichts. Für den Rest der Nacht ist er finster und ärgerlich.

Am nächsten Morgen hört sie, eine Frau habe versucht zu fliehen. Sie war schon außerhalb des Lagers und hatte fast den Wald erreicht. Der Hauptmann habe eigenhändig auf sie geschossen, wütend, daß ihm eine Lagerinsassin die Samstagsruhe verdorben hat.

S. sagt sich, sie hat keine andere Wahl, als weiterhin zu diesen Treffen zu gehen, die ihr nach der Sache mit dem Erschießen immer schwerer fallen. Ihr ist bewußt, daß sie keine Möglichkeit mehr hat, die Einladungen des Hauptmanns abzulehnen. Sie hat diese Beziehung akzeptiert, um ein besseres Leben im Lager zu haben, sie wird nachts nicht mehr geholt, kann ruhiger schlafen und besser essen. Das ist alles. Bewußt erkauft sie alle diese Bequemlichkeiten, feilscht um jede Minute der damit verbrachten Zeit. Sie gesteht sich ihre Feigheit ein, doch mit diesem Eingeständnis fühlt sie sich um keinen Deut besser.

Der Hauptmann ist niemals grob zu ihr. Dennoch ist sie nicht sicher, wie sie ihr wahres Gefühl bezeichnen soll – ist es seine Attraktivität oder ihre Sehnsucht nach einem normalen Leben, nach Bequemlichkeit? S. sieht in ihm den Abglanz jenes anderen, möglichen Lebens, das es bestimmt auch irgendwo gibt und das sie führen möchte, wenigstens zeitweise. Wenn es ihr gelingt zu vergessen, wo sie sich befindet. Und das gelingt ihr gut, von Tag zu Tag gewöhnt sie sich mehr daran. Für S. ist das Vergessen der Schlüssel zum Überleben.

Die einzige Erkenntnis, die ich im Lager gewonnen habe, besteht darin, wie wichtig es ist zu vergessen.

Sie gefällt ihm auf die gleiche Weise. S. ahnt, daß auch er mit ihr etwas anderes findet, einen kleinen Spalt, der es möglich macht, dem Lager zu entfliehen. Das gemeinsame Abendessen, danach das Fernsehen. Gespräche über die Kindheit, die Schule, über Filme, Städte und Reisen – über jenes andere, frühere Leben. Nein, keine Nachrichten, um Gottes willen! Nachrichten brächten Verwirrung in diese Scheinwelt. S. wagt bisweilen, in der Küche das Radio leise einzuschalten, oder sie erhascht Sätze aus dem Fernseher, die ihr Hinweise auf die Wirklichkeit außerhalb des Lagers geben könnten. Doch sie versteht die offizielle Sprache nicht mehr, die Ausdrücke haben sich geändert. Sie ist gezwungen, sich darauf zu verlassen, was sie von den Mädchen oder den Soldaten und Wachposten hört. Der Krieg ist auch weiterhin ein Alptraum, aber nun ist dieser Alptraum ihre einzige Wirklichkeit. Aber – wenn er zu Ende geht, würde der Hauptmann ihr das sagen?

Ihre Beziehung zu dem Hauptmann hat angefangen mit seiner Begierde. Doch je länger sie beieinander sind, desto mehr verwandelt sich diese Begierde in eine enge Berührung zweier wunschloser Körper. Ausgenommen vielleicht den Wunsch, daß keiner von beiden hier sein möchte, wo sie sind. In seinen Armen beginnt S. bald zu träumen. Sie erinnert sich an die Berührung der warmen Haut, an seinen frischen Geruch, den Augenblick des Behagens, wenn sie sich im Halbschlaf verliert. Dann ist sie nicht mehr im Lager, und das ist das einzig Wichtige. Draußen weht der Wind, bisweilen peitscht Regen gegen die Scheiben. S. drückt sich an ihn, stiehlt seine Wärme. Sie möchte ganz klein sein, sich in ein Kind verwandeln, fast vergehen.

Sie ist zufrieden. Sex bedeutet in ihrem Leben Gewalttätigkeit, unerträgliche Grobheit, Abscheu. Durch diesen Sex im Lager fühlt sie sich für ewig besudelt. Sie glaubt, ihre Haut rieche nach Sperma und Speichel. Ständig wäscht sie sich mit Seife und warmem Wasser, denn bei ihm hat sie eine richtige Badewanne und auch warmes Wasser zur Verfügung, dennoch ist ihr, als könne sie den Gestank nicht abspülen. Wenn sie in seinem Badezimmer duscht, fragt sie sich jedesmal, ob der Hauptmann den Geruch der anderen Männer auf ihrer Haut spürt, jene stinkende Spur, die in ihren Körper eingedrungen ist. Ob er sie spürt, die anderen Männer? Ob ihn das stört oder erregt? Jene Gemeinsamkeit, die Frauen zu erniedrigen, jene männliche Brüderlichkeit, wenn sie einander dabei zuschauen – ob sie das anregt?

Die Beziehung zu dem Hauptmann bedeutet für sie einen Fortschritt in ihrem Lagerstatus. Nun ist sie nur noch den Launen eines einzigen Mannes ausgesetzt. Das ist ein Gewinn für eine Frau aus dem »Frauenraum«. Ein Schritt nach vorn zur Selbsterhaltung. Wenn sie sich für ihn zurechtmacht, dann möchte sie sich fast gratulieren zu ihrer Geschicklichkeit.

Einmal, als sie gerade dabei ist, sich auf den Abend beim Hauptmann vorzubereiten, wirft J. ihr vor, ohne daß die anderen es hören: Du hast dich billig verkauft! Das sagt sie ihr ins Gesicht, ohne Haß, wie eine Tatsache, mit der sie von nun an rechnen muß. S. fragt sich, ob J. etwas weiß oder nur vermutet. Die Besuche beim Hauptmann bedeuten für S. eine Erholung, doch es ist ihr klar, sie würde sich kaum dagegen wehren. J.s Worte drücken ihr einen Stempel auf die Stirn. Vielleicht nicht gerade billig, antwortet sie ihr ebenso leise.

Natürlich hat S. eine Sonderstellung, ist gezeichnet durch die Wahl des Hauptmanns. Die Mädchen im »Frauenraum« können demgegenüber nicht gleichgültig sein. Sie ist weiterhin mit ihnen im Zimmer, schläft auch weiter bei ihnen. S. weiß, es stört die Mädchen, daß sie nicht mehr in der gleichen Position sind. Tatsächlich muß S. nicht mehr den Soldaten zur Verfügung stehen, und das ist im »Frauenraum« ein Privileg. S. glaubt, die Mädchen beneiden sie deswegen und verachten sie gleichzeitig. Das Schminken, das Annehmen der Rolle einer echten Hure ... Sie ist die einzige wirkliche Prostituierte unter ihnen, und so fühlt sie sich auch. Zwecklos, den Mädchen zu erklären, es sei Zufall, daß der Hauptmann gerade sie ausgewählt habe und nicht irgendeine andere. Sie kann ihnen nur noch einmal den hinlänglich bekannten Satz wiederholen: Was würdet ihr an meiner Stelle tun? Niemand, auch nicht die Mädchen aus dem Zimmer haben das Recht, über sie zu richten, glaubt S. Ihre Wahl erscheint ihr in diesem Augenblick völlig rational.

S. lügt den Mädchen vor, der Hauptmann zwinge sie, zu ihm zu gehen, er drohe ihr. Die Mädchen bedauern sie. S. erträgt schweigend die Heuchelei. Sie weiß, sie hat die Achtung und das Mitleid der Mädchen nicht verdient, doch sie traut sich nicht, ihnen das zu bekennen. Zu diesem Mann geht sie freiwillig, sie verhält sich ihm gegenüber wie zu einem Bekannten, der ihr einen Dienst erweist, weil er ihr den Aufenthalt im Lager erleichtert. Dabei ist sie sich in jedem Augenblick ihrer Schuld, ihrer Heuchelei bewußt.

Sie weiß nicht, wie sie den Mädchen die stillschweigende Abmachung mit dem Mann erklären soll, ihr gegenseitiges Nähren der Illusion einer Normalität, die sie beide brauchen. Dabei ist es selbstverständlich, daß im Gespräch das Lagerleben nicht erwähnt wird, mit keinem Wort. Deshalb kann sie nicht nach dieser oder jener Person fragen, kann sich nicht für jemandes Schicksal einsetzen. Durch diese Abmachung sind ihr die Hände gebunden. Bedeutet das, sie ist Komplizin? Oder auch weiterhin ein Opfer wie die übrigen? Sie hat sich bereits an diese Situation gewöhnt, an die Besuche, das Baden, das Essen, seine Berührungen, seinen Duft. An seine Geschichten aus der Kindheit und die Auszüge aus den Briefen des Sohnes, die er ihr laut vorliest. Als sie zum ersten Mal versuchte, mit ihm über den Krieg zu sprechen, spürte sie seine Erstarrung. Ich bin Soldat, ich habe keine Wahl. Die Muslime wollen ihren eigenen Staat, so wie die Kroaten, sagte er. Das war ihr eine Warnung, das Thema nicht wieder anzuschneiden. Beim nächsten Mal bat er sie, ja, er bat sie geradezu, nicht vom Krieg oder von seiner Tätigkeit zu sprechen. Sie faßte es auf als einen Teil ihrer Abmachung.

S. ist überzeugt, vom Hauptmann keinerlei Schutz für die anderen verlangen zu können, darin liegt das Problem. Sie glaubt, sie könne höchstens versuchen, sich selbst zu schützen. Was täte eine andere Frau an ihrer Stelle? Dennoch denkt sie an E. und deren Tochter. Seit sie im »Frauenraum« ist, sieht sie die beiden selten. Wenn S. für jemanden um Hilfe bitten würde, dann wären es diese zwei.

Dennoch kann sie nicht vor sich selbst verheimlichen, daß sie mit einem Mörder schläft. Früh am Morgen, wenn die Vögel erwachen, quält sie sich deswegen. Bisweilen scheint ihr, sie hätte genügend Kraft in den Händen, ihn umzubringen. In der Zeit zwischen Nacht und Tag, wenn sein schlafender Körper ganz ihrer Gnade ausgeliefert ist, schaut sie ihre Hände an. Sie kennt den Platz, wo er die Pistole aufbewahrt. Das ist der Augenblick, da sie weiß, da ihr völlig bewußt ist, was sie tun müßte, und daß es nur die Ausübung des Rechts wäre und nicht mehr. Ihr ganzes Wesen lechzt danach, sich durch diesen Akt zu befreien. Ein Schauder läuft ihr über den Rücken. Sie fühlt eine Kraftlosigkeit und Schwäche in den Händen, die nicht von Schlaftrunkenheit herrührt. Im Gegenteil, S. ist ganz wach, sie spürt die Anspannung aller Sinne. Die Schwäche in ihren Händen kommt von ihrer Schwachheit und Unfähigkeit. Sie weiß, sie wird diese Chance nicht nutzen, niemals. Nun sind die Vögel bereits erwacht, bald wird auch der Hauptmann selbst die Augen öffnen und sich überzeugen, ob sie seine Anordnung befolgt hat. Er wird nicht aufstehen, sie nicht einmal mit einem Blick verabschieden.

Immer verläßt sie zeitig am Morgen sein Bett. So ist ihre Abmachung. Manchmal gegen vier, spätestens um fünf Uhr weckt er sie, und S. steht gehorsam wie eine

Dienerin auf und läßt das zerknautschte Bettzeug mit ihrem Geruch liegen, das er dann zu sich heranzieht. Wenn sie sich umdreht, sieht sie sein verschlafenes Gesicht, sein vorheriges Leben und die jetzige Lüge. In den entspannten Bewegungen seines Körpers, dem rhythmischen Atmen, in der kalten Luft im Zimmer sieht S., wenn sie sich nur umwendet, im Gesicht des Hauptmanns das Abbild des Todes. In der Morgendämmerung ahnt S. das, was der schläfrige Mann noch nicht weiß: Er ist dennoch verurteilt.

S. verläßt das Zimmer und schließt leise die Tür, um ihn nicht zu wecken. Der Flur, der zum »Frauenraum« führt, ist dunkel. Das Lager schläft noch. Ein neuer Tag bricht an, an dem der Hauptmann ungestört »seine Arbeit« fortsetzen wird, wie er das Leiten des Lagers nennt.

Natürlich war es die Furcht, eine solche Tat auch selbst mit dem Leben zu bezahlen, die Furcht, ihn zu töten wäre gleichzeitig mein eigenes Todesurteil.

Auch die Lagerinsassen können wählen, selbst wenn ihre Wahl manchmal den Tod bedeutet. C. erzählt, was sie eines Tages sah, als sie in der Küche des Männerlagers arbeitete. Von der Küche aus kann man ein Stück Land sehen, das früher einmal ein Fußballplatz war. Dorthin führen die Wachposten manchmal Gefangene und toben sich an ihnen aus. An jenem Tag bringen sie eine kleine Gruppe dorthin. Darunter sind ganz junge Männer, eigentlich Jungen. Dann winkt ein Wachposten mit dem Finger einen älteren Mann heran, einen ziemlich kleinen, schwächlichen Menschen. Er tritt aus der Gruppe, den Kopf gesenkt. Der Wachposten winkt auch einem Jungen. Befiehlt ihnen, sich nackt auszuziehen. Der Junge muß sich auf die Hände und auf die Knie hinunterlassen und so, auf allen vieren, hocken. Sein bleicher, magerer Körper zittert unter dem Gelächter der Wachposten wie unter Schlägen. Ein Wachposten hält dem älteren Mann die Pistole an die Schläfe. Dieser läßt sich hinter dem Jungen auf die Knie nieder, dann fällt er zur Seite, heulend wie ein verletzter Hund. Der Wachposten schießt zuerst auf den Jungen und dann auf den älteren Mann.

Als gleich darauf noch ein Junge und ein erwachsener Mann aus der Gruppe ausgesondert werden und ihnen befohlen wird, das gleiche zu tun, läßt der ältere sich ohne Zögern auf die Knie hinab. Die Wachposten haben ihm Raki zu trinken gegeben. Er muß immer wieder den Jungen vergewaltigen, bis er selbst zusammenbricht und der Junge bewußtlos wird.

Später hört sie, daß die beiden, die erschossen wurden, ebenso wie die zwei, die überlebt haben, Vater und Sohn waren.

Ich habe das alles gesehen, sagt C., und dann habe ich an meinen Mann gedacht, von dem ich nichts weiß, und an meinen Sohn, der, verwundet, in meinen Armen gestorben ist, und da habe ich mir gewünscht, daß sie mich auch töten.

Nach einer gewissen Zeit sind die täglichen Schrecken und der Tod nur noch Routine. S. hört die Lagergeschichten ohne Gefühl an, sie hört die Worte, die in ihr leeres Innere sinken. Und sie sieht Szenen, sieht sie mit eigenen Augen, aber es ist, als gingen sie sie irgendwie nicht direkt an. Sie empört sich nicht mehr, trauert nicht, reagiert gar nicht. Der Tod umgibt sie alle Tage, der Tod ist für sie eine Tatsache. Doch auch etwas, das sie nichts angeht, solange es sie nicht selbst betrifft. S. ist überzeugt, der einzige Weg, um im Lager zu überleben, ist wegzuschauen. Helfen, wenn man kann und wenn es einen Sinn hat, so wie ihr die Mädchen geholfen haben, als sie mißhandelt ins Zimmer gebracht wurde. Sie weiß, sie kann niemandes Tod und niemandes Vergewaltigung verhindern, und das nimmt ihr von vornherein die Kraft, es wenigstens zu versuchen. Besonders grausame Begebenheiten, von denen sie hört, bringen sie für einen Moment zur Besinnung, doch dann erdrückt sie erneut die Last der Machtlosigkeit und des Alltags, in dem sich jeder einzelne nur um sich selber kümmert. Bisweilen verblüfft sie ihre eigene Fähigkeit des Selbstvergessens, ihre Widerstandskraft und Zähigkeit, der Wunsch zu überleben. Sie spürt, daß auch für sie unmerklich und gegen ihren Willen das Leben eine »höhere Macht« geworden ist …

Doch auch wir Opfer verhielten uns so, als könne es nicht anders sein, und bildeten dadurch mit den Verbrechern einen geschlossenen Kreis. Als existierten wir nur im Rahmen jenes Zimmers und des Lagers. Als sei die Außenwelt für uns völlig verschwunden. Und im Lagerleben gab es für uns nur eine einzige Richtschnur: überleben, überleben um jeden Preis.

Bosnien, »Frauenraum«, Oktober 1992

Es ist schon Herbst. Die nächtliche Kälte zwickt an den Fingern. Das Gras ist vergilbt, und früh am Morgen bedeckt dichter Nebel die umliegenden Wiesen. Nun steht ein Kanonenöfchen im Zimmer, und N. heizt manchmal, gewöhnlich abends. Keiner spricht mehr von Abreise oder Austausch. S. erinnert sich an die Ankunft, als sie noch glaubte, ihr Aufenthalt an diesem Ort könne nicht lange dauern. Weshalb eigentlich nicht? Und was heißt *lange*, jetzt, da ihr Begriff von Raum und Zeit bereits völlig verändert ist?

Eines Morgens erreicht sie die erste Kunde von einem Austausch. Sie habe es von ihrem Mann gehört, sagt N. und schwört, es sei die Wahrheit. Die Mädchen wagen es nicht zu glauben. N. lacht gutmütig. Kein Wunder, daß sie nicht wissen, was sie davon halten sollen – einer solchen Nachricht zu glauben könnte gefährlich sein. Sie könnte bei ihnen Hoffnungen wecken. S. fürchtet eine vergebliche Hoffnung, die sich gleich einem Fieber im Lager ausbreiten würde. Dennoch spürt sie, bei der leisesten Ankündigung einer solchen Möglichkeit durchströmt ihren Körper die Freude wie eine warme Woge. Der Austausch! Von hier fortgehen, aus diesem Zimmer, aus dem Lager …

Sie müssen geduldig sein und die Bestätigung der Nachricht aus einer anderen Quelle abwarten. Nach einigen Tagen kommt die gleiche Botschaft aus der Küche. Nun ist es fast amtlich, sie werden ausgetauscht. Doch aus dieser Mitteilung können sie nicht genau entnehmen, was sie erwartet, ob nun alle Frauen oder nur einige oder gerade jene aus dem »Frauenraum« ausgetauscht werden. Nach so langer Zeit kommt ihnen diese Kunde ganz unwirklich vor. Nun sind sie zu acht im Zimmer, und keine von ihnen weiß genau, was sie mit der Neuigkeit anfangen soll. Sollen sie hoffen? Ganz sicher möchte S. das Lager verlassen, das wollen sie alle. Aber wohin werden sie in diesem Fall geschickt? In ein anderes Lager, und danach – wohin? Bei dem Gedanken an die Ungewißheit der neuen Situation weicht die Freude unerwartet der Angst. Auch bei S. ist die erste Reaktion Angst, als falle es ihr schon schwer, sich etwas anderes vorzustellen, ein anderes Leben als das in diesem Lager.

Sie fühlt sich wie ein krankes Tier, das sich eine Mulde in der Erde gegraben hat und sich darin versteckt …

Obwohl es noch nicht amtlich ist, verbreitet sich die Nachricht vom Austausch, sie weckt unterdrückte Erinnerungen und beunruhigt die Frauen in ihrem Alltagsleben. M. spricht über ihren Mann, von dem sie bisher glaubte, er sei tot. Obwohl sie nichts von ihm gehört hat, meint sie nun, er könne womöglich doch noch leben. S. denkt an ihre Eltern. Als sei sie bisher zu Eis erstarrt gewesen, spürt sie nun, wie das Eis in ihr langsam taut. Auch sie hat nichts über ihre Angehörigen erfahren, sie glaubt, deren Verschwinden bedeutet im Grunde ihren Tod. Doch jetzt keimt wieder Hoffnung auf. Zum ersten Mal nach so langer Zeit wagen die Mädchen, an die Zukunft zu denken.

Die Erwartung ändert die Situation im Zimmer. Alle sind nervöser. Sie streiten sich um Kleinigkeiten, um die Reihenfolge beim Waschen, um die Seife, um das Brot. S. beauftragen sie, die Nachricht beim Hauptmann nachzuprüfen – er muß ja wissen, ob sie stimmt. Gerüchte gehen im Lager um wie eine ansteckende Krankheit. Von der Küche zur Lagerhalle, ins Zimmer, ins Verwaltungsgebäude. Nicht mehr von Austausch ist die Rede, sondern von einer Armee, von »unserer« Armee, die näherrückt und alle Gefangenen befreien wird. Sie hören, daß sich im anderen Lager die Hinrichtungen häufen. Nachts ist Schnellfeuer zu vernehmen, ein sicheres Zeichen für Hinrichtungen. Manchmal sieht S. am frühen Morgen durch das Toilettenfenster, wie die Wachposten in der Ferne Leichen, starr wie Holzscheite, auf Lastwagen laden. Der Umstand, daß bisher nur Männer aus dem anderen Lager liquidiert werden, kann sie nicht trösten. Statt der Order, die Frauen auszutauschen, könnte auch in ihrem Lager der Befehl zur Liquidation eintreffen …

S. ist vorsichtig mit dem Hauptmann. Sie stellt die Frage nicht direkt, bemüht sich aber, ihm ihre sichtliche Unruhe zu zeigen. Der Hauptmann kann ihre Abwesenheit und Schweigsamkeit nicht übersehen, sie antwortet nur auf Fragen und lacht nicht wie sonst. Das dauert mehrere Abende. Schließlich beginnt er als erster das Gespräch. S. sagt ihm, sie habe von dem Austausch gehört. Er bestätigt. Er meint, er habe die Absicht gehabt, ihr diese gute Nachricht mitzuteilen, aber er sei noch nicht ganz sicher. Die Muslime hielten einige ihrer wichtigen Leute gefangen und verlangten für deren Austausch eine bestimmte Anzahl von Zivilisten. Die Gespräche dauerten noch an. Wir werden ihnen nur Frauen schicken, sagt der Hauptmann. Heißt das, Sie wollen das Männerlager loswerden, es völlig liquidieren? Das sagt S. spontan, die Worte entschlüpfen ihr, und für einen Rückzug ist es bereits zu spät. Der Hauptmann ist überrascht von diesem Ausbruch von Mut, er schaut sie nur an, ohne zu antworten. Vielleicht bleibt ihm keine Zeit mehr, darauf zu reagieren, oder vielleicht nimmt er auch selbst schon Abstand von der Lüge, an der beide teilhaben.

Ende Oktober sagt der Hauptmann schließlich, sie würden am nächsten Tag fortgeschickt. S. hält die Luft an. Fast schreit sie auf vor Überraschung. Sie glaubt es nicht, sie darf es nicht glauben, sonst wird sie eine Unvorsichtigkeit begehen und damit alles verderben. Sie darf nichts sagen. Sie bleibt sitzen, obwohl sie spürt, wie ihre Knie zittern. Sie bittet ihn, ihr ein Glas Cognac zu bringen. Sie trinkt ihn in einem Zug wie Medizin.

In dem Moment fällt ihr ein, daß die Frauen, die ausgetauscht werden sollen, nicht jene aus dem »Frauenraum« sein müssen. Mehr noch, es wäre logisch, daß man sich dieser unliebsamen Zeugen entledigt. Weshalb hat sie überhaupt gehofft? Nun schlägt dieser plötzliche Höhenflug der Hoffnung in Atemnot um, in einen dumpfen Schmerz, der sich von der Brust über den ganzen Körper verteilt. Sie ist krank. Ganz sicher ist sie krank. Sie hat kein bißchen Kraft mehr, alle Kraft ist bei diesem schrecklichen Gedanken verflogen.

S. wird beherrscht von ihm, er läßt ihr keine Ruhe. Auch der Alkohol hilft ihr nicht. Auf dem Tisch stehen die Reste vom Essen: Hähnchenknochen, Krautsalat, Brotstückchen, Reis. Plötzlich sieht sie, daß ihr vorsichtiges Verhalten dem Hauptmann gegenüber jetzt völlig überflüssig ist. Das ist das Ende. Die Illusion der Normalität ist zerschlagen. Abgenagt bis auf die Knochen, bis auf diese Hähnchenknochen auf dem Teller. Der Krieg grinst ihnen ins Gesicht, und der Hauptmann sieht das. Es hat keinen Sinn mehr zu schweigen, über sie, über jene …

Aus der Küche dringt der Geruch von ranzigem Fett, der sie früher nicht gestört hat. Am Rand ihres Tellers bemerkt sie Schmutzkrümel, von denen sich ihr Magen hebt. Der Essiggeruch vom Salat steigt ihr plötzlich in die Nase. S. merkt, wie ihr die Luft knapp wird. Sie atmet hastig, als müsse sie ersticken. Sie erkennt die Anzeichen von Panik.

Und ich, was wird aus mir? bringt sie schließlich hervor. Ihre Worte rollen einige Zeit ohne Antwort durchs Zimmer, schwer wie kleine Bleikugeln.

S. weint. Der Hauptmann wischt ihr die Tränen ab, und dann hält er ihr Gesicht lange in seinen Händen. Du wirst auch fortgehen, ihr werdet alle gehen, hab keine Angst. S. weint weiter. Sie weiß, sie kann sich nicht völlig auf seine Worte verlassen, denn er kann seine Meinung ändern oder einen anderen Befehl erhalten oder abgelöst werden … Doch in dem Moment ist ihre Hoffnung so stark, daß sie mit ganzer Kraft alle anderen Gefühle verdrängt. Zum ersten Mal nach langer Zeit scheint das Wort »morgen« einen Sinn zu haben. Sie hört ihr Herz unregelmäßig hüpfen und spürt deutlich eine neue Angst, die Angst vor diesem »morgen«.

In der Nacht, als sie fortgeht, ahnt der Hauptmann wohl, daß er sie zum letzten Mal sieht. Ihre Hand streicht unschlüssig über sein Kinn, und S. fühlt, daß er sich mehrere Tage nicht rasiert hat. Er sagt, er werde eines Tages nach ihr suchen, wenn das alles hier vorüber sei … Sie hat die Kraft für ein letztes verlogenes Lächeln. Ja, such nach mir, auf alle Fälle! sagt sie.

Es geht fort, sie fahren nach Kroatien. Eigentlich werden sie in einem anderen Lager, einem Flüchtlingslager bei

Zagreb, untergebracht. S. hat eine Verwandte in Zagreb, vielleicht würde diese ihr helfen, sich zurechtzufinden. Sie weiß nicht einmal, ob sie in Zagreb bleiben kann. Es heißt, Kroatien nehme keine Flüchtlinge mehr auf, sie würden weitergeschickt, nach Slowenien, Deutschland, Skandinavien. Aber S. kann jetzt nicht darüber nachdenken, was werden wird, wenn sie nicht in Kroatien bleiben darf, das ist ohnehin noch alles viel zu fern und ganz unwirklich.

Nun, vor der Abreise, sind die Frauen in Spannung, sie fürchten, es könnten Schwierigkeiten auftreten, die beiden Seiten könnten im letzten Augenblick die Verhandlungen abbrechen. Und da ist auch die Ungewißheit, aber eine andere Art von Ungewißheit, gemischt mit freudiger Erwartung von etwas, das S. nicht Freiheit zu nennen wagt.

Noch einmal, zum dritten Mal, nimmt sie sich ihren Rucksack vor und ordnet ihre übriggebliebenen Sachen. Jetzt sind es viel weniger. Das Notizbuch und den Stift hat sie E.s Tochter geschenkt. Die Schachtel mit dem Goldschmuck hat man ihr gestohlen. Geblieben ist noch etwas Unterwäsche, das Album mit den Fotos, die Zahnbürste, das rote Kleid, das sie kein einziges Mal getragen hat, und ihre noch immer fast neuen italienischen Schuhe.

Es ist kalt, aber keines der Mädchen hatte sich damals für den Winter eingedeckt. N. hat ihr einen Pullover aus Schafwolle beschafft. Sie sagt nicht, woher, vielleicht aus einem Dorf in der Nachbarschaft. Vielleicht hat sie ihn selbst gestrickt oder ihn jemandem ausgezogen, weil es ihr leid tat um den Pullover. S. beschließt, ihre guten Schuhe gegen eine Jacke einzutauschen. D., die Köchin, nimmt ihr die Schuhe ab, sie ist so jung und voller Elan, daß ihr der Frühling nahe, ganz nahe erscheint. Die Jacke, die sie S. als Gegenwert gibt, ist zu groß, offenbar eine Männerjacke. Das rote Kleid braucht niemand, und S. legt es ganz unten in den Rucksack zurück.

Egal, wohin sie gebracht wird, sie wird Geld benötigen. Im Lager kann man auch Geld bekommen, man muß nur etwas Wertvolles zu verkaufen haben, aber S. hat nichts, gar nichts.

Sie werden früh am Morgen losfahren, das weiß man inzwischen. Schon seit Tagen sind keine Soldaten mehr gekommen, und auch das ist Grund genug, in guter Stimmung zu sein. Der letzte Abend im »Frauenraum« ist irgendwie unwirklich, zwar sind sie alle noch da, aber doch schon woanders, in einer unbekannten Welt. Getrennt voneinander. S. weiß, sie wird womöglich keines der Gesichter wiedersehen, die sie in diesem Moment noch hier, im Zimmer, umgeben. Hier gehörten sie zusammen. Sie kannten sich, hatten sich aneinander gewöhnt, das gab ihnen Sicherheit und Kraft durchzuhalten. An diesem Abend sind die Mädchen aufmerksam zueinander, sie wissen, das Leben, das sie zusammen in dieses Zimmer geworfen hat, wird sie nun trennen.

S. spürt, daß sie etwas verliert, und bei dem Bemühen, das Schreckliche zu vergessen, wird sie auch das Gute vergessen, das sie an diese Frauen bindet.

Es ist warm. Es duftet nach frisch gekochtem Kaffee, den N. irgendwie beschafft hat, als Abschiedsgeschenk. Sie sitzen um den Ofen herum, die Taschen sind gepackt, und in Gedanken haben sie bereits diesen Ort, ihre kleinen Gewohnheiten, die Streitereien und die Soldaten vergessen. Den Schmerz, den jede von ihnen vergessen möchte, werden sie nicht so leicht ablegen. Die Narben bleiben, die sichtbaren und die unsichtbaren. Sie sind eingeschrieben in die Hüften, den Bauch, den Hals, die Brust, die Gebärmutter …

S. sitzt neben dem Ofen. Ihr ist warm. Sie spürt, wie sie aus einer langen Benommenheit erwacht und wie endlich etwas in ihr lebendig wird.

Sie lehnt mit dem Rücken an der Wand. Die Fenster sind immer noch mit Tischdecken verhängt. So wird es bleiben, denkt S. Sie werden fortgehen, und bleiben wird ein leeres Zimmer mit Tischdecken vor den Fenstern und Matratzen auf dem Fußboden. Bleiben wird auch jenes andere Zimmer mit dem eisernen Bettgestell, das Büro, der Keller mit den blutbesudelten Wänden. Auch N. wird hierbleiben. Was wird aus ihr werden, aus ihrem Mann, aus dem Hauptmann? Wem wird er nun befehlen? Werden neue Gefangene kommen? Dauert der Krieg noch immer an?

Wie gewöhnlich brennt nur eine Glühbirne. M. strickt so schnell, als wolle sie alles noch vor der Abreise fertig haben. H. lächelt mit geschlossenen Augen. J. raucht nachdenklich. Zwei Mädchen liegen da und unterhalten sich leise. Sie wollen nach Slowenien gehen, dort sind ihre Eltern. A. und V. spielen Karten. Noch verbindet sie diese gemeinsam verbrachte Zeit, dieses Zimmer, die Ereignisse, die ihre Schicksale zusammengeworfen haben. S. schaut sie an. Sie scheinen ihr schon entfernt, wie ein Bild an der Wand, das allmählich verblaßt.

In dieser letzten Nacht im Lager wird sie von N. geweckt. S. glaubt, es sei Zeit zum Aufbruch, und nimmt ihren Rucksack. Doch die übrigen Mädchen schlafen noch fest. N. steht mit leuchtender Taschenlampe über ihr und gibt ihr ein Zeichen, S. solle ihr leise folgen. Die Nacht ist kalt. Das Mondlicht glänzt unheilkündend auf dem überfrorenen Beton im Hof.

N. öffnet die Tür eines Zimmers im Erdgeschoß des Verwaltungsgebäudes. Der Raum gleicht einer improvisierten Krankenstation: An einem Ende ein Bett aus Metall, daneben ein Tisch mit mehreren Instrumenten und ein Wandschirm. E. liegt auf dem Bett. Sie ist nur mit einem Laken bedeckt, und S. denkt, ihr muß wohl kalt sein. Grauweißes Neonlicht fällt auf ihr Gesicht, auf die geschlossenen Augen und das helle lange Haar, das sich nun über das Kopfkissen verteilt. Die Arme liegen ausgestreckt am Körper an. Ihre Haut ist aschfarben. S. geht zu ihr, berührt sie. Sie ist eiskalt. Gift, sagt N. und zeigt ihr ein Fläschchen auf dem kleinen Metallschrank.

S. steht am Bett und hält E.s kalte Hand. Läßt sie nicht los, als wolle sie sie erwärmen. Sie betrachtet das Gesicht, das verhüllt ist von einer Abwesenheit, die nur der Tod bringt, und begreift nicht, begreift überhaupt nicht, was mit E. geschehen ist, seit sie sich das vorige Mal gesehen haben. Den Tod anderer hat sie verstanden, konnte ihn auch rechtfertigen, dafür gab es eine gewisse Logik. Doch den Tod dieser Frau kann sie nicht verstehen. Sie fühlt sich verloren, irgendwie hintergangen. Wie kann die Person, an deren Kraft sie am meisten geglaubt hat, so etwas tun?

E. war manchmal im »Frauenraum« erschienen, wenn es einem der Mädchen schlecht ging. Sie gab ihnen Schmerztabletten oder Antibiotika, wenn sie welche hatte. Oder sie verband ihnen die Wunden und behandelte die Blutergüsse. Sie verstand sich als einzige im Lager darauf, und deshalb hatte sie auch Zugang zu den Mädchen im Verwaltungsgebäude. Bisweilen rief man sie in das nahegelegene Männerlager. Sie und Z. aßen in der Küche, und später bekamen sie die Erlaubnis, in ein winziges Zimmer neben der Küche zu ziehen, gemeinsam mit der Köchin D. Sie redete nicht viel. Trug Botschaften zwischen den beiden Lagern hin und her, zuweilen brachte sie in den »Frauenraum« Nachrichten, die sie gehört hatte, von den Kämpfen und den internationalen Kräften, die die Vereinten Nationen schickten. Von ihr erfuhr S. alles über die Blockade von Sarajevo, vom Hunger, von den Menschenschlangen, die nach Brot und Wasser anstehen, von den Heckenschützen, die auf Kinder schießen, und daß die Leute dort die Bäume in den städtischen Parkanlagen als Brennmaterial fällen. S. erinnert sich an E.s Worte: Bücher haben sie als erstes verbrannt. E. gelang es, die Verbindung zwischen den Lagern und der Außenwelt einigermaßen aufrechtzuerhalten.

S. hat sich daran gewöhnt, daß die Ereignisse im Lager unvorhersehbar und meist unerklärlich sind. Sie senkt den Blick auf den nackten Betonfußboden und die Schuhe, die E. ordentlich abgestellt hat, ehe sie sich ins Bett legte, schaut auf den Rock und die Jacke, die sie über die Stuhllehne gehängt hat, bevor sie das Gift nahm, sieht die grünlichen Wände des kleinen Zimmers an. Das hätte sie nicht tun sollen, noch dazu in dieser letzten Nacht! Das war nicht nötig, da sie schon die ganze Zeit bis jetzt ausgehalten hat, die ganzen vier Monate Lagerleben. Sie wußte, der Bus würde kommen, sie wußte von dem Austausch. Noch vor wenigen Tagen, als S. zum Hauptmann ging, hatten sie sich im Flur getroffen, und E. hatte mit fröhlicher Stimme gegrüßt. Ich bin so froh, daß wir hier wegkommen, sagte sie damals im Vorbeigehen.

N. gibt ihr einen Brief, ein aus dem Notizheft herausgerissenes gefaltetes Blatt Papier. An S. gerichtet. Sie öffnet den Bogen und sieht, der Brief ist ganz kurz: *Liebe S., verzeih mir. Ich habe Dir den Goldschmuck weggenommen, Dir und den anderen Frauen. Wegen meiner Tochter. Damit habe ich die Soldaten bestochen, daß sie sie in Ruhe lassen. Ich hoffe, Du verstehst. Gestern habe ich begriffen, daß alle meine Bemühungen, mein Kind zu verschonen, vergeblich waren. Ich kann nicht mehr. Adieu, Deine E.*

Dem Brief ist ein Hundertmarkschein beigelegt und das Notizheft, das E.s Tochter mit Zeichnungen gefüllt hat.

S. sitzt auf dem Bett. Von nahem sieht E. aus, als schliefe sie. Nur kalt ist sie, unerträglich eiskalt. Warum hat sie mir das nicht gesagt? fragt S. sich, als helfe ihr jetzt die Antwort auf diese Frage, E.s Tat zu begreifen. Natürlich hätte S. ihr den Schmuck gegeben, wenn sie es ihr gesagt hätte, wenn sie ihr erklärt hätte, wozu. Sie erinnert sich, wie verbittert sie war, als sie den Diebstahl entdeckte, und schämt sich nun ihres Egoismus. Wie kurzsichtig ist sie gewesen! Als sie sich bei E. über den Diebstahl beklagt hatte, wandte diese den Blick ab, und das – S. erinnert sich genau – hatte sie als Gleichgültigkeit, als Abfinden mit dem Schicksal gewertet. Hätte sie ihr wenigstens eine Andeutung gemacht, vielleicht wäre es für sie beide leichter gewesen. Vielleicht hätten sie einander helfen können. So denkt S., als sie auf dem Bett neben der toten E. sitzt. Gleichzeitig weiß sie, es ist nicht sicher, überhaupt nicht sicher, daß sie ihr den Schmuck gegeben, daß sie E.s Angst um die Tochter verstanden hätte. S. war gar nicht auf den Gedanken gekommen, der Kleinen könne in jener Richtung Gefahr drohen. Nun ärgert sie sich, so blind gewesen zu sein, so wenig Gespür gehabt zu haben. Das Mädchen ist noch keine zwölf Jahre alt, klein, unauffällig, mager. Sie ist noch ein Kind, wiederholt S. zuerst in Gedanken, dann laut. Und nun, am Ende, so etwas! Ungerechtigkeit ist das einzige Wort, das einzige, das ihr einfällt.

Im Zimmer wird es immer kälter. Die Kälte kriecht ihr die Beine hoch; wenn sie hier noch länger bleibt, wird sie sich verkühlen und selbst eine Leiche werden. Am Fenster erscheint weißblau die Dämmerung. Der Tag ihrer Befreiung, der Augenblick, auf den sie gewartet haben. Nun ist er da, kommt ins Zimmer, erfüllt es mit einem Licht, von dem S. noch kälter wird. Sie spürt die Müdigkeit, so müde ist sie, daß sie sich am liebsten neben E. legen, sie umarmen und ebenso schlafen möchte.

N. rüttelt sie an der Schulter. Ihr ist gar nicht bewußt, daß N. die ganze Zeit im Zimmer war. Sie müssen zurück, bald wird Abmarsch sein. Als sie den Gang entlanggehen, sieht S., auf dem Hof haben sich bereits die Frauen versammelt. In der winterlichen Morgendämmerung erscheinen sie wie ein zusammengedrängter Vogelschwarm.

S. glaubt, die kleine Z. sei unter ihnen. Wer wird sich nun um das Mädchen kümmern? Sie bleibt stehen, schaut durchs Fenster. Ist Z. dabei? fragt sie. N. schüttelt den Kopf, und dann bekreuzigt sie sich rasch mehrere Male. Alles liegt in dieser Kopf- und Handbewegung, alle möglichen Erklärungen. Z. ist tot, sagt N., sie wurde vergewaltigt. Gestern abend.

S. möchte nichts Näheres wissen. Aber sie war doch noch ein Kind, sagt S. immer wieder, als hätten diese Worte jetzt noch einen Sinn.

Die beiden werden hierbleiben, begraben neben dem Lager. Auch ein Teil von S. wird hierbleiben, zusammen mit ihnen begraben. Sie wird unter der Nebeldecke, in der Erde, an diesem Ort zwischen Wald und Bergen, umgeben von Stacheldraht, all jene quälenden Erinnerungen lassen. S. weiß, gleich unter einer dünnen Schicht Erde sind Menschenknochen, eines Tages werden sie an die Oberfläche kommen und weiß in der Sonne liegen, damit alle sie sehen, selbst wenn die Lebenden das ihnen angetane Unrecht vergessen.

So sehr hat sie auf den Abtransport gewartet. Doch mit einemmal ist sie sich nicht mehr sicher, ob sie die Kraft hat für ein neues Leben.

Bosnien, Dezember 1992

Ist dieser Austausch das Ende des Krieges? Oder nur das Ende des Lebens in einem Lager? Was erwartet sie nun? Wie sieht überhaupt der Frieden aus? S. kann sich nicht vorstellen, was Frieden für alle diese Frauen bedeuten könnte, die nicht wissen, wohin sie zurückkehren sollen, und die sich in dem Moment gerade danach drängen, ins Unbekannte zu fahren. Man hat keine Nachrichten, jedenfalls keine, daß Frieden sei. Wenn es so wäre, hätte es ihnen bestimmt jemand gesagt. S. weiß nicht, ob sie den Frieden – sollte sie jemals diesen Augenblick erleben – auch wirklich erkennen würde. Das Wort Frieden wird derzeit überhaupt nicht erwähnt.

Die Frauen steigen überstürzt in den Bus. S. erinnert sich, wie ruhig und gehorsam sie noch vor einigen Monaten in die Autobusse eingestiegen waren. Nun schreien die Wachposten herum, aber die Frauen sind wie taub. Ihre letzten Minuten im Lager verlaufen in panischer Angst dazubleiben, jemand oder etwas könnte sie zurückhalten, könnte verhindern, daß sie losfahren. Den Wachposten ist nicht zu trauen, nicht einmal jetzt, da die Busse schon vorgefahren sind. Womöglich reicht der Platz nicht für alle, und deshalb muß man schieben und einen Sitzplatz ergattern. Sie sind verbissen. Stolpern, fallen. Der Chauffeur schreit und schließt die Türen. Eine Frau wird eingeklemmt. Der Kampf scheint nicht aufzuhören. S. ist bei dieser Szene zum Heulen zumute. Daß die Abreise so aussehen würde, hat sie sich nicht vorgestellt. Ihr wird erst besser, als sie J. sieht, die ihr fröhlich zuwinkt. Das helle, lächelnde Gesicht bringt Erleichterung. Es scheint, als werde sie auf ihrer Fahrt ein sonniger Tag begleiten.

Als die überfüllten Busse langsam aus dem Lager fahren, glaubt S. an einem Fenster des Verwaltungsgebäudes den Hauptmann zu sehen. Doch sie wendet sofort den Kopf ab. Bald wird es den Hauptmann für sie nicht mehr geben. Er ist nur ein Teil einer Welt, die gerade verschwindet und an deren Bestehen in der neuen Welt niemand glauben wird. Ihr Leben verliert zum zweiten Mal seine Glaubwürdigkeit.

Schon sind sie hinter einer Kurve, das Lager ist nicht mehr zu sehen. Sie hat das Gefühl, mit jeder Minute gebe es immer weniger für sie, an das sie sich mit Sicherheit halten kann.

Ihr Fahrer ist ein junger Mann in Tarnuniform. Sein Gesicht ist rot, er schwitzt vor Anstrengung, den Autobus in der kurvenreichen Strecke durchs Gebirge auf der Straße zu halten. Er kennt sich mit solchen Straßen nicht gut aus. Vor dem Krieg war er Taxichauffeur in V. Er sagt, die Grenze sei nicht weit, höchstens zwei, drei Stunden Fahrt. Dort würden andere Busse auf sie warten, kroatische. Wenn alles klappt, fügt er vorsichtig hinzu.

S. hört, wie der Fahrer dieses Wort sagt: Krieg. Er spricht es ganz normal aus, während S. sich noch nicht einmal nach so vielen Monaten im Lager völlig daran gewöhnt hat.

Im Autobus ist es kalt. Die Frauen drängen sich aneinander. Sie wagen nicht zu sprechen, denn das ist nun die Freiheit, und die Freiheit verträgt keine Kritik.

Die Gebirgsstraße führt bergab, nun fahren sie durch ein Tal, unmittelbar an einem breiten, trüben Fluß entlang. Der Fahrer sagt, er werde sie an einem Übergang über die Save absetzen, so sei es vereinbart. Da drüben sei kroatisches Gebiet.

Hinter einer Kurve ist endlich ein Ort zu sehen. Die Brücke ist fast völlig zerstört. An beiden Uferseiten ragen die Betonblöcke in die Höhe. An diesem Übergang halten die Busse. Die Frauen steigen aus. Eine Fähre erwartet sie. Wortlos schaut S. auf die Wasserstrudel, der Fluß hat ein starkes Gefälle, das S. Angst macht. So hat sie sich die Freiheit nicht gedacht. Eigentlich hatte sie sich gar nichts Konkretes vorgestellt.

Auf der gegenüberliegenden Seite sind Soldaten in den gleichen Tarnuniformen. Aber die Autobusse, die sie ins Flüchtlingslager bei Zagreb bringen sollen, sind noch nicht da. Sind die Frauen nun wirklich in Sicherheit? Ein Raunen erhebt sich. Die Ungewißheit breitet sich aus wie eine Flut. Was soll nun werden? Vielleicht wurden sie betrogen, und der Austausch kommt nicht zustande. Vielleicht sind sie noch immer auf bosnischem Gebiet? Eine Frau setzt sich auf die Erde und weint vor Verzweiflung, als wäre ihr gerade jemand gestorben. Sie hält es nicht mehr aus, diese Spannung, die Erwartung, die Ungewißheit. Auch S. ist erschöpft vom Warten, beunruhigt. Die Frauen stehen am Ufer neben der zerstörten Brücke und warten. Keine hat Winterkleidung an. Sie zittern vor Kälte, ihre Füße sinken in den feuchten Boden ein. Ein Kommandant kommt und sagt, es gehe alles in Ordnung. Sie müßten Geduld haben, zurück könnten sie ohnehin nicht. Gleich bekämen sie etwas zu essen, nur noch etwas Geduld! Die Busse würden am Morgen eintreffen, bestimmt. Wenn ihr schon das Lager überstanden habt, dann werdet ihr auch diese Nacht überstehen, sagt er, um ihnen Mut zu machen.

Er kann unseren Zustand nicht verstehen, wie erschöpft wir sind durch das Warten, denkt S. Unsere Angst, noch immer nicht in Sicherheit zu sein. Wenn nun jemand kommt und sagt, die Frauen müssen wieder zurück, über den Fluß. Und dort stehen womöglich die gleichen Autobusse, und das alles ist nur ein böser Scherz ... Der Kommandant weiß vielleicht nicht, wie verängstigt die Frauen sind, denn sie verstehen selbst nicht, daß das Warten, die Möglichkeit, auf etwas zu warten, an und für sich schon die Freiheit ist. Nun haben sie gewagt zu hoffen, und deshalb ist ihnen noch schwerer zumute. Die vorherige Hoffnungslosigkeit war nichts als pure Überlebensstrategie. Atmen, nichts weiter, doch daran hatten sie sich gewöhnt. Vielleicht weiß der Kommandant das auch, doch was könnte er ihnen überhaupt sagen, um sie zu trösten?

S. sieht, daß die Mädchen aus dem »Frauenraum« eine Gruppe bilden, auch jetzt, da dafür keine Notwendigkeit mehr besteht. Sie sind aneinander gewöhnt. Vorher waren sie zum Zusammenleben verurteilt, nun sitzen sie wie Freundinnen nebeneinander. Vielleicht bleibt es ja so, sie sind alle gezeichnet von der gleichen Erfahrung und werden in gewisser Weise verbunden bleiben. Einige von ihnen kennt sie nun, außerhalb des Zimmers, kaum wieder. Sie bemerkt, H. hat ein Tuch um den Kopf gebunden wie eine Bäuerin. Das erstaunt sie, sie hatte vergessen, daß H. tatsächlich eine Bäuerin ist. J. reicht ihr einen Apfel. Woher mag sie den haben? fragt sich S., als wären sie noch immer dort, im Zimmer. Dennoch ist sie ihr dankbar für diese freundschaftliche Geste.

Die Soldaten sammeln Zweige und versuchen, ein Feuer anzuzünden. Offenbar werden sie alle hier am Fluß übernachten müssen. In der Nähe liegt ein zerstörtes, verlassenes Dorf, dort werden sie untergebracht.

Das Holz ist feucht, der Rauch beißt in die Augen. Ein junger Mann mit rotem Käppi versucht mehrmals, die Flammen zu entfachen, dann zerstreut er ärgerlich mit dem Fuß das rauchende Häufchen. Er gibt auf. V., eine ältere Frau, macht es langsam und geduldig. Sie beugt sich hinunter und bläst lange, bis die Funken ein paar trockene Zweiglein erreichen. Man sieht, sie ist es gewohnt, vielleicht hat sie jeden Morgen in ihrem Herd auf diese Weise Feuer gemacht.

Bald kocht das Wasser zum Tee. Brot und Leberwurst aus den Armeevorräten sind ihre erste Mahlzeit in der Freiheit. S. kaut ein Stückchen trockenes Brot, es zerkrümelt in ihrem Mund. Wie gut schmeckt das erste Nachtmahl außerhalb des Lagers! Wie in der Schule, wenn es zur Pause geklingelt hat und die Köchin ihr eine frisch bestrichene Scheibe Brot reicht. S. denkt an die Schule, ihre Schule in Sarajevo. Damals haben sie fast jeden Tag in der Pause Brot und Leberwurst gegessen. Der Soldat gibt ihr noch ein dick bestrichenes Stück, und für einen Moment taucht sie in die Vergangenheit ein. Der Geruch der Holzbänke im Klassenraum. Kreide an den Fingern. Sie sitzt am Fenster, draußen regnet es. In der Klasse ist es warm und sicher.

Der Augenblick der Ruhe erreicht sie wieder. Die Leberwurst zergeht ihr auf der Zunge. Mit großen Schlucken Tee spült sie die Happen hinunter. Sie drückt das Blechtöpfchen mit der süßen, heißen Flüssigkeit und versucht, nicht daran zu denken, was morgen sein wird. Es genügt, daß es ihr augenblicklich gutgeht, daß sie sich aufgewärmt hat und satt ist.

In dieser Nacht wird sie geholt, um bei einer Entbindung zu helfen. In einem der zerstörten Häuser liegt ein Mädchen aus dem Lager in den Wehen. Die Frauen haben eine Armeedecke auf dem bloßen Fußboden ausgebreitet. Jemand hat in einer Ecke ein Feuer gemacht. Die Soldaten haben ihnen eine Petroleumlampe gegeben.

S. tritt in den Lichtkreis und sieht das Mädchen ausgestreckt auf dem Rücken liegen. Sie hält die Augen geschlossen, ab und zu stöhnt sie leise. Ihre Mutter seufzt, bekreuzigt sich und sagt: Du Unglückskind, du Unglückskind, was soll ich mit dir anfangen ... Dann bittet sie S., auf das Mädchen achtzugeben, und sie selber verläßt mit einer anderen Frau das Haus. S. glaubt das Geräusch eines Spatens zu hören, der dumpf auf die Erde schlägt.

Die Mutter kommt zurück. Einige Zeit scheint es, das Mädchen habe sich beruhigt. S. hält ihre Hand und wischt ihr den Schweiß von der Stirn. Dann ein langer Schrei. Das Mädchen preßt ihr anfangs die Hand und entspannt sich dann jäh. Geschafft. Ihre Mutter nimmt das Kind in den Arm und trägt es beiseite. S. wartet auf das Weinen des Kindes, doch sie hört nichts. Im Raum herrscht Stille, als wären plötzlich alle eingeschlafen. Die Mutter des Mädchens nimmt in der Ecke ihr schwarzes Tuch vom Kopf und wickelt das winzige, zu früh geborene Körperchen darin ein. Nicht so, wie ein Neugeborenes gewöhnlich gewickelt wird, sondern sie umhüllt den ganzen Körper, auch das Köpfchen, das kraftlos herunterhängt. Ehe sie alles gänzlich verhüllt, hält sie es einen Augenblick in den Händen. Im Licht der Petroleumlampe sieht S. das kleine Bündel in ihren großen Händen liegen. Die Frau scheint es sich anders zu überlegen. Vielleicht tut ihr das kleine Leben, sein erbärmliches Schicksal leid. Das Neugeborene wird in jenem Loch vergraben, das sie im Dunkeln ausgehoben haben. Auf das flache Grab legen sie Steine. Die Mutter kommt zurück und streichelt sanft das zarte Gesicht der Tochter. Hab keine Angst, meine Liebe, sagt sie, es ist erledigt. Besser so ...

Die Frau neben S., die auch bei der Entbindung geholfen hat, flüstert S. zu, das Mädchen sei schon vor dem Lager vergewaltigt worden, auf dem Schulweg. Als es wieder zurück ins Dorf kam, hat es keinem etwas gesagt, es hätte ihr doch niemand geglaubt. So etwas kam damals schon vor, unten im Tal. Und wir haben gepflügt und gesät, als wäre nichts passiert, rein gar nichts, sagt die Frau. Das Mädchen hat es der Mutter erst im Lager erzählt. S. rechnet insgeheim nach: Wenn das Kind zu früh geboren ist, dann könnte es stimmen, was die Frau sagt ... Deshalb hat die Mutter des Mädchens entschieden, das Kleine muß sterben. Es hätte sowieso nicht überlebt, es war nicht größer als ein Brotlaib. So klein war es: Sie zeigt mit den Händen, wie klein das eben vergrabene Kind war.

Für den Rest der Nacht kann S. nicht mehr schlafen. Bis zu diesem Moment war sie ruhig gewesen. Sie hatte geglaubt, sie könne nicht schwanger werden, da bald nach ihrer Ankunft im Lager ihre Menstruation aufgehört hatte. Die Entbindung hat sie beunruhigt. Das gleiche konnte jedem der Mädchen aus dem »Frauenraum« passiert sein. Sie war ziemlich sicher, daß auch die anderen keine Menstruation gehabt hatten, möglicherweise hatten sie sie verloren durch die Lebensweise im Lager, durch die Anstrengungen, denen sie ausgesetzt waren, durch die Angst. In ihrem Zimmer hätte sich, ebenso wie im Gefängnis, eine Schwangerschaft nicht verbergen, höchstens verheimlichen lassen. Doch sie sprachen nicht darüber, zumindest nicht vor S. Das war ihr verständlich, die Mädchen spürten, daß sie anders war. Nicht nur wegen des Hauptmanns, sondern weil sie aus der Stadt kam. Sie erinnerte sich, wie E. ihr erklärt hatte, die Bäuerinnen sagten zur Menstruation immer noch »Frauensache« und zu Sex »jene Dinge«. Eines Nachts hatte sie H. gehört, die sich auf der Toilette übergab. Sie war aufgestanden, um ihr zu helfen, da hatte M. sie zurück auf die Matratze gezogen.

Keinem der Mädchen konnte es egal sein, ob sie das Lager mit einem dicken Bauch verließen oder nicht. Sie mußten daran denken. Sie mußten die Veränderungen in ihrem Leib spüren. Oder waren ihre Körper bereits so ausgemergelt, so fremd, daß sie kaum noch imstande waren, irgendwelche Veränderungen zu bemerken? Vielleicht verbargen sie es auch voreinander und redeten nicht darüber, weil sie sich ihrer eigenen Machtlosigkeit bewußt waren. Es gab keine Möglichkeit, sich von einer Schwangerschaft zu befreien, doch ein auf solche Weise gezeugtes Kind zur Welt zu bringen, konnten sie sich nicht vorstellen. S. erinnert sich an die Bekenntnisse der Frauen in der Lagerhalle. Ein Kind zu gebären, das durch Vergewaltigung gezeugt ist, wäre für sie schlimmer als der Tod, schändlicher als Verrat.

Doch was ist, wenn sie sich selbst in falscher Sicherheit gewiegt hat? Was ist, wenn das Gefühl trügt? Eine schwache Blutung hatte sie noch einmal im »Frauenraum« gehabt, doch sie war überzeugt gewesen, das sei eine Folge der Vergewaltigung … Plötzlich überlief sie ein Schauder. Hatten ihr die Mädchen nicht gesagt, sie sei etwas dicker geworden? Aber das rührte wohl daher, daß sie bei dem Hauptmann gutes Essen bekam … Sie wüßte es, natürlich würde sie es spüren, wenn sie in anderen Umständen wäre. S. wälzt sich unruhig auf dem Fußboden hin und her, dann setzt sie sich auf und starrt in die Dunkelheit.

Sie fühlt sich wie an jenem Abend, als ihr noch nicht ganz klar war, daß man darüber nicht sprechen durfte. Sie hatte M. gefragt, was diese tun würde, wenn sie schwanger wäre. M. legte ihr Strickzeug hin, senkte den Kopf und schwieg eine Weile. Wenn mir das passierte, würde ich das Kind einfach mit eigener Hand erwürgen, hatte M. geantwortet. In einem Ton, als treffe sie eine definitive Entscheidung, die keinen Kommentar gestattet. S. erinnert sich an die Handbewegung, die M. dabei machte, als drehte sie einem kleinen Tier, einem Hähnchen oder einem Kaninchen, den Hals um. Nie mehr kann S. dieses Bild abschütteln, jenes kurze, unbarmherzige Zudrücken der Hände.

Wir sind keine Menschen mehr, denkt S., das Lager hat uns dazu gebracht, daß wir uns nicht mehr als Menschen fühlen. Wie werden wir uns wieder an das Leben außerhalb des Lagers gewöhnen? Um sie herum ist so viel Unglück, daß S. sich nicht mehr zu Güte oder zum Erleben von Schönheit fähig fühlt. Vielleicht ist das, was sie empfindet – zusammengerollt unter einer schmutzigen Decke, auf dem Weg ins Ungewisse, den Staub atmend, in einem Haus, wo früher einmal Menschen gewohnt haben –, vielleicht ist das nicht nur Trauer, sondern auch Haß. Auf dem Grund der Trauer, wie ein bitterer Bodensatz.

Sie fühlt sich in einer Falle. Um sie ist ein Mechanismus aufgebaut, der Menschen in Unmenschen verwandelt, und sie beginnt genau so zu funktionieren, wie man es von ihr erwartet. Mit Schrecken sieht sie, daß sie, wie alle anderen, auch selber bereit ist zu hassen. Wieder öffnet sich ein Loch in ihrem Inneren, das alles Menschliche in ihr verschlingt und sie auch bald selbst zu verschlingen droht.

Sie war dabei, als ein Kind umgebracht wurde, das schuldlos war, das noch vor seinem ersten Atemzug sterben mußte. Keinen Atemzug auf dieser Welt! Als hätten die Frauen nicht oft genug den Tod gesehen, machten sie sich selber die gleiche blutige Logik zu eigen, nach der *unser* das Leben und *deren* den Tod bedeuten. Sie werden selbst fähig zu morden, und das ist ein Sieg der Logik des Krieges. Schlimmer als der Tod jenes Geschöpfs, von dessen Existenz nie jemand erfahren wird, trifft S. die Grausamkeit der Frau, der Mutter des jungen Mädchens. Warum meinte sie, es wäre besser so?

S. wälzt sich auf dem staubigen Betonfußboden hin und her. Die Ruine bietet ihr kaum Schutz vor der Kälte. Früher, vielleicht noch vor kurzem, ist das hier ein richtiges Haus gewesen. In der Ecke sind die Reste von Geschirr, zugeschüttet mit Ziegeln, leere Konservenbüchsen, eine Bierflasche. Schmutz. Nun ist es ein verlassenes Haus ohne Dach. Wände, aus denen die Steckdosen herausgerissen sind, ein Loch, über dem früher das Toilettenbecken stand, Fenster ohne Rahmen. Hier sind Menschen durchgezogen, die wie Aasgeier alles weggeschleppt haben, was man wegschleppen konnte – die Betten, den Kühlschrank, Fliesen, Ziegel, Balken. Sie haben das Haus bis aufs Skelett entblößt, bis nichts mehr als der Beton übrigblieb. Es wäre besser, im Wald zu übernachten, sie hätte sich von den Tieren weniger bedroht gefühlt als von den Menschen. In diesem Haus ist noch deren bedrohliche Anwesenheit zu spüren. Diese Verwüstung ist ein Werk von Menschenhand. Ebenso wie der Tod des Neugeborenen. Dem hatten die Hände einer Frau das Leben genommen, die seine Großmutter hätte sein sollen. Kräftige Bauernhände, gewöhnt an das Ernten von Kartoffeln, ans Melken, an Feld- und Hausarbeit. Hände, die ein Feuer entzünden, Brotteig kneten, Wäsche waschen können. Hände, die gut sind zu den Kindern, zuverlässig, beschützend. In jener Nacht halfen sie zuerst einem Kind, zur Welt zu kommen, danach banden sie ihm ein Tuch fest um den Hals …

S. sucht eine Rechtfertigung für das Verhalten jener

Frau. Der Krieg, der Krieg hat sie dazu gezwungen. Doch diese gleiche Ausrede haben auch jene, die den Krieg begonnen und die Frau dazu gebracht haben, das Kind zu töten. Wenn alle die gleiche Ausrede haben, sie wären gezwungen zu töten, weil Krieg ist ... Hat der Mensch im Krieg tatsächlich keine Wahl?

S. verurteilt sie nicht. Im Lager hat sie gelernt, die Menschen sind schwach, und es ist nicht gut, in Versuchung zu geraten. Der kleine tote Körper in dem schwarzen Tuch, das sonst um den Kopf getragen wird, das ist der traurigste Anblick, den S. in Erinnerung behält. In jener kalten Nacht in der Ruine des Hauses nimmt sie diesen Anblick mit in ihren Traum und weiß, sie wird sich nie mehr davon befreien können. Das Bild des kleinen schwarzen Bündels in den Händen der Frau wird für immer in ihr bleiben, das Bild der Frau, die ein Kind dem Krieg opfert, denn der Krieg ist stärker als sie und als das Kind.

Die Trauer nistet sich in ihren Knochen ein wie Gicht. Den Rest der Nacht verbringt sie in bösen Vorahnungen. Was würde sie tun, wenn sie schwanger wäre? Sie denkt an die Mutter des jungen Mädchens und an deren geschickte Hände. Ja, es ist besser so ...

Sie hat Angst. Diesmal rührt die Angst nicht von etwas, das ihr von außen her droht, aus dem Dunkel, das sie umgibt. Die Angst kommt aus ihr selbst, sie spürt sie in den wilden Schlägen ihres Herzens, in dem verkrampften Magen, der trockenen Kehle, den schwitzenden Handflächen. Vor dieser Angst kann sie nirgendwohin fliehen, sie kann sie nur tiefer in sich hineindrängen.

Ich unterdrückte diese Ahnung. Ich wußte, ich darf nicht daran denken, das gebot mir einfach die Logik des Überlebenwollens.

Zagreb bekommen die Frauen gar nicht zu Gesicht, nur die Lichter der Stadt, die an den beschlagenen Scheiben vorüberhuschen. Die Autobusse, die sie an der Grenze zwischen Kroatien und Bosnien aufgenommen haben, halten irgendwo am Stadtrand, auf einer Wiese mit Baracken. Zwischen den Baracken sind Leinen gezogen, darauf hängt Wäsche. Das hier ist ebenfalls ein Lager, ein Durchgangslager für Flüchtlinge. Doch es ist nicht von einem Stacheldrahtzaun umgeben, und es gibt auch keine Wachposten.

An einer Baracke steht geschrieben: Verwaltung. Hier warten die Ankömmlinge, um registriert zu werden. In dem kleinen Büro sitzt ein müder Mann und stellt kurze Fragen. Es sind so viele Flüchtlinge, ständig treffen neue ein, und er kann sich nicht erholen von der Flut der Angaben über menschliches Elend, das er gewissenhaft notiert. Er erklärt ihnen, die Unterbringung hier sei nur zeitweilig, und verteilt sie auf die Baracken. Die meisten melden sich an zur Ausreise in ein anderes Land. Oder, wenn sie Glück haben, gehen sie zu Verwandten. In ein anderes Land? Sie verstehen noch immer nicht, daß sie nun heimatlos sind. Auch S. hat darüber nicht nachgedacht, und jetzt schaut sie sich verwundert um.

Der Mann fragt, ob sie Verwandte in Kroatien habe. S. sagt ihm den Nachnamen einer entfernten Verwandten ihres Vaters. Sie hat sie lange nicht mehr gesehen, wer weiß, ob die Tante sich noch an sie erinnert. Ihr ist, als verlöre sie den Boden unter den Füßen. Nichts ist ihr mehr sicher, weder ob diese Tante sie erkennen wird, noch ob sie überhaupt eine Verwandte hat, geschweige denn, ob sie selbst das Kind war, das diese Frau früher einmal auf den Schoß genommen, dem sie gut zugeredet und ein Liedchen vorgesungen hat, an das S. sich noch heute erinnert: *Stille Nacht, mein Liebling schläft …* Die plötzliche Unsicherheit wirkt so, als verlöre sie das Gleichgewicht, und S. muß sich am Tisch festhalten, um nicht zu fallen. Nun wird von ihr verlangt, rasch die Verbindung zur Vergangenheit wiederherzustellen, so als wäre in der Zwischenzeit nichts geschehen, als wäre der Faden gar nicht gerissen ... Sie kann sich in dem Moment nicht an den Vornamen der Verwandten, nicht an ihr Gesicht erinnern. Ich weiß nicht, wie ich sie finden soll, sagt sie kaum hörbar. Überlassen Sie das uns, meint der Mann liebenswürdig. Seine Stimme bringt sie wieder zu sich.

Sechs eiserne Doppelstockbetten. Ein Kanonenofen. Ein Tisch. Eine Frau mit einem weißen Kopftuch sagt ihren Namen, bietet ihr Tee und Brot an und zeigt ihr ein freies Bett. Am Ofen sitzt ein Mann und blättert in den Seiten einer Sportzeitung. Er, der Vater der Familie, hat keine Beine. Seine drei Kinder sitzen auf dem Bett, die Hände vor sich gelegt. Sie sind ganz ruhig. Auf dem zweiten Bett liegt eine ältere Frau, die Mutter des Mannes. Sie scheint zu schlafen. Sie ist krank geworden, erklärt ihr die Frau, auf den Kopf deutend. Weil die vor ihren Augen ihre zwei jüngeren Söhne umgebracht haben.

Noch ein Bett ist frei. Die Tür öffnet sich, und J. kommt herein. J. und S. umarmen sich, als hätten sie sich lange nicht gesehen. Besser, wir sind zusammen, sagt J., wir sind doch jetzt wie Verwandte. Sie ist auch selbst überrascht, daß sie gemeinsam untergebracht wurden. Ist das deine Schwester? fragt die Frau. Ja, das ist meine Schwester, sagt S., froh, ein bekanntes Gesicht zu sehen. J. hat nicht erwartet, daß sie erneut in ein Lager gebracht würden, in ein kleines Zimmer, eingezwängt in fremde Angst und Enge. S. sagt ihr, das sei nur zeitweilig. Der Invalide winkt ab. Zeitweilig ist ein Wort ohne Bedeutung. Sie sind schon zwei Monate hier, warten auf Papiere. Das heißt, sie leben hier, in diesem Zimmer, zwischen den Betten, dem Tisch und dem Ofen? Nein, sie leben nicht.

Sie warten. Sie warten auf ein anderes Leben, während dieses zeitweilige Dasein an ihnen vorübergeht.

Am schlimmsten ist, nichts tun zu können. Die Zeit, die Zeit zermürbt einen. Er hatte in Slowenien gearbeitet, bei der Eisenbahn. Vor dem Krieg war er in sein Dorf zurückgekehrt. Und nun ... Er hat gelernt zu arbeiten, sein ganzes Leben war nichts als Arbeit. Nun hat er nichts zu tun und weiß nichts mit sich anzufangen. Ein wenig geht er durchs Lager, auf Krücken. Er kennt ein paar Leute. Sie reden miteinander, rauchen, trinken Kaffee. Kaffee und Zigaretten sind genug da. Sie rauchen, trinken, reden, etwas anderes haben sie nicht zu tun.

Sie erzählen S. von den zwei Häusern, die sie hatten (mit Walmdach, sagt die Frau, als hätte das für S. eine Bedeutung!). Und die Ställe, ein Traktor, ein Mähdrescher ... Sie zählen im einzelnen die Sachen und die Tiere auf, als würde diese Inventur des vergangenen Lebens bestätigen, daß sie gelebt haben, daß es sie gab. Ihr Leben läßt sich auch nicht anders ausdrücken als durch die Größe des Landes, die Anzahl an Vieh und Maschinen. Die Kinder fügen hinzu: ein Fernseher, eine Waschmaschine. Das sagen sie stolz. Und dann, dann wurde geschossen. Das Haus brannte, sie flüchteten. Der Wald. Das Lager ... Ein Alptraum. Dem ist nichts hinzuzufügen. Zwar leben sie, aber ohne Haus, ohne Land, ohne Vieh sind sie ganz verloren.

Wie viele solcher Geschichten S. auch im Lager gehört hat, sie erscheinen ihr alle gleich. Und dann die Verwunderung. Die unaufhörliche Verwunderung, daß ihnen das ganze Unglück zugestoßen ist, ausgerechnet ihnen. Als könnten sie niemals herauskommen aus jenem Zustand zwischen dem Sich-Abfinden mit den Geschehnissen und dem Sich-Wundern. Manchmal, wenn S. ihnen zuhört, scheint ihr, als seien diese Menschen noch immer in ihrem Dorf, sehen, wie das Haus brennt und wie die

Nachbarn ihnen die Kinder wegführen. Und sie glauben das nicht, noch immer scheint es ihnen nur ein böser Traum zu sein.

Den Mantel hat sie durch das Rote Kreuz bekommen. Er ist groß, schwarz, bequem. Die Ärmel sind zu lang, sie muß sie umkrempeln. In dem Mantel ist ihr warm. Sie taucht ein in den Geruch des groben Wollstoffs. Er riecht muffig. Nach einem fremden, ungelüfteten Schrank. Wenn sie jetzt vor ihrem eigenen Schrank stehen und ihren Mantel herausnehmen könnte! Er röche nach vorjährigem Winter, nach Nebel, gerösteten Eßkastanien, nach dem Lavendel, den sie jeden Sommer aus dem Urlaub mitbrachte. Dinge helfen doch in gewisser Weise, sich wiederzuerkennen.

Hier, im Flüchtlingslager, könnte sie irgendeine Geschichte erfinden, diese Leute hätten keine andere Wahl, als sie ihr zu glauben. Das heißt nicht, daß Flüchtlinge wie sie lügen, aber sie sind entwurzelt. Ihre Berichte bedeuten höchstens ihnen selbst etwas. Niemand hört ihnen zu, und das ist beinahe so, als wären sie gar nicht vorhanden.

S. weiß, sie ist nun ein Flüchtling, doch sie weiß noch nicht, was das eigentlich heißt. Wie viele fremde Schuhe und Mäntel, wieviel Warten. Sie weiß noch nicht, daß dieses Warten sie am Leben hält, daß es keine anderen Fäden gibt, die die Augenblicke verbinden und zusammenhalten, außer dem Warten auf das Mittagessen, das Abendbrot, auf die Dokumente, Bewilligungen, Nachrichten von den Verwandten, auf den Autobus, die Abreise, die Rückkehr ... Deshalb ist auch dieses Lager schrecklich, obwohl es nicht mit Stacheldraht eingezäunt ist. Alle warten auf etwas, und darin besteht ihr Leben. Ein Flüchtling ist eine Person, die von irgendwo vertrieben ist, aber nirgendwo hingeht, weil sie nicht weiß, wohin. S. spürt, sie lebt nun zwischen zwei Orten, in Erwartung, auf der Durchreise von einem Ort zum nächsten. An keinem dieser Orte ist sie zu Hause. Die Menschen neben ihr leben nur auf der Durchreise. S. muß sich erst an dieses »Transitgefühl« als ihren neuen Zustand gewöhnen.

Womöglich ist ein solches allen Wettern ausgesetztes Leben das einzige, was ihr geblieben ist, denkt S., als sie den neuen Wintermantel anzieht.

Die Männer hocken um den Ofen und rauchen. Oder sie rauchen vor der Verwaltung. Unterhalten sich, so schlagen sie die Zeit tot. Die Frauen waschen Wäsche. Diese Arbeit ist schwierig, aus dem Hahn fließt nur kaltes Wasser. In großen Töpfen tragen sie das Wasser in die Baracke. Sie wärmen es auf dem Ofen an, und dann waschen sie. Ihre Hände sind rot und rissig. Aus dem Topf steigt eine Dampfwolke auf, die Luft im Zimmer ist heiß und feucht. Der Raum riecht nach feuchter Kleidung, nach Tabak, nach ungewaschenen Körpern. Alle Zimmer riechen so oder noch schlimmer. Nach Krankheit, nach Alter, nach Elend.

Es kommt ihr nach allem seltsam vor, nun in der Stadt zu sein. Der Hauptplatz bietet S. einen Anblick, daß sie sich kaum enthalten kann, laut zu lachen. Sie fühlt sich, als sehe sie ein schon vergessenes, aber bekanntes Bild oder sei selbst in einem Farbfilm. Straßenbahnen fahren. Menschen gehen in Geschäfte und kommen mit vollen Händen heraus, sie kaufen ein. Die Auslagen sind beleuchtet, in schönen Neonbuchstaben stehen die Namen der Firmen: Varteks, Naprijed, Nama, Bata, Zagreber Bank. Hoch oben schaltet sich eine Reklame für Coca Cola ein und aus. Im Schaufenster des Kaufhauses sind die Neuheiten der Wintermode. Ein Pelzmantel aus glänzendem braunem Pelz. Und die Tannenbäume, hoch, geschmückt mit bunten Lämpchen. Die Stadt bereitet sich schon auf die Festtage vor.

Als wäre hier nichts geschehen. Zwei Männer von der

Straßenreinigung in orangefarbenen Uniformen kehren die Straßenbahnhaltestelle. In Abfallbehälter auf Rädern werfen sie Zigarettenkippen und Fahrkarten. Vielleicht hat der Krieg in dieser Stadt ein anderes Gesicht. S. kennt dieses Gesicht nicht, alles, was sie sieht, sind zwei parallele Wirklichkeiten: Hier sammeln die Straßenkehrer die Zigarettenkippen ein, während anderswo Teile von Menschenleibern eingesammelt werden. Es erscheint ihr ungesund, sich zwischen diesen zwei Wirklichkeiten zu bewegen, denn nun wirkt keine von beiden mehr glaubwürdig, es ist, als seien beide nur ihre eigene Projektion.

S. geht vorsichtig, die Schultern eingezogen, als fürchte sie, jemand werde sie anhalten, ihr zurufen: Stehenbleiben! Sie aussondern, ihr etwas befehlen. Ihre Bewegungen sind steif und gleichzeitig unsicher. Es hilft ihr nicht, daß sie selbst in einer Stadt mit Straßenbahnen und Geschäften und Neonreklamen geboren und aufgewachsen ist. Das ist alles zu lange her. Sie hat vergessen, wie man sich unter Menschen bewegt, die ihrer Arbeit nachgehen und sie überhaupt nicht beachten.

In einer Wechselstube wechselt sie die hundert Mark. Die Angestellte fragt nicht nach ihrem Ausweis, nicht, woher sie kommt, sondern reicht ihr einfach die Geldscheine. Sie muß nicht ihren gelben Flüchtlingsausweis vorzeigen wie beim Einsteigen in den Bus oder die Straßenbahn. Wenn sie Geld wechselt, ist sie also kein Flüchtling. Als sie die Wechselstube verläßt, verspürt sie zum ersten Mal seit dem Verlassen des Lagers wirkliche Erleichterung.

Auch J. hat ein paar Mark gewechselt. Nach so langer Zeit halten sie nun Geld in der Hand, mit dem sie tun können, was sie wollen. Das kommt ihnen ungewöhnlich vor, sie hatten fast vergessen, was Geld ist. In der Nähe ist eine Konditorei, ganz in rötlichem Marmor gehalten. S. zögert, schließlich tritt sie ein und bestellt Maronenpüree mit Schlagsahne und ein Stück Kremschnitte. J. entscheidet sich für Baklava, obwohl sie nicht glaubt, daß es echter bosnischer Honigkuchen ist.

Der junge Mann, der die Bestellung entgegennimmt, läßt sich nicht anmerken, daß er sieht, die beiden sind anders. Behutsam legt er den Kuchen auf die Tellerchen und reicht sie ihnen mit einem Lächeln. Bitteschön, sagt er. Das Wort beunruhigt S. ebenso wie der Anblick der Straßenreiniger auf dem Platz. Sie erinnert sich nicht, wann sie zum letzten Mal ein Bitteschön gehört hat. Ein verlorenes Wort aus einem anderen Leben kehrt zurück in die Wirklichkeit. Dadurch, daß dieses Wort hier im täglichen Gebrauch ganz normal ist, fühlt S. sich noch stärker wie eine Fremde.

Das Maronenpüree ist trocken und ohne Geschmack. S. bringt es nur mit Mühe hinunter, wie unter Zwang. Das rührt von dem Gefühl her, daß sie und J. nicht in diese marmorgeflieste Konditorei gehören, zu den Pärchen, die Eis bestellen. Und als wäre ihnen das nicht genug, verlangen sie noch Schlagsahne und Schokoladensoße. Sie sieht das und fühlt sich in einer unwirklichen Welt. Sie hat selbst vor kurzem noch gern Eis gekauft, doch nun ist das nicht mehr so einfach.

S. kostet von der Baklava. Gleich beim ersten Bissen ist sie wieder fünf Jahre alt. Es ist Sonntagnachmittag, sie geht mit den Eltern in der Stadt spazieren, trinkt Eislimonade und ißt Baklava, die golden in der Sonne schillert. Eine Linde duftet. Ihre Mutter sagt: Paß auf, wenn du die Baklava ißt, mach nicht dein Kleid schmutzig. Ihre Schwester streckt die Hand aus dem Kinderwagen und sagt: Ham, ham ... Der Schmerz in der Brust nimmt ihr den Atem. Ihr Gesicht ist naß. Sie sucht Trost in der schwabbeligen gelben Kremschnitte.

Sie atmet tief, ihr fehlt die frische Luft. Sie gehen die breite, beleuchtete Straße entlang: Straßenbahnen fahren, Menschen drängen sich, aus einem Café dringt Musik.

J. bleibt vor jedem Schaufenster stehen wie ein Kind. Sie ist vom Dorf und war vielleicht noch nie in einer so großen Stadt. Sie ist achtzehn und hat die Handelsschule absolviert. Trägt Jeans und eine Lederjacke. Nichts an ihr verrät ihren Aufenthalt im Lager, im »Frauenraum«. Sie sieht aus wie ein Stadtmädchen. Nur ihre Verzücktheit vor einer Auslage mit Schuhen, einer Parfümerie und dem Schaufenster mit eleganten Abendkleidern fällt auf. Ihre Augen sind hungrig nach schönen Sachen, und sie schaut, als wolle sie sich vergewissern, daß sie nicht verschwinden, wenn sie nur einmal blinzelt. J. wird das Lager bald vergessen, denkt S., als sie sie anschaut. Während sie die Straße entlanggeht und vor den Schaufenstern stehenbleibt, ist sie nicht mehr das Mädchen aus dem »Frauenraum«, in sich zurückgezogen und ängstlich. Eines Tages wird sie ein wunderschönes neues Kleid und neue Schuhe anziehen, und sie wird alles vergessen. In ihrer Haltung, in ihrer echten Hingabe an die Stadt sieht S., wie J. bereits vergißt, und denkt, es ist gut, wenn sich wenigstens eine so schnell an diese Veränderung gewöhnen kann …

Sie betreten eine Parfümerie, und S. schenkt ihr roten Nagellack. Sie erinnert sich an jenen Blick, den J. eines Abends ins Zimmer warf, als sie mit einem Soldaten mitgehen mußte. Sie schaute sich um und sah alle so traurig an, als käme sie mit Sicherheit nie mehr zu ihnen zurück. Beim Verlassen der Parfümerie sagt S. ihr, alles, was sie erlebt haben, sei nur ein böser Traum gewesen, den solle sie vergessen, denn nun sei sie frei … Später, im Bus, auf der Rückfahrt zum Stadtrand, fragt J. vorwurfsvoll: Warum hast du das gesagt? Das Wort »Lager« spricht sie nicht aus und erwähnt auch nichts, was mit ihren bitteren Erfahrungen dort in Beziehung steht.

Bald wird sie mit keinem mehr über das Lagerleben sprechen können, die Vergewaltigung wird nicht mehr erwähnt, als wäre ihnen das nicht geschehen. Es wird heißen: Lager, Folterungen, Erschießungen und ähnliche

Dinge. Und die Frauen werden das alles mit verschlossenem Mund anhören. Sie spürt den Argwohn sogar in den Blicken, die sie im Flüchtlingslager begleiten, beim Anstehen nach dem Mittagessen oder nach Brot oder nach den Dokumenten. Als fragten sich die Leute: Was hat die alles durchgemacht? Sogar die Frauen denken so voneinander, schauen sich mit dieser Frage in den Augen an. Doch sie sprechen nicht darüber. Sie schweigen.

Auch S. ist darin keine Ausnahme, auch sie schaut die anderen Frauen an und versucht zu erraten. An den Augen, am Gesichtsausdruck, den Gesten. Jede Frau, die aus einem Lager kommt, steht unter dem Verdacht, vergewaltigt worden zu sein. Dennoch schweigen sie. Ist das eine Verschwörung des Schweigens, durch die sie ihre Schande zu verbergen und ihre Ehre zu verteidigen meinen? Oder geschieht es deshalb, weil sich ihre schrecklichen Erfahrungen nicht mit anderen teilen lassen, nicht einmal mit denen, die das gleiche durchgemacht haben? Das Schweigen schützt uns, doch es schützt auch unsere Peiniger, denkt S. und ist dabei nicht sicher, ob sie selbst bereit wäre, darüber zu sprechen.

S. bekommt häufig Schwindelanfälle. Anfangs macht sie sich darüber keine Sorgen, sie glaubt, das Schwindelgefühl sei die Folge von Blutarmut und allgemeiner Erschöpfung. Eines Morgens fällt sie in Ohnmacht, als sie nach Essen ansteht, und jemand aus der Verwaltung ruft einen Krankenwagen.

Die sie untersuchende Ärztin weiß, daß S. aus dem Flüchtlingslager kommt. Sie ist vielleicht vierzig Jahre alt und hat kurzgeschnittenes graues Haar, ist ernst und schweigsam. Sie mißt ihr den Blutdruck und schüttelt den Kopf. Ihre Hand ist warm, fest, mit kurzgeschnittenen Nägeln. S. habe zu niedrigen Blutdruck, sagt sie. S. berichtet ihr von den Schwindelanfällen, auch ohne Kopfschmerzen wird ihr manchmal wirr im Kopf, und dann hat sie das Gefühl, ohnmächtig zu werden. Eine Schwester nimmt ihr Blut ab, die Ärztin notiert die Krankengeschichte.

Wann hatten Sie ihre letzte Menstruation? Im Mai, sagt S., an das genaue Datum erinnert sie sich nicht.

Die Ärztin schaut sie aufmerksam und fragend an. Ihre Augen sind von winzigen Falten umgeben, die verraten, daß sie älter ist, als es auf den ersten Blick scheint. S. fürchtet sich vor der Frage, die sie in ihren Augen liest. Sie fürchtet, die Ärztin könne sie laut stellen. Sie fühlt sich noch nicht bereit für eine Konfrontation mit dem, was die Ärztin jeden Moment aussprechen wird. Doch diese meint nur: Wissen Sie, welcher Monat jetzt ist? November, antwortet S. Sie wiederholt die Frage für sich und wehrt sich noch immer dagegen, daß das bedeutet, sie ist schwanger. Sie spürt, wie sie sich diesem Gedanken krampfhaft widersetzt, wie ihr ganzer Körper erstarrt. Nein, sagt sie ziemlich gefaßt, das ist einfach nicht möglich.

Die Ärztin sieht ihre Niedergeschlagenheit und sagt, sie brauche ihr wohl nichts weiter zu erklären. Sie tröstet sie, das sei eine normale Reaktion, in jedem Menschen gebe es nicht nur psychologische, sondern auch physiologische Mechanismen, die ihn in Ausnahmesituationen schützen. Sie nimmt sie sanft bei der Hand und geht mit ihr zur Kontrolle. Sie bewegt sich entschlossen, flink. S. überläßt sich ihr, merkt, es gibt keinen Ausweg. Ist völlig hilflos wie ein Kind. Jene alte Furcht bricht nun wieder auf, und S. weiß, sie ist schwanger, ebenso wie sie weiß, sie lebt und atmet. Es gibt für sie nicht mehr den geringsten Zweifel: Ihr Schicksal ist längst besiegelt, und ihr bleibt nichts anderes, als sich ihm zu stellen. Die Ärztin muß ihr Urteil nur noch laut verkünden. Sie drückt kräftig die Fäuste zusammen. Die Nägel schneiden ins Fleisch ein.

Alles geht schnell vor sich. Am Ende des Ganges ist ein anderes Behandlungszimmer. Darin eine junge Gynäkologin, die sie untersuchen wird, jetzt, sofort.

Sie ist behutsam, S. spürt ihre Finger in ihrem Inneren kaum. Mit der Hand tastet sie vorsichtig den Bauch ab und fragt, ob es weh tut. Das Behandlungszimmer riecht nach Desinfektionsmittel, nach der Gummiunterlage, nach Alkohol. Hinter dem Milchglas am Fenster ein Wintertag. Auf dem Flur schieben Krankenschwestern den Essenwagen vorbei. Ihnen folgt der Geruch nach dünner Krankenhaussuppe. S. schließt die Augen, doch sie kann nirgendwohin fliehen.

Von dem Gesicht der Ärztin ist nichts abzulesen. Sie sagt, S. solle sich hinsetzen, und das wertet diese als ein schlechtes Zeichen. Die Ärztin faltet die Hände auf dem Tisch wie zum Gebet. Fünf Monate, sagt sie, Sie sind im fünften Monat schwanger. Aber das ist nicht möglich, sagt S. mehrmals, vielleicht nur, um überhaupt etwas zu sagen, ihre Stimme zu hören, zu wissen, daß sie lebt. Gleichzeitig haßt sie sich wegen dieses Satzes. Das letzte, woran sie sich erinnert, ist, daß ihr Kopf gegen etwas stößt, das Geräusch des Aufschlags, das in ihrem Kopf widerhallt.

Sie liegt in einem Krankenbett. Eine Nonne wechselt ihr den Verband. Offenbar ist sie mit dem Kopf auf die Tischkante gefallen und hat sich die Stirn aufgeschlagen. Ihr ist am ganzen Körper heiß. Die Nonne fühlt ihre Stirn. Sie haben Fieber, sagt sie besorgt und reicht ihr ein Thermometer.

Ihr Körper liegt auf dem Krankenbett wie ein lebloser Gegenstand, ein ausgehöhlter Balg oder eine Plastiktüte. Seit dem Abtransport aus dem Lager hat sich für sie nichts geändert. Ihr Körper ist weiterhin in der Macht anderer, nun noch mehr als im Lager. Erst jetzt begreift S., daß ein Frauenkörper ohnehin nie ganz der Frau gehört. Sondern anderen: dem Mann, den Kindern, der Familie. Und im Krieg den Soldaten. Fünfter Monat ... Ein fernes Gericht hat sie zu diesem Zustand verurteilt, aus dem es kein Entrinnen gibt. S. kommt sich vor, als hätte jemand sie zurück ins Lager, in den »Frauenraum«, gebracht. Sie ist verraten. Ausgeliefert. Das ist der Krieg, in ihr, in ihrem eigenen Leib. Die anderen siegen ...

Gegen Abend kommt J. Sie ist nervös, wie aufgeschreckt. Aus der Tasche ihrer Lederjacke holt sie zwei Mandarinen und legt sie auf den Nachttisch. Die Früchte in ihrem kräftigen Orange sind kalt, und sie duften. S. nimmt eine und schält sie. Auch J.s Hände sind kalt auf ihrer Stirn. S. sagt ihr, sie sei nicht krank. Es sei viel schlimmer. Sie sagt: Ich bin schwanger. Fünfter Monat. Zum ersten Mal spiegelt sich auf J.s Gesicht die Angst. Das ist kein Kind, das ist eine Krankheit da innen. S. weiß in dem Moment, J. meint sich selbst und kann den Gedanken nicht ertragen, daß sie ebenfalls höchstwahrscheinlich schwanger ist, und auch für sie ist es für eine Abtreibung zu spät.

S.s erster Gedanke ist der Tod jenes Wesens in ihrem Leib. Doch wenn jemand ein Lager durchlebt, dann ist der Tod nichts Unbestimmtes, Fernes mehr. Tod, das sind einzelne Menschen, jeder Tod hat seinen Namen. Es ist A.s mißhandelter Körper, der Gestank aus den Containern, der tagelang im Zimmer hängt und einen verrückt macht, die Männer, die ihr eigenes Grab schaufeln, die Lastwagen, die die Leichen abfahren, das Gift, das E. genommen hat, ihre tote Tochter, das Neugeborene, das keinen einzigen Atemzug tun konnte.

Sie kann sich auch schwerlich vorstellen, daß das Wesen in ihr bereits lebt, sich bewegt und am Daumen lutscht, so wie auf den Fotos, die sie einmal in einer Zeitschrift gesehen hat. Das beste wäre, es würde tot geboren werden. Sein Tod wäre etwas Natürliches. Ein Geschöpf, das im Krieg mit Gewalt aus Haß gezeugt wurde, was für eine Zukunft konnte es haben? Für so ein Geschöpf ist es am besten, nicht auf die Welt zu kommen, und zum ersten Mal versteht sie die Mutter des Mädchens, das entbunden hat, und ihren ruhigen Blick, als das Kind nicht weinte.

Die Ärztin , die sie zuerst untersucht hat, kommt zu ihr und sagt, sie brauche nicht zu verzweifeln, weil es für eine Schwangerschaftsunterbrechung zu spät sei. Es gebe eine Lösung, man könne das Kind zur Adoption freigeben. Sie müsse nur noch vier Monate aushalten. Außerdem sagt sie, S. sei nicht die einzige, es seien viele Frauen aus den Lagern gekommen, die in einer ähnlichen Situation seien wie sie. Die Ärztin fragt S. nicht nach Einzelheiten.

S. ist durch ihre Worte beruhigt, sie sieht, die Frau möchte ihr die Situation erleichtern. Als sie sie umarmt, spürt sie das Blütenparfüm, nach dem ihr straffer Körper duftet. Wie Mama, denkt S. Nur einen Augenblick gestattet sie sich den Gedanken an die Mutter, an ihre Schulter, das dunkle Haar, den Geruch ihrer Hände, die ihr das Gesicht streicheln ... Im Krankenhaus bleibt S. mehrere Tage. Schließlich geht sie die steile Straße den Berg hinunter, auf dem das Krankenhaus liegt. Der Morgen ist grau und feucht, die Kälte dringt in ihre Kleidung. Sie ist allein, ganz allein mit dieser Last in sich.

Die Straßenbahn fährt zur Endhaltestelle. Sie wird immer leerer. Zum Schluß bleibt S. allein darin sitzen, während seitlich hinter der Scheibe Häuser, Leute, Bäume vorüberziehen. S. denkt daran, wie ihr Leben vergeht, wie ihr Leben nichts anderes ist als ein Vorbeiziehen und Entrinnen.

Im Bauch spürt sie zum ersten Mal die Last. Sie ist da, tief innen, wie ein Stückchen Blei. Ein Tumor, der wächst, sich ausbreitet und immer sichtbarer wird.

Dennoch fand ich mich bald damit ab, daß ich diese Last noch monatelang würde tragen müssen, ehe ich das Kind zur Adoption freigeben konnte. Von vornherein sagte ich mich von ihm los. Ich war wie ein Gefäß, in dem es sich einige Zeit aufhält, eine Art Leih-Gebärmutter.

S. kann den Gedanken nicht mehr vermeiden, daß in ihr ein Kind wächst, doch seit sie beschlossen hat, es ist nicht mehr ihr Kind, fühlt sie sich leichter. Mental gelingt ihr der Sprung von der Verzweiflung zu einer Art Erleichterung, da es, wie die Ärztin sagte, eine Lösung gibt. Sie würde sich von der Last befreien, es ist nur eine Frage der Zeit.

Über den Vater des Kindes denkt sie nicht nach. Es kann einer der Soldaten sein oder vielleicht der Hauptmann, das interessiert sie nicht. Darüber wundert sie sich selber. Weniger, weil sie sich nicht fragt, wer von all jenen Soldaten der Kindesvater sein könnte, sondern sie wundert sich über ihre eigene Gleichgültigkeit. Im Grunde kann sie sich nicht einen Vater vorstellen, sondern nur eine Vielzahl von Vätern.

Als sie vom Krankenhaus in die Baracke zurückkommt, empfängt sie der gleiche Geruch nach Feuchtigkeit, nach den Ausdünstungen der Wäsche, die Großmutter, die im Schlaf unruhig zuckt, die stillen Kinder. Doch für S. ist nichts mehr gleich. Sie will nicht weiter im Lager warten und mit ansehen, wie ihr Bauch wächst und wie die anderen dabei zuschauen. Sie wird immer ungeduldiger. Sie möchte fort, egal wohin, nur nicht in diesem Lager sein, im Kreis des eingegrenzten Geruchs nach Elend, unter den Bauern, die nichts anzufangen wissen mit ihrer Zeit, ihren Händen, mit sich. Ihre unaufhörlichen Gespräche über Land, Häuser, Vieh sind ihr unerträglich geworden, und im Lager gibt es keinen Ort, wo sie allein sein könnte. Als würden diese Leute eine solche Art Einsamkeit gar nicht kennen oder als fürchteten sie sich davor. S. ist klar, sie hat nichts mit ihnen gemeinsam, nur den Krieg und das Warten.

J. geht nach Slowenien. Dort hat sie einen Onkel, der bereit ist, sie aufzunehmen. Beim Abschied zeigt sie S. das

Fläschchen Nagellack und sagt, sie bewahre es auf für bessere Zeiten, noch sei sie nicht frei. Auch sie ist schwanger. Dort in Slowenien wird sie nach ihrer Entbindung das Kind zur Adoption freigeben. Aus ihm wird ein kleiner Slowene werden, und sie wird sich bemühen, das alles zu vergessen. Vielleicht schafft sie es, sie ist erst achtzehn Jahre alt.

Zagreb, Flüchtlingslager, Dezember 1992

Irgendwann im Dezember erhält S. die Mitteilung, man habe ihre Verwandte in Zagreb ausfindig gemacht. Sie hat sie schon jahrelang nicht mehr gesehen. Beim letzten Mal hat B. mit ihrem Mann, einem Kraftfahrzeugschlosser, und ihren zwei Kindern die Familie in Sarajevo besucht. S. erinnert sich, sie hatten gerade ein neues Auto gekauft, und die Kinder zeigten es von der Terrasse aus, mit seiner blauen Farbe fiel es auf dem Parkplatz auf. Die Tante war stark geschminkt gewesen und hatte beim Reden heftig gestikuliert. Einige Zeit später erhielten sie die Nachricht von ihrer Scheidung.

Die Tante erscheint eines Abends, nach der Arbeit, um S. abzuholen. Unsicher steht sie an der Tür der Baracke, den Kopf leicht gesenkt, während ein eisiger Wind ins Zimmer fährt. S. schaut sie an, sie ist verwirrt. Ist das wirklich Vaters Verwandte, die Frau, die sie in Erinnerung hat? Nun ist ihr Gesicht grau, wie ausgeblichen. Ihr Haar ist rot gefärbt, aber sie war schon lange nicht mehr beim Friseur, so daß im Licht der Glühbirne am Scheitel sichtbar das Grau hervorscheint. Der altmodische Mantel, den sie trägt, riecht nach Mottenpulver. Als die beiden Frauen mit der Straßenbahn nach Neu-Zagreb tuckeln, bemerkt S. an der rechten Hand der Tante einen Goldring mit blauem Stein. Im Neonlicht verliert der Stein seinen Glanz, als sei er ein Stück Plastik.

B. bewohnt eine Zweizimmerwohnung in einem jener riesigen Häuser nahe am Fluß, die nachts wie eine Weltraumstation leuchten. Schon im Treppenhaus riecht es nach Gibanica, ihre Tochter N. zieht sie gerade aus der Backröhre. N. ist schon auf der Hochschule, sie studiert Jura. Sie hat einen blassen Teint und dunkles Haar, und wenn sie unerwartet lacht, ähnelt sie der Mutter, wie S. sie aus der Kindheit kennt, von den Mittagessen bei den Eltern und den Ausflügen, bevor sie jenen Kraftfahrzeugschlosser aus einer bosnischen Provinz heiratete, der sich etwas Geld in Deutschland verdiente und danach mit der Familie nach Zagreb übersiedelte. B. arbeitet als Kassiererin in einem Supermarkt, und davon leben sie alle drei. Dennoch, S. sieht, die Tochter hat ganz neue und nicht gerade billige Schuhe an. Vielleicht bemerkt B. ihren Blick. Sie sagt, wenigstens ihre Kinder seien wohlgeraten, sie lernten gut und das sei ihr ein Trost. Später sitzen sie an einem niedrigen Tisch im Wohnzimmer und trinken Kaffee aus dem Fildschan. Und ihre Schlucke sind ebenso winzig wie dieses henkellose weiße Porzellanschälchen, das jeder vor sich stehen hat.

B. bietet ihr süße Kirschspeise an, immer wieder. S. wagt nicht abzulehnen. Diese übertriebene Aufmerksamkeit ist ihr unangenehm. B. sagt, sie habe gehört, was mit ihren Eltern passiert sei. Sie spricht darüber in allgemeinen Phrasen, sie sagt: Da kann man nichts machen, das ist Schicksal! Am liebsten würde S. aufstehen, sie kann das nicht hören, es ist ihr unerträglich, daß ein anderer über ihre Familie spricht. Doch etwas hält sie zurück, und sie bleibt sitzen. Nimmt noch Kirschspeise. Ihr ist übel.

Aber Schicksal ist womöglich kein schlechtes Wort für etwas so Schlimmes wie das Verschwinden der Eltern und die Ungewißheit, in der sie lebt, tröstet sich S. Was sollte B. ihr sonst sagen? Wie könnte sie sie trösten? Am besten, sie hört einfach nicht mehr zu. Sie trinkt Wasser und sieht durch den Boden des Glases ein vergrößertes

Efeublatt auf dem Tisch und die feinen Äderchen des Blattes mit einer weißlichen Flüssigkeit darin. Sie entfernt sich von diesem Zimmer, von sich selbst. Gleich ist ihr besser.

Noch vor dem Treffen hatte S. gedacht, sie könne zu der Tante ziehen. B. wäre bestimmt einverstanden. Doch plötzlich ist S. nicht mehr sicher, ob sie das möchte. B. zeigt ihr die Wohnung, das Zimmer, in dem sie mit der Tochter schläft, und das andere für den Sohn. Sie sagt, im Wohnzimmer stehe noch ein Klappbett. S. blickt um sich: ein Tisch, zwei Stühle, zwei unförmige Sessel mit schmutziggelben Kunstlederbezügen, ein Fernseher, ein dunkles Regal die ganze Wand entlang, das das Zimmer noch kleiner macht. Du hast nun keinen Grund mehr, an jenem schrecklichen Ort zu bleiben, sagt B. Sie hält ihre Hand, die auf dem Knie liegt, und drückt sie leicht, als wolle sie S. überzeugen. Komm zu uns, fügt ihre Tochter hinzu und lehnt den Kopf an ihre Schulter. Von der Berührung des Mädchens durchströmt S. Wärme, und sie überläßt sich dem Gefühl von Heim und Behaglichkeit.

S. ist sich sicher, die beiden würden sie aufnehmen, sie haben schon vor ihrem Besuch über diese Möglichkeit gesprochen. Wäre sie allein, könnte sie tatsächlich zu ihnen ziehen, sich einnisten zwischen Mutter und Tochter und hier den Frühling abwarten. Doch wie soll sie ihnen beibringen, daß sie schwanger ist? Vielleicht ahnen sie es auch, es hat sich herumgesprochen, was den Frauen in den Lagern passiert ist, bestimmt haben sie in der Zeitung davon gelesen. Nein, das kann S. ihnen nicht antun. Besonders weil sie nicht weiß, wie lange ihr Aufenthalt in Zagreb dauern wird. Bis der Krieg beendet ist? Bis sie ihre Eltern findet? Bis sie nach Sarajevo zurückkehren kann? Sie weiß, sie wird die Einladung der Verwandten ihr Leben lang als etwas Warmes und Liebes in Erinnerung behalten, und das genügt ihr völlig.

Auch B. sagt ihr nicht alles, zumindest nicht deutlich.

Von ihrem Sohn sagt sie, er müsse damit rechnen, in die kroatische Armee eingezogen zu werden. Zwischen ihnen schwebt ihre unausgesprochene Angst, zwischen den Kaffeeschälchen und der Kompottschale mit der Kirschspeise, zwischen dem Wasserglas und dem Teelöffel, in dem Blick, den sie mit ihrer Tochter tauscht. Sie wagt nicht zu sagen, daß sie ihren Sohn nicht in den Kampf ziehen lassen möchte. Das kann sie vor S. nicht aussprechen. Vielleicht denkt sie, S. könne ihr übelnehmen, daß sie ihren Sohn nicht von allein nach Bosnien schickt, damit er dort kämpft. Aber für S. genügt auch das, was sie gesagt hat, S. hat gelernt, die Furcht anderer zu achten. Sie tröstet B., er sei immerhin noch nicht einberufen, vielleicht werde er auch nicht eingezogen, er sei doch Student. B.s Miene heitert sich auf.

An der Tür sagt sie ihnen, sie habe sich schriftlich um die Ausreise nach Schweden beworben. Warum gerade Schweden? fragt N. Einfach, weil das ganz weit fort von allem ist, antwortet S.

Das Eis auf dem Fußweg wird immer dicker und schmutziger. Auf der Oberfläche verfangen sich schwarze Smogfetzen. S. erhält die Aufforderung, sich schnellstmöglich im Büro zu melden. Diese Nachricht überbringt ihr eines Morgens R., der einzige Mann in ihrem Zimmer, nicht gerechnet den Jungen, seinen fünf- oder sechsjährigen Sohn. R. geht jeden Tag ins Büro und fragt, wie es um die Dokumente für seine Familie steht – so sagt er zumindest seiner Frau. Sie haben sich für Deutschland gemeldet, dort haben sie entfernte Verwandte. Offensichtlich haben die meisten Flüchtlinge ausgerechnet in Deutschland jemanden. In Wirklichkeit geht R., die Zeit in Gesellschaft anderer Männer totzuschlagen. S. sieht sie vorbeischlendern, sie drücken sich im Gang vor dem Büro herum oder stehen vor dem Eingang einer der Baracken. Sie lesen ein paar Tage alte Zeitungen, hören den Neuankommenden zu und fragen sie nach ihren eigenen Angehörigen, Bekannten, Nachbarn. Reden über Politik und fluchen. Aus jeder ihrer Gesten spricht Verzweiflung.

R. bückt sich instinktiv beim Eintritt in ihre Baracke, in sein wirkliches Leben. Seine Frau teilt gerade das Mittagessen aus. Die Kelle kratzt über den Boden des Blechtopfs, das ist das einzige Geräusch im Zimmer. Heute gibt es Erbsensuppe und blasse, zu weich gekochte Nudeln. R. sagt: Sie sind da! Vor Aufregung sagt er es in hohem Ton, beinahe mit Fistelstimme. S. versteht im ersten Augenblick nicht, wovon er redet, obwohl sie sieht, er sagt das an sie gewandt. Wer ist da? fragt sie, denn sie erwartet niemanden. Deine Papiere, deine Papiere sind eingetroffen! Du hast Glück! erwidert R. fast schreiend. Sein für gewöhnlich finsteres Gesicht verzieht sich zu einem Lächeln, das die Zähne freigibt, die gelb sind vom Rauchen.

S. stellt behutsam den Teller auf dem Tisch ab, neben den Weißbrotlaib, den die ungeduldigen Kinder schon angeknabbert haben. Sie spürt die Blicke ihrer Zimmerbewohner, die Last dieser Blicke auf sich. Für sie hat S. soeben den Hauptgewinn im Lotto gezogen. Sie warten. Warten, daß auch ihr Gesicht ein Lächeln überzieht, das ihnen, die im Lager bleiben, die Hoffnung gibt, jenes andere Leben habe einen Sinn, es lohne sich, auf die Papiere zu warten, zu hoffen. S. weiß, sie darf sie nicht enttäuschen, aber sie ist nicht sicher, ob das, was sie empfindet, wirklich Freude ist, vielleicht eher körperliche Erleichterung. Wie beim Treppensteigen, wenn man endlich oben ankommt. Da bietet sich einem ein Ausblick, wenn auch wolkenverhangen, aber dennoch, man atmet anders, sieht die Dinge anders …

Wie soll sie ihnen sagen, daß sie im Grunde Erleichterung spürt, weil sie nicht mehr ihre finsteren, besorgten Gesichter sehen und nicht mehr in diesem stickigen Zimmer mit ihnen gemeinsam tagein, tagaus die gleichermaßen geschmacklosen Speisen essen muß? Nein, das wagt sie ihnen nicht zu sagen. Nicht zu zeigen. Sie zwingt sich zu einem kargen, unsicheren Lächeln, doch auch das reicht ihnen aus. Die Frau wirft sich ihr an den Hals und weint. S. weiß nicht mehr, ob sie das tut, weil sie froh ist über S.s Abreise, oder ob sie bedauert, nicht an ihrer Stelle zu sein. Nun klopft ihr R. auf den Rücken, das kleinste Kind krabbelt auf ihren Schoß und klatscht in die Händchen, eine dünne blonde Haarsträhne klebt ihm auf der Stirn vor Schmutz. Auch das Kind versteht, daß hier etwas Wichtiges geschieht und daß S. irgendwie anders ist als die übrigen. Die Löffel werden für einen Moment beiseite gelegt, das Essen ist vergessen. Auf der Suppe bildet sich eine dünne graue Haut. S. zerkrümelt abwesend ein Stückchen Brot in der Hand.

Dann sagt R., sie müßten anstoßen auf die gute Nachricht, auf die Reise, das künftige Leben und wer weiß worauf noch. Auch auf uns, wir sollten auch auf uns anstoßen, weil wir überlebt haben, doch das sagt er nicht, spricht es nicht aus. Von irgendwoher holt er eine Flasche Raki. Er nimmt einen langen Zug, durstig, als trinke er Wasser. Selbst die verrückte Großmutter trinkt, sie unterbricht für einen Moment ihr unverständliches Gemurmel und setzt die Flasche an, obwohl sie nicht begreift, was das soll, diese unerwartete Fröhlichkeit im Zimmer. Auch die Frau trinkt aus der Flasche, ein wenig verschämt, nur einen oder zwei Schlucke. S. trinkt ebenso. Sie trinken auf die Zukunft, vor der sie sich eigentlich alle fürchten. In Erinnerung bleibt S. die erhobene Flasche, jener lange Zug und das vom Licht der Glühbirne beschienene Gesicht des Mannes. Und seine, nicht aber ihre Erregung. Der starke Pflaumenschnaps brennt ihr noch lange in der Kehle.

Am liebsten wären wir alle zurückgekehrt in die Vergangenheit, wenn wir nur gekonnt hätten.

Endlich hält sie das Dokument in den Händen. Es ist ein Stück Papier, eine Bescheinigung, daß ihre Reise nach Schweden genehmigt ist, sie erinnert sich nicht genau, sie hat es kaum angesehen. Eigentlich hat sie es gar nicht angesehen, ihr genügt, daß ihr dieses Stück Papier die Abreise ermöglicht. Ausgehändigt wird es ihr von demselben müden Beamten, der sie vor etwa einem Monat im Lager aufgenommen hat. Das kleine Büro ist vollgestopft mit einem Tisch und zwei niedrigen Schränken, auf denen sich grüne Aktenmappen stapeln. Darauf liegt ein Berg Papier, es sieht so aus, als werde er jeden Moment vom Schrank herunterrutschen und ein riesiges Durcheinander verursachen. Auch die Vertreterin vom Roten Kreuz ist da, Frau N., die alle kennen. Sie ist freundlich und erledigt für sie kleine Dienste in der Stadt, bringt Geld von Verwandten, beschafft Medikamente oder trägt ihnen Einschreibebriefe zur Post. Sie erklärt, S. werde nicht allein reisen, mit ihr gemeinsam führen noch vier Erwachsene und zwei Kinder. Mit einem Kleinbus gehe es zum Flugplatz, dann mit dem Flugzeug nach Frankfurt, dann nach Stockholm. Damit sie ihre Dokumente nicht verlören, würden sie den ganzen Flug über bei ihnen bleiben. S. begreift, sie sagt zu allen das gleiche, es gibt Leute, die vielleicht einmal im Leben ihr Dorf verlassen haben, und für sie grenzt die Reise nach Schweden ans Phantastische. Deshalb wiederholt Frau N. sorgfältig: Frankfurt, Stockholm, die Dokumente. Nur als Frau N. sagt, eigentlich kämen sie in das Flüchtlingslager Flen bei Stockholm, zuckt S. sichtlich zusammen. Daß auch dort ein Lager auf sie wartet, hat sie nicht gewußt. Doch was hatte sie sich vorgestellt? Ein Hotel? Oder vielleicht den Königspalast? Selbstverständlich ein Lager, was sonst? Für sich zählt sie auf: ein Vernichtungslager, ein Durchgangslager, ein Aufnahmelager, ein Arbeitslager ... Was für Lager gibt es noch? Frau N. ist es unangenehm, sie ist sogar ein wenig rot geworden. Hab keine Angst, sagt sie, dort ist es nicht wie hier. S. fragt natürlich nicht, in welcher Hinsicht es anders sei, schon allein die Mitteilung, in ein Lager zu müssen, verdirbt ihr die Stimmung. Nun erklärt ihr die Frau, so seien die Regeln, die Flüchtlinge müßten zuerst in ein Aufnahmezentrum. Dort würden sie einige Zeit verbringen, ein paar Monate. Dann hätten sie das Recht auf Sozialhilfe und vielleicht auch auf eine Wohnung. S. drückt das Papier in der Hand, unterschreibt in irgendeiner Liste und hört nicht mehr aufmerksam zu. Diese Geschichte von der Wohnung, auf die sie möglicherweise ein Anrecht bekommt, erscheint ihr nicht überzeugend, zumindest nicht in diesem Moment, diesem Lager, diesem Büro.

Wieder erwartungsvolle Blicke; wieder spürt sie, daß sie auch den Menschen hier ein Lächeln schuldet. Danke, sagt sie unbestimmt zu dem Angestellten, zu Frau N. und zu den Leuten, die sich im Raum drängen. Der Beamte wird weniger mürrisch, seine Arbeit scheint in dem Augenblick einen Sinn zu bekommen. Schweden! Die Männer in dem Büro schweigen und blicken durch das schmale, schmutzige Fenster. Sie, der Glückspilz, wird wenigstens jenes Schweden sehen und, ach, die Schwedinnen! Der Angestellte nimmt die Brille ab und putzt sie. Seine Augen glänzen. Bestimmt denkt er gerade an den Film »Schwedinnen im Internat«, den er noch in seiner Pubertätszeit im Kino »Lika« gesehen hat, und S. beneidet ihn fast um diesen jugendlichen Glanz in den Augen.

Als sie durch die beschlagene Fensterscheibe schaut, sieht sie mehrere gebeugte Männer rasch von einer Baracke zur nächsten laufen, sie sieht die Wäsche auf der Leine, die fast bis zur Erde hängt, und eine Frau mit einem Wassereimer auf dem Kopf. Sie denkt, es gibt für sie kein Zurück. Das Verschwinden ihrer Eltern und der Schwester hat sie dem Roten Kreuz gemeldet. Sie haben versprochen, ihr zu helfen. Aber das wird dauern, haben sie gesagt. Im Lager ist es ihr unerträglich. In Schweden wird sie das Kind zur Welt bringen, es zur Adoption freigeben und dann weitersehen. Es muß in Schweden anders sein, zumindest muß der Himmel blauer sein, sonst hat ihr Fortgehen keinen Sinn, denkt sie. Und das andere Lager, das sie dort im Norden erwartet, ist bestimmt zumindest sauberer, hat genügend Toilettenpapier und Seife und reichlich warmes Wasser und vielleicht geheizte Badezimmer ... Schweden muß so ein Land sein, wo alle die Ordnung lieben, das hat sie im Fernsehen gesehen. Schon der Gedanke an ein anständiges Bad mit reichlich warmem Wasser und duftender Seife verstärkt ihren Wunsch, dorthin auszureisen.

Sie bemerkt dennoch eine Veränderung. Seit sie einen Paß besitzt (und das ist ihr erstes amtliches Dokument außer dem Flüchtlingsausweis), hat sie im Lager einen anderen Status. Als habe sie plötzlich ein Vorrecht, erhält sie nun in der Küche ein besseres Stück Hähnchenfleisch und mehr Kohl. Die Leute grüßen sie. Sie kommen in die Baracke und geben ihr Briefe für Bekannte und Verwandte in Schweden und auch Adressen von Leuten, die ihr dort helfen könnten. Eine Großmutter hat nur ein Foto von ihrer Enkelin, die irgendwo in Schweden lebt. Sie kennt die Adresse nicht, weiß nicht einmal, in welcher Stadt sie sich aufhält. Sie gibt S. dieses Foto mit den abgegriffenen Rändern, auf dem ein lächelndes Mädchen von etwa zehn Jahren mit zwei langen schwarzen Zöpfen zu sehen ist. Jetzt ist dasselbe Mädchen zwanzig Jahre alt. Mach sie ausfindig, bettelt die Alte. S. dreht hilflos das Bild in den Händen und überlegt, ob sie es zurückgeben soll. Dann legt sie es behutsam zwischen ihre Sachen.

In der Straßenbahn wird gedrängelt. S. tritt sicherer auf, geht schneller durch die Straßen der Stadt, wie jemand, der nun ein Ziel hat und rechtzeitig dort ankommen muß. Doch noch immer ist ihr nichts so richtig vertraut, weder der nasse Asphalt, auf dem sie läuft, noch die Kaffeetasse in der Hand oder die Schneeflocken im Gesicht. Als sei das alles noch nicht real genug. Eines Nachmittags geht sie ins Kino. Der Film »Jenseits von Afrika« wird gespielt. Der Saal ist fast leer. In der letzten Reihe küßt sich ein Pärchen. Ein paar ältere Schüler sitzen in der Mitte, die Schulbücher auf den Knien. Die Lichter erlöschen.

S. geht ins Kino, weil sie genug hat von den Lagergeschichten, vom Krieg, von all den Tragödien. Kann etwas weiter entfernt sein von ihrem Leben als eine romantische Liebesgeschichte vom Anfang des Jahrhunderts, die in Afrika spielt? Im Dunkeln fühlt sie sich wohl, sie hört das Rascheln einer Zellophantüte hinter sich, und jemand seufzt leise. Sie riecht den Staub auf den Plüschbezügen. Während sie in der Dunkelheit vor der Filmleinwand sitzt, berieseln sie klare Farben, und sie scheint die Sonne auf ihrer Haut und den kräftigen Geruch des Dschungels zu spüren. In dem angenehmen Dunkel des Kinosaals sind für sie die Menschen im Film wirklicher als sie selbst.

Während die Bilder aus der Leinwand quellen, erinnert sie sich, wann ihr Leben aufgehört hat, ihr eigenes zu sein, wann sie sich zum ersten Mal außerhalb ihrer selbst gesehen hat: als der junge Mann mit dem Gewehr in ihre Wohnung in der Schule kam und sie abholte. Wie lange ist das her! Seitdem hat für sie fast alles ohne ihre wirkliche Teilnahme stattgefunden. Als wäre sie damals Zeuge ihres eigenen Lebens geworden. Während die dänische Schriftstellerin im weißen Leinenkleid auf der Terrasse bei Sonnenuntergang auf die Rückkehr ihres geflohenen Geliebten wartet, fürchtet S., ihr Leben werde nie mehr ganz ihr selbst gehören. Mehr noch, beim Anschauen des Films kommt es ihr vor, als sei ihr ein beliebiges Leben, sogar das im Film, wirklicher und näher als das eigene. Die Gesichter der Schauspieler auf der Leinwand wechseln, doch ihre Worte sind für S. wirklich, und sie weint über deren Kummer ebenso wie die Schülerinnen in der

Reihe hinter ihr, die noch vom wahren Leben träumen. Wie damals, als sie selbst noch Schülerin war und die Poster von Filmschauspielern sammelte.

Ihr Schoß ist voller Papiertaschentücher, sie hat ein ganzes Päckchen verbraucht. Sie weiß, wenn sie nicht aufhört zu heulen, hat sie keine mehr, um sich die Nase zu putzen. Deshalb verläßt sie den Saal vor dem Ende des Films. Draußen scheint inzwischen die Wintersonne. S. bleibt vor einem Schuhgeschäft stehen. Die Schuhe sind schwarz und häßlich.

Auch andere in ihrer Umgebung bereiten sich auf die Abreise vor. Von Vorbereitung zu sprechen ist übertrieben, denn sie haben wenig Sachen. Sie erzählen. Reden davon, was früher war, das ist ihr Gepäck. Wie sie jetzt von ihrem Leben vor dem Krieg sprechen, gleicht für S. einem Märchen: Alles war gut, alle lebten friedlich und in Eintracht, und niemals gab es Streit. S. könnte das natürlich auch von ihren Nachbarn im Hochhaus, von ihren Freunden und Studienkollegen sagen, aber sie sieht darin keinen Sinn. Da passiert etwas, die Leute ändern sich und sind nicht wiederzuerkennen, sagt eine dicke Frau in Pluderhosen beim Anstehen zum Duschen. Am schlimmsten ist, man kennt sich selber nicht mehr, denkt S., die hinter ihr steht.

Eines Abends erzählt im Nachbarzimmer eine ältere Frau vom Dorf, die ein weißes Tuch um den Kopf und den Mund gebunden hat, von ihrer Nachbarin, einer Serbin. Die hat die Soldaten zu ihrem Haus geführt, und die haben dann vor ihren Augen ihre Sachen hinausgetragen und auf einen Lastwagen geladen. Wie gewöhnlich zählt die Frau genau auf: den Kühlschrank, zwei Kühltruhen, den Fernseher, die Waschmaschine, dazu Geschirr, die elektrische Kaffeemühle, sogar ein elektrisches Messer, das ihr Sohn aus Deutschland mitgebracht hatte. Und mein Essen haben sie mir weggeschleppt, Fleisch, Kartoffeln, Mehl, sagt sie und schlägt die Hände zusammen. Warum sollten sie es dalassen? denkt S., mir ist völlig verständlich, daß sie gerade die Nahrungsmittel genommen haben ... Die anderen im Zimmer bringen die Frau zum Schweigen. Sie wollen nicht wieder dieselbe Geschichte hören, die kennen sie schon, und sie könnten selber Ähnliches erzählen. Es ist, als hätten sie diese Aufzählungen schon selbst bald satt. Sie müssen wohl manchmal genug haben vom Klang ihrer eigenen Stimme, von diesem Schrecken, der sich auf der Zunge abgelagert hat und sich dennoch nicht aussprechen läßt. Ohnehin werden sie, wohin sie auch gehen, eine schwere, düstere Spur hinter sich lassen, und sie ahnen das. Wohin sich diese Menschen auch wenden, sie werden immer nach Vergangenheit stinken.

Sie glaubt, ihnen allen fällt es leichter, ihr Leben als ein Märchen anzusehen, sich nur an das Schönste zu erinnern. Idealisiert läßt die im Nebel liegende Vergangenheit der Wahrheit und Wirklichkeit wenig Raum. Doch vielleicht brauchen die Menschen in schweren Augenblicken ihres Lebens die Erinnerung an positive Dinge, als sei ihr Leben eitel Sonne gewesen. Vielleicht ist das gut so.

Nur sehen wir dann auch nicht unsere persönliche Verantwortung für das, was geschehen ist, für den Krieg.

Zurück können wir nicht, und hier will uns keiner. Man muß an die Kinder denken, sagt K. ganz realistisch. Die Frauen nicken, jede hat mehrere Kinder. Ein Junge hört ihnen zu und sagt: Wenn ich groß bin, dann bringe ich die Serben um, so: Er hebt die Hand, als wolle er jemanden aus nächster Nähe erschießen. Die Erwachsenen schweigen. S. weiß, der Junge hat mit angesehen, wie die Soldaten seinen älteren Bruder auf diese Weise getötet haben. Diese kleine Hand braucht nur noch eine Waffe, alles andere ist schon da. Egal, in welches Land sie ausreisen werden, dieser Junge wird eines Tages seine Absicht ausführen. S. verläßt den Raum, die Luft ist messerscharf. Eine Generation aus diesem Zimmer hat bereits ihr Leben beendet, hat es auf die Erinnerungen beschränkt. Die nächste wird heranwachsen mit dem Wunsch nach Rache. Als seien sie alle bereits lebendige Tote, denkt S. Plötzlich spürt sie im Mund die Bitterkeit.

In einer Buchhandlung im Stadtzentrum kauft S. ein Wörterbuch für Schwedisch. Besser gesagt, ein schwedisch-serbokroatisches Wörterbuch, denn erschienen ist es 1986, als ihre Sprache und ihr Land noch nicht geteilt waren. Das Wörterbuch ist von kleinem Format und hat einen gelben Plastikeinband. Es riecht nach neuem Papier. Wie die Schulbücher zu Beginn eines Schuljahres. Sie blättert in der Buchhandlung lange darin, die Verkäuferin wird schon nervös. Wollen Sie es nun kaufen oder nicht? fragt sie verdrossen. Bestimmt wegen meiner Kleidung, denkt S., ich muß für sie so ärmlich aussehen, als wäre ich imstande, sogar dieses kleine, preiswerte Büchlein zu stehlen. Schließlich gibt S. der Verkäuferin das Geld und läßt sie allein und zufrieden in der leeren Buchhandlung zurück.

Im Café gegenüber trinkt sie einen Espresso und blättert wieder im Wörterbuch. Sie ist aufgeregt, es ist der erste Gegenstand, den sie sich gönnt. Sie denkt an die Worte von K., man müsse realistisch sein, und ist nun ein wenig stolz auf sich, daß sie ausgerechnet ein Wörterbuch gekauft hat, etwas Nützliches und Brauchbares in dem Leben, das sie erwartet. Als hätte sie sich soeben den Passierschein in die Zukunft gelöst, ihren eigenen Paß erworben, mit dem sie nach Schweden fahren wird. Sie spürt ihre Energie zurückkehren, vielleicht durch den Kaffee. *God dag*, sagt sie zu sich selber und lacht. Guten Tag. Sie spricht halblaut aus: Heim heißt *hem*, Hausfrau ist *huslig* … Sie hat gerade entdeckt, es gibt etwas, das ihr

Freude macht, sie blättert und sucht Wörter, die für sie interessant sind, und spricht sie dann laut aus. In dem überfüllten Café beachtet sie keiner.

Sie ist neugierig. In ihrem neuen kleinen Wörterbuch gibt es kein Wort für Lager, so klein ist es. Oder gibt das Fehlen dieses Wortes womöglich Auskunft über das Land, ein glücklicheres Land ohne Lager? Tatsächlich, wie sagt man auf schwedisch: Lager? Schließlich muß es so etwas geben, denn sie werden doch in einem Lager untergebracht, wie Frau N. sagt. Vielleicht heißt es Aufnahmezentrum? S. stellt selbst den Namen für ihren Bestimmungsort zusammen: *antagande center* oder vielleicht *mottagande center*. Abfahrt heißt *avard*. Mit jedem gelernten Wort scheint ihr Selbstbewußtsein zu wachsen ...

Sie beschließt, einige Wörter nicht auf schwedisch zu lernen, sie einfach auszulassen, zu überspringen. Oder sie vielleicht hinter sich zu lassen wie das Land, zu dem diese Wörter gehören. Sie will eine Liste solcher Wörter anfertigen, eines davon wird mit Sicherheit *Erniedrigung* sein.

Vor ihrer Abreise aus Zagreb begegnet S. zufällig einer Nachbarin aus dem Hochhaus in Sarajevo. F. hinkt, sie hat noch winzige Granatsplitter im Bein, die die Ärzte nicht entfernen konnten. Nachts wird sie von Schmerzen an verschiedenen Stellen des Körpers wach. Sie hat in der zweiten Etage gewohnt, ihre Wohnung ist nicht beschädigt. Aber sie hat erfahren, daß eine Flüchtlingsfamilie dort eingezogen ist. F. wurde zuerst mit mehreren Musliminnen und Kroatinnen aus diesem Häuserblock in den Waschraum gesperrt. Ein Bekannter befreite sie, ein Soldat aus der Gegenarmee, und brachte sie in einen anderen Stadtteil. Dort wurde sie verwundet. Sie kam erst vor kurzem mit einem Verwundetenkonvoi aus der Stadt heraus.

S. fragt sie nicht, wie es dort war. Sie sieht den früheren Waschraum im Erdgeschoß des Hochhauses vor Augen, der seit langem von Rentnern in Beschlag genommen ist: eine alte Couch mit zerrissenem Bezug, die jemand hatte loswerden wollen, ein Schwarzweiß-Fernseher, der nur ein Programm bringt, ein wackliger kleiner Tisch und mehrere Stühle. Auf dem Tisch ein Schachbrett und eine leere Konservenbüchse, die als Aschenbecher dient. In der Ecke häufen sich alte Zeitungen mit gelösten Kreuzworträtseln.

Sie fragt auch nicht nach F.s Mutter, ob sie noch lebt, oder wo ihr Bruder kämpft. Nach den eigenen Eltern und ihrer Schwester wagt sie nicht zu fragen. Diese Frage bekommt sie nicht über die Lippen, als sei sie plötzlich stumm geworden. Sie weiß, sie möchte die Antwort nicht hören. Sie blickt in das Gesicht vor sich, auf dem sich nun von der Nase zum Kinn zwei tiefe Falten eingegraben haben. Das Gesicht ist hart geworden. Es wirkt jetzt wie aus Stein gemeißelt.

F. spricht über die Nachbarn, über eine Familie aus der elften Etage, die sich nach Serbien abgesetzt hat, noch bevor alles begann: Die haben bestimmt gewußt, was sich da zusammenbraut! Von den Nachbarn gegenüber ihrer Wohnung berichtet sie, sie waren eines Morgens alle, der Mann, die Frau und die drei Kinder, spurlos verschwunden. Abgeführt, wer weiß wohin. Vielleicht zum Fluß. Vielleicht sind sie dort umgebracht worden, es hat Fälle gegeben, wo die gleich geschossen haben, sagt F. Das sagt sie leise, ihre Erregung unterdrückend, als fürchte sie das Echo ihrer Worte.

Dann erzählt sie von Sarajevo, dort gibt es kein Wasser und keinen Strom. Die Straßenbahnen fahren nicht, die Häuserfassaden sind durchlöchert, durch die Straßen streunen herrenlose Hunde. Wären nicht die Menschen da, so wirkte die Stadt wie ein Friedhof. Und die Leute haben selbst aus dem Fußballstadion einen Friedhof gemacht. Nichts, was sie nicht schon von anderen Leuten erfahren oder im Fernsehen gesehen hätte, denkt S. Sie merkt, keiner, weder die Flüchtlinge noch die Reporter, ist in der Lage, Sarajevo zu beschreiben, wie es jetzt aussieht. Sogar die Bilder im Fernsehen wiederholen sich auf traurige Weise.

F. sagt lächelnd, denk nur, nicht einmal bei zehn Grad minus ist jemand in unserem Hochhaus krank geworden! Kälte und Hunger sind nicht das Schlimmste, was man ertragen muß. Schlimmer ist, daß es kein Wasser gibt, davon stinkt die ganze Wohnung entsetzlich. Dieser Gestank, vor dem man nicht weglaufen kann, das ist die größte Erniedrigung. S. weiß darauf nichts zu sagen. Sie lacht, als finde sie diese Bemerkung über die Toilette sehr komisch oder als könne man über eine solche Art Kummer lachen ... Sie erinnert sich an den unausstehlichen Gestank der brennenden Leichen aus dem Container. Sie möchte der Nachbarin etwas von ihren eigenen Erfahrungen mit Erniedrigungen erzählen, von den Arten und Stufen der Erniedrigung im Lager, doch sie tut es nicht. Die Schrecken lassen sich nicht vergleichen, das kann man nicht. Eigentlich sollte man sie gar nicht beschreiben. Es besteht ohnehin wenig Hoffnung, daß jemand sie versteht.

S. begleitet die Frau bis zur Bushaltestelle am Eingang zum Lager. Die Straße ist menschenleer. Als sie nebeneinandergehen, sagt ihr die Nachbarin schließlich, sie habe von S.s Eltern gehört. Ich habe sie nicht gesehen, sagt sie, andere haben es mir erzählt. Man hat ihre Leichen gefunden ... am Fluß ... F. kann nicht weitersprechen. S. schlägt die Hände vors Gesicht. Sie versucht, sich von dieser Frau und ihren Worten zu entfernen. Sie spürt, wie sich in ihr jene geheime Kammer öffnet, der letzte Ort, in den sie sich zurückziehen kann, wo sie sicher ist, wo sie verschwindet, als gäbe es sie nicht ... Und meine Schwester, was ist mit L.? fragt sie fast mechanisch, als handele es sich um eine Bekannte. Nur diese Worte bringt sie hervor. F. schaut sie an, umarmt sie. Antwortet nicht. Tröstet sie nicht. Weiß, daß sie sie nicht trösten kann. S. dreht sich um, als wolle sie fortgehen, aber F. faßt sie beim Ärmel, zieht sie zurück. Mit einer Hand stützt sie sich auf den Stock. Mit der anderen hält sie S. weiter umarmt. Es wird schon dunkel. Zu ihren Füßen überfrieren die Pfützen.

S. ist krank. Tagelang verläßt sie ihr Bett in der Baracke nicht. Eine Krankenschwester kommt und verabreicht ihr irgendwelche Spritzen, wahrscheinlich zur Beruhigung. Auch eine Psychologin sucht sie mehrmals auf und versucht, mit ihr zu reden. Doch aus S. kommt kein Wort, keine Träne. Gar nichts.

Sie erinnert sich, F. hat ihr gesagt, Bekannte ihrer Eltern, Serben, hätten es bewerkstelligt, daß sie auf dem Friedhof begraben wurden. Das läßt sie unwillkürlich an ihre Schwester denken. Schon mehrmals überkam sie die verrückte Hoffnung, ihre Schwester sei noch am Leben. Die Eltern waren frühmorgens abgeholt worden. Vielleicht war L. gerade in dieser Nacht bei ihrem Freund geblieben. Oder die Eltern hatten ihr gesagt, sie solle nicht heimkommen, da sie gehört hatten, die Soldaten nähmen muslimische Mädchen mit … Aber wenn man sie einfach in den Fluß gestoßen hatte? Oder wenn sie versucht hatte zu fliehen und selber gesprungen war?

Allmählich begreift sie, ihre Hoffnung, L. könne noch leben, ist vergeblich. Begraben muß sie alle, sie sollte alle in sich begraben, von ihnen Abschied nehmen, bevor sie abreist. Sie kann nicht in den fernen Norden fahren und die unbegrabenen Leichen, die Unsicherheit, die Angst, die vergebliche Hoffnung mitnehmen … Sie liegt im Bett, zugedeckt bis über den Kopf, und denkt vor dem Einschlafen, ihr wäre besser, wenn sie sich ausweinen könnte. So wie damals als Kind, wenn sie sich das Knie aufgeschlagen hatte. Dann hatte sie ihren Kopf in Mutters Schoß gelegt und geweint, bis der Schmerz verschwunden war.

Ich erinnere mich nur an die Wand neben dem Bett und an die Müdigkeit. Wenn ich die Augen schloß, sah ich Mama und Papa unbeweglich am Flußufer liegen. Deshalb ließ ich die Augen offen. Ich blickte auf die Wand neben mir, bis ich nichts mehr empfand.

Den Abend vor der Abreise will S. nicht im Zimmer verbringen. Sie besucht ihre Tante in Neu-Zagreb, das soll eine Art Abschied von der Familie sein. Es kommt lange keine Straßenbahn, und sie tritt an der Haltestelle von einem Fuß auf den anderen, unter der Lampe, die ein graues Licht wirft, von dem ihr noch kälter wird. Ihr Blick fällt auf den Papierkorb voller Abfall, auf den Haufen zertretener Zigarettenkippen zu ihren Füßen, auf die Telefonzelle in der Nähe, wo innen nur noch ein Draht herausragt. Auch das neue Dach aus Plexiglas an der Straßenbahnhaltestelle ist schon zerstört. Als sie zur Haustür kommt, stellt sie fest, das Treppenhaus ist finster, weil die Lampe nicht funktioniert. Sie sieht nur häßliche Dinge, etwas anderes ist sie nicht imstande zu bemerken.

B. trägt ein Hauskleid, unter dem das Nachthemd hervorschaut, und das stimmt S. irgendwie weich, dieser Anblick von Bequemlichkeit ist etwas Vertrautes und Heimisches, das S. schon lange nicht mehr gesehen hat. Die Tante kocht ihr Lindenblütentee, damit ihr warm wird, und gibt einen Löffel Honig und etwas Milch dazu. Der Tee ist rosa und duftet. S. umfaßt die Tasse mit beiden Händen und atmet, die Augen geschlossen, den vertrauten Geruch. Das tut ihr gut.

Im Fernsehen läuft eine Unterhaltungssendung, bei der viel gesungen wird; jedes zweite Lied besingt Kroatien. B. sagt ihr, auf der Arbeit würden die Leute entlassen, und sie fürchtet, daß man sie auch entläßt, weil sie Bosnierin ist. Sie sagt nicht Muslimin, sondern Bosnierin. Sie sitzt auf der Couch und strickt, die Nadeln bewegen sich flink, wie von selbst. S. fragt sie nach dem Sohn. In der Stille des Zimmers hört man nur das Geräusch der Stricknadeln. B. läßt das Strickzeug sinken und schließt die Augen. Er wurde einberufen ... in die kroatische Armee ... Ich weiß nichts, nichts weiß ich! Die junge Sängerin im Fernsehen öffnet ihren stark geschminkten Mund und singt: Je-je-je.

Auf dem Regal stehen eingerahmte Familienfotos. Auf einem ist ein lächelnder Junge in kurzen Hosen, nun ist er Soldat. Wer weiß, ob ihm klar ist, wofür er kämpft? Seine Mutter sitzt in Zagreb, verloren, vielleicht wird sie morgen die Arbeit und die Wohnung verlieren. S. umarmt sie, es wird alles gut, keiner wird die Mutter eines Soldaten belangen, sagt sie ihr.

Beim Abschied gibt B. ihr ein Fladenbrot mit Käse, eingewickelt in Folie, für unterwegs, damit sie im Notfall etwas hat. Das Brot ist noch warm. Und sie sagt ihr, du hast es gut, daß du von hier fortgehst. Nach den Worten der Tante fühlt S. sich besser. Als ließe sie einen Teil ihrer Last dort, auf dem Regal, zwischen den gerahmten Fotografien.

In der Straßenbahn sitzt ihr ein junger Mann mit nur einem Bein gegenüber. Ein Hosenbein ist mit einer Sicherheitsnadel zusammengesteckt. Der Krieg, sagt er kurz, wie zur Entschuldigung. Hier kann man dem Schrecken nicht entfliehen.

Im Bett riecht es nach Schimmel. Sie lauscht dem rhythmischen Atmen der Kinder in dem Bett unter sich, und das beruhigt sie. Es ist eine Vollmondnacht. Ein Mondstrahl versilbert die Staubschicht auf dem Fußboden.

Am frühen Morgen holt sie wieder ihren Rucksack unter dem Kopfkissen hervor und legt ihre Sachen hinein, diesmal ohne Furcht, lediglich mit dem Gefühl der Ungewißheit. Ihre Sachen sind immer weniger geworden, und das freut sie. Wieder dieses rote Kleid, sie behält es nun schon aus einer Art Aberglauben, und das ungeöffnete

Fotoalbum, ein wenig Wäsche, ein Nachthemd, das sie von der Caritas bekommen hat, das Kosmetiktäschchen und ihr wertvolles neues Wörterbuch. Außerdem legt sie noch das Fladenbrot vom Abend zuvor in den Rucksack. Sie kann es nicht dalassen, womöglich glaubt sie noch nicht ganz, daß sie in Zukunft nicht mehr hungern wird. Oder sie empfindet es als Pflicht gegenüber ihrer Verwandten, das weiß sie selber nicht. Ohne Gruß stiehlt sie sich aus dem Zimmer.

Vor dem Büro steht ein Kleinbus. Hinter den beschlagenen Fensterscheiben sieht S. bereits eine Familie mit zwei kleinen Kindern und ein junges Mädchen sitzen. Sie warten nur noch auf Frau N. vom Roten Kreuz, die mit ihrem Auto aus der Stadt kommen soll. Der Fahrer, der irgendeine Uniform trägt, lehnt an der Tür und raucht. S. sieht nur die Bürobaracke, der Rest des Lagers versteckt sich hinter einem weißen Nebelvorhang. Als sie auf diesen Vorhang blickt, empfindet sie ihn als Bedrohung. Sie wird nervös. Denkt voller Angst, es könnte passieren, daß sie nicht abfahren, sondern in die Zimmer, in ihre Betten zurückkehren müssen ... Der Fahrer tröstet sie, der Nebel werde sich bald lichten. S. sieht, auch die anderen Fahrgäste sind nervös. Die Frau muß sich übergeben, der Fahrer reicht ihrem Mann eine alte Zeitung, damit er den Fußboden im Auto säubert. Der Kleinbus stinkt nach Erbrochenem. Das junge Mädchen kaut an den Fingernägeln. S. kommt es vor, als würden sie alle an diesem Morgen lieber im Lager bleiben, als ins Unbekannte zu fahren.

Endlich trifft Frau N. ein. Ihre Frisur ist frisch hergerichtet und riecht noch nach Haarlack. Sie trägt einen langen Pelzmantel und sticht damit von den übrigen Reisenden ab. Der Mann hat einen blauen Trainingsanzug aus synthetischem Material und Turnschuhe an, darüber trägt er eine alte Schijacke. Seine Frau ist eingehüllt in einen Wintermantel von undefinierbarer grüner Farbe. Das Mädchen ist mit einer grellfarbigen Nylon-Windjacke bekleidet, um den Kopf hat sie ein wollenes Tuch wie die Bäuerinnen. Auch S. mit ihrem zu großen schwarzen Mantel paßt nicht in die Gesellschaft von Frau N.

Im Flughafengebäude stehen sie zusammen an einer Stelle und rühren sich nicht. Frau N. trägt ihnen auf, beieinander zu bleiben. Selbst wenn sie nicht so ärmlich gekleidet wären, würden ihre ängstlichen Gesten und unsicheren Blicke sie als Heimatlose verraten. S. geht auf die Toilette, das Mädchen bittet sie, mitkommen zu dürfen. Wie lange wird dieses Gefühl der Zugehörigkeit noch anhalten? Wird es sich verstärken, je weiter sie von der Heimat entfernt sind?

Im Klosett auf dem Flughafen läuft ständig Wasser aus dem Spülkasten, und die Toilettenbrille ist gebrochen. Wir sind noch in der gleichen Welt, denkt S., nicht mehr im Lager, aber in der gleichen Welt.

Trotz des Nebels startet das Flugzeug. S. sitzt abseits von den anderen und genießt es, wenigstens für eine Weile allein zu sein. Sie liest die Sicherheitsanweisungen und denkt, wie dumm es wäre, wenn das Flugzeug jetzt abstürzte, das wäre einfach ein unsinniger Tod. Der Himmel über den Wolken ist blau. Das Blau begleitet sie bis Frankfurt, und als ihr Flugzeug mit kaum einem Dutzend Leuten an Bord dort landet, ist S. ganz ruhig, noch lange erfüllt sie das Gefühl, durch die Weite des Himmels zu schweben.

Sie teilt mit den anderen das nun kalte Fladenbrot. Das Mädchen ißt mit den Fingern, deren Nägel abgekaut sind, freudig ein Stück, aus dem Käsekrümel hinunterfallen. Dann sammelt es die Krümel vom Schoß und steckt sie in den Mund. Auch der Mann ißt gierig und leckt sich danach die Lippen und den dichten Schnurrbart. Es gibt nichts Besseres als echtes Fladenbrot, Sandwichs sind nichts dagegen, sagt er und winkt in Richtung eines Imbißstandes in der Nähe verächtlich ab. S. stört seine Verachtung für das appetitliche Angebot an Sandwichs in der Auslage, doch sie weiß, es ist seine einzige Möglichkeit, sich gegen eine Welt zu verteidigen, die er nicht kennt. Seiner schweigsamen Frau ist nicht mehr übel. Sie sitzt auf dem Fußboden, stillt schweigend ihr Kind und döst vor sich hin. Als sie einschläft, öffnet sie die Lippen, und aus ihrem Mundwinkel läuft ein dünner Speichelfaden.

S. geht zum Zeitungsstand. Sie liest die Überschriften in englischer und deutscher Sprache, und für einen Moment fühlt sie sich wie eine normale Reisende, die von einem Land in ein anderes fliegt, und nicht wie ein Flüchtling, der von einem Aufnahmelager ins nächste gebracht wird …

Im Flugzeug nach Stockholm reicht ihr die lächelnde Stewardeß ein Glas Mineralwasser und ein Aspirin, ganz so, wie sie es sich erbeten hat. S. vermeidet, sie anzuschauen, denn die Stewardeß erinnert sie an A. Das gleiche glänzende Haar, die gleichen geschwungenen Brauen und das freundliche Lächeln. Zum ersten Mal seit dem Verlassen des Lagers in Bosnien wird sie an den »Frauenraum« erinnert. A.s Gesicht taucht vor ihr auf. Ihr Fortgehen. Ihr Tod. Die Kopfschmerzen werden immer stärker. Sie schließt die Augen. Kann man diesen Bildern überhaupt entfliehen?

Außerdem quält sie der Gedanke, daß die ganze Zeit über, da es den »Frauenraum« gab, auch diese Welt bestand, mit den Flugzeugen, die regelmäßig fliegen, und den lächelnden Stewardessen. Das junge Mädchen ahnt nichts von ihren Gedanken und bringt ihr Pfefferminzschokolade. Weshalb auch nicht? Den Aufschrei mit Schokolade ersticken! Der Pfefferminzgeschmack auf der Zunge. Sie erinnert sich, gelesen zu haben, Schokolade sei gut gegen Depressionen.

Der Herr auf dem Nebensitz trägt den grauen Anzug eines Geschäftsmannes. Er liest die Sportseite einer deutschen Zeitung. Seine hagere, akkurate Gattin blättert in einem Modejournal. Sie reden nicht. In ihrer Schweigsamkeit wirken sie wie ein Teil der Ausstattung des Flugzeugs, ihr Aussehen harmoniert völlig mit den grauen Bezügen der Sitze, dem Teppich und den Plastikbechern. S. gewöhnt sich allmählich an die Welt, in der niemand sie etwas fragen wird. Sie möchte sich in keiner Weise von diesen Menschen unterscheiden, die untergetaucht sind in einer gleichgültigen, vollendet funktionierenden Welt. Krieg? Was für ein Krieg?

Stockholm, Dezember 1992

Gegen vier Uhr nachmittags wird es in Stockholm bereits dunkel. Ein eisiger Wind beißt in Gesicht und Augen. Beim Atmen schmerzt die Lunge. Der dunkle, kristallene Himmel, die Kälte, die Neonlampen, die ein oranges Licht auf den Asphalt werfen, das sind die ersten Bilder von dem Land, in dem S. von nun an zu leben gedenkt.

Die kleine Gruppe ist beisammen, noch immer. Gemeinsam gehen sie zum Autobus, wie bei einem Schulausflug. Im Bus lassen sie sich in der letzten Reihe nieder, nur um nebeneinanderzusitzen. Ihre Taschen stellen sie nicht auf die Gepäckablage, sondern halten sie auf den Knien. Diese Taschen mit ein wenig Kleidung von der Caritas sind ihre einzige Gewißheit, die einzige Sicherheit. Das Mädchen neben ihr umfaßt ihre kleine Sporttasche mit beiden Händen und lehnt das Gesicht an den kalten Kunststoff, auf dem »Adidas« steht.

S. bemerkt gleich beim Ausgang ein Gesicht, gerahmt von kurzem schwarzem Haar. Es kommt ihr irgendwie bekannt vor. Diese ausdrucksvollen Augen, der Leberfleck auf der Wange … Sie redet sich ein, das sei unmöglich. Läßt den Blick über das Gesicht in der Menge gleiten. Dann hört sie hinter sich eine Stimme, eine Frauenstimme. Die ruft sie beim Namen. Nun ist sie sicher. Das ist sie tatsächlich, G. von der dritten Bank in der Wandreihe. Grundschule. Sie erkennt ihre klingende Stimme, früher hat G. im Chor gesungen und bei allen schulischen Veranstaltungen Gedichte aufgesagt. Ihr Vater hat irgendwo im Ausland gearbeitet, und Mitte der achtziger Jahre ist auch G. mit ihrer Mutter fortgezogen. S. wendet sich um. Sie glaubt es noch nicht, obwohl es keinen Zweifel mehr gibt. Das Foto vom Schulausflug in den Gedenkpark nach Tjentište erwacht zum Leben. Damals hatte G. langes Haar. Wie ist es möglich, daß S. im Flughafen ausgerechnet G. trifft? Sie steht da und schaut sie eine Zeitlang an, noch immer unsicher. Doch G. kommt auf sie zu, berührt sie, umarmt sie, überzeugt sich. Auch für sie ist S. eine Art Wiederbelebung des Schulfotos. Sie empfängt die Flüchtlingsgruppen, dolmetscht für sie, bringt sie im Lager unter, hilft ihnen, sich zurechtzufinden. Am meisten fürchte ich, unter den Flüchtlingen einen Bekannten zu sehen, sagt sie. Das ist schwerer für mich, wenn ich jemand Bekanntes treffe, wenn ich weiß, woher einer kommt, weil wir zusammen aufgewachsen sind … S. schaut ihr Gesicht von nahem an, sie hat schon einzelne graue Haare und ein feines Faltennetz um die Augen. Wer weiß, wie G. sie selber sieht? Jedesmal, wenn G. lächelt, bewegt sich ihr Leberfleck auf der Wange.

Als der Autobus losfährt, trifft G. eine schnelle Entscheidung. Sie sagt S., sie werde sie nicht mit den übrigen im Aufnahmezentrum Flen absetzen, sondern zu sich nach Hause fahren. Ihre Stimme klingt entschlossen, als sie mit der zweiten Frau spricht, die sie abgeholt hat. Sie redet auf sie ein, erklärt. Die ältere Frau in einer weißen Jacke schüttelt den Kopf. Dreht ihre groben Wollhandschuhe in der Hand, scheint ein wenig unschlüssig zu sein. G. redet weiter leise auf sie ein. Die Ältere nickt schließlich zustimmend: Meinetwegen, mag sie gehen, aber du übernimmst die Verantwortung, du kennst die Regeln …

Der Bus jagt über die nasse Autobahn. Überall begleitet sie jenes orangegelbe Licht auf dem Schnee, ein Licht, an das S. sich nicht gewöhnen kann. Ringsum ist Wald, dicht und undurchdringlich wie eine Wand.

G. erklärt ihr nun, sie habe das gleiche schon vor zwei Monaten mit einer anderen Flüchtlingsfrau praktiziert. Natürlich verstößt das gegen die Regeln, aber es ist bei Absprache möglich. S. hört ihr zu und schaut Frau N. an. Die Frau in der weißen Jacke erläutert ihr auf englisch die Situation. N. wägt unruhig ab, man merkt, sie ist nicht zufrieden. Sie rutscht auf dem Sitz hin und her. Drückt fest ihre Handtasche. Schaut S. an, vielleicht erwartet sie von ihr Hilfe. Sie fürchtet womöglich, die Kontrolle über die Situation zu verlieren, und das wäre nicht gut. Dadurch könnte sie ihren Job verlieren. Andererseits besteht ihre Aufgabe nur darin, die Flüchtlinge nach Stockholm oder dem entsprechenden Zielort zu bringen. Nun sind sie praktisch in den Händen der Schweden. Das alles geht ihr rasch durch den Kopf, noch ehe G. sagt, sie könne ruhig sein, sie werde gleich morgen alle Formalitäten für den Aufenthalt von S. regeln. Mit dieser neuesten Entscheidung der beiden Schwedinnen habe sie nichts zu tun. Das beruhigt sie offenbar. Während über S. gesprochen wird, betrachtet diese die Frauen im Spiegelbild der Fensterscheibe. Ihre Gesichter sind blaß und flach, wie ausgeschnitten aus Papier.

Frau N. dreht sich um und wirft S. ein wenig ärgerlich zu: Sie haben Glück. Glück? Diese Frau redet von Glück? S. hat alles so satt, die Reihe von Zufällen, die plötzlichen Veränderungen im Leben, die Unsicherheit ihrer Situation, die jeder x-beliebige über den Haufen werfen kann. Im Bus, im Büro, in ihrer Wohnung. Als gäbe es sie nicht, als wäre sie noch immer nicht vorhanden.

An der Endhaltestelle des Busses verabschieden sie sich wie eine richtige Familie. Sie umarmen und küssen sich. Weinen. Sagen mehrmals *Auf Wiedersehen* und *Viel Glück*. Beinahe wie Bergleute. Als S. das Mädchen küßt, läuft dieser der Schnupfen aus der Nase, und ohne daß sie es merkt, verschmiert sie ihn übers Gesicht, so groß ist ihre Angst vor dem Unbekannten. S. ist G. dankbar, nicht mit den anderen weitergehen zu müssen, so wird sie sich zumindest von dem Zugehörigkeitsgefühl zur Gruppe befreien. Der ungewollten Gruppe. Obgleich sie auch mit G. durch Sprache, Herkunft und Erinnerungen verbunden ist. Das alles wird nun wieder auferstehen aus dem flachen Grab, in das S. ihre Vergangenheit zu senken versucht hat. Zum Glück muß der Abschied schnell vonstatten gehen, denn der Wind bläst einem durch und durch, und sie müssen weiter, nach Flen. Noch ist Tag, obwohl es schon richtig dunkel ist. Bald verschlingt alle die Dunkelheit, auch Frau N., deren Pelzmantel noch schimmert, als S. keinen der anderen mehr sieht.

Die Küche riecht nach Sarma. G. lacht über S.s Ungläubigkeit. Natürlich, G.s Mutter hat einen ganzen Topf voll dieser gefüllten säuerlichen Kohlrouladen für das Wochenende zubereitet. Hier bekommt man auf dem Markt eingelegte Weißkohlköpfe, hausgeräucherten Speck, scharfen Paprika und sogar die Gewürzmischung Vegeta. G. sagt ihr, den Stand betreibe eine serbische Familie aus Srem, sie hätten sogar echte Srem-Würstchen. Es gebe auch - evapcići. Das erzählt G. mit aufrichtiger Begeisterung. Weißt du eigentlich noch, wann du zum letzten Mal Sarma gegessen hast? fragt sie.

Ja, S. erinnert sich, es war vergangenen Winter, fast genau vor einem Jahr. Auf der Silvesterfeier 1992, in der Wohnung einer Freundin. Sie muß sich anstrengen, um genau sagen zu können, wer von den Freunden an jenem Abend welcher Nationalität war. Sie war ein bißchen beschwipst und hatte mit M. getanzt. Sie erinnert sich, sie hatte sehnsüchtig ihren Kopf an seine Schulter gelehnt, die Nähe seines Körpers hatte sie erregt. Sie hatten sich geküßt. Gegen Morgen gab es Sarma zu essen.

Die Küche ist hell, zum Hof gelegen. Auf den Arm gestützt, bemerkt S. im Regal, schön angeordnet, ein Kupferkännchen und Kaffeeschälchen. Ebenso eine Handmühle für Kaffee. Auf dem Tisch eine bestickte Decke. An der Wand hängt ein Kupferteller, so wie er im alten Marktviertel Sarajevos, der Baščaršija, verkauft wird. S. Blick verfängt sich in den roten Kreuzchen auf der Tischdecke, die eine Rose bilden. Sie spürt, sie kommt nicht von der Vergangenheit los. Jeder Gegenstand erinnert sie an etwas früher Gesehenes, bereits Erlebtes. Diese Dinge sind wie ein Hindernis, an dem sie hängenbleibt, stolpert, fällt. All das verletzt sie, S. besitzt noch keinen Abwehrmechanismus, um sich vor der eigenen Verbitterung, Angst und Trauer zu schützen. Am meisten fürchtet sie, sie werde um das zu trauern beginnen, was sie hinter sich gelassen hat, und vergessen, weshalb sie hierhergekommen ist. Wieder fällt sie in die Kluft zwischen Vergangenheit und Gegenwart. Sie kann die Brücke nicht finden, um auf die andere Seite zu kommen und ein für allemal alles zu vergessen.

Besser ist ihr erst, als sie über die Schule reden, darüber, was vor fünfzehn und mehr Jahren geschehen ist. Das empfindet sie nicht als Drohung: der Mathematiklehrer, der die Schüler an den Ohren zog, wenn er wütend war, die altjüngferliche Musiklehrerin, der Ausflug an die Sutjeska, wo sie im selben Zimmer schliefen. Unvermittelt sagt G., ihre Mutter sei Serbin. Bis zum Krieg war mir das gar nicht bewußt, sagt G. und blickt dabei auf die Reste der Sarma. Meine Mutter ... war auch Serbin, sagt S.

Sie schläft lange und traumlos. Erwacht in einem Zimmer mit gelben Gardinen. Weiches Licht zeichnet ein gitterförmiges Muster auf den weißen Teppich. G. hat das Radio und die Kaffeemaschine eingeschaltet gelassen. Eine Frauenstimme singt etwas von Liebe. S. freut sich, ein paar Wörter zu verstehen. Die Wörter im Kopf behalten, ins Wörterbuch schauen, damit muß ich gleich anfangen, sofort, denkt S. Sie ißt Haferflocken in warmer Milch und beobachtet die Autos an der Kreuzung. Dann legt sie sich wieder ins Bett. Dieser erste Tag ist frei, ein angenehmer Tag ohne Ereignisse. Ohne Gedanken. Er kommt ihr vor wie ein Geschenk.

Stockholm, Januar 1993

G. führt sie ins Opernrestaurant. Kristallüster an der verzierten Decke, weiße Tischdecken, ein eleganter Kellner. Sie sitzen an den großen Fenstern mit Ausblick auf den Königspalast. S. ißt zartrosafarbenen Lachs. Das Fleisch ist so gut, daß es ihr fast leid tut, es zu essen. Sie ist froh, sich nicht von den Menschen ihrer Umgebung zu unterscheiden. S. weiß, sie ist hier eine Fremde, womöglich sogar eine Art Eindringling in das normale Leben. Doch gleichzeitig hofft sie, ihr werde nichts Schlimmes mehr passieren, das sollte vorbei sein, die Leute um sie herum haben nicht die Absicht, sie zu verletzen, nur weil sie nicht eine von ihnen ist.

Noch immer möchte ich das glauben.

Wärme umfängt sie. Zum ersten Mal ist ihr wirklich warm. Vielleicht vom Wein. Der Wein erinnert sie an den Hauptmann, seit dem Abtransport aus dem Lager hat sie keinen Wein mehr getrunken. Doch sie will nicht an jenen Mann denken, sich nicht an ihn erinnern. Sie trinkt weiter, in großen, durstigen Zügen. Bald spürt sie einen leichten Schwips. Sie zeigt G. die Stukkatur an der Decke und lacht lauter als nötig. Ein älteres Paar am Nebentisch dreht sich um und lächelt ihr zu. G. bestellt noch eine

Flasche kräftigen, schweren spanischen Wein. Zwischen dem Restaurant und dem Königspalast glänzt überfrorenes Wasser. Beim Silberglanz des Eises fühlt S. sich wie in eine nordische Saga versetzt …

Sie sind im Schlafzimmer. G. öffnet den Schrank. Durchsucht ihn flink. S. sieht darin wohlgeordnet Röcke, lange Hosen, Jacken und mehrere Mäntel. G. sucht, was sie ihr geben könnte, denn seit S. hier ist, läuft sie immer nur im selben langen Rock und Pullover umher. Zieht sie den Pullover aus, so hat sie darunter ein weites kariertes Hemd an. Ich habe so viele Sachen, die ich nicht trage, sagt G., als schäme sie sich plötzlich ihres großen Bedarfs an unnützen Dingen. S. sitzt mit dem Rücken zu G. auf dem Bett. Sie weiß nicht, wie sie es G. sagen soll, weiß nicht, ob diese vielleicht bemerkt hat, daß ihr Bauch sich unter der Kleidung abzeichnet. Man sieht es schon, sie selber sieht es sehr genau, wenn sie sich duscht. Durch ihre Magerkeit wirkt ihr Bauch noch größer. S. schämt sich nicht, und trotzdem fällt es ihr schwer zu sagen: Ich bin schwanger. Sie fürchtet, G. werde sie nicht verstehen, sondern denken, sie hätte doch wohl abtreiben können. So wird sie glauben, S. wolle das Kind haben.

G. holt aus einer Schublade graue lange Hosen, einen Pullover, ein T-Shirt, ein blaues Kleid, ein Hemd und breitet alles zusammen vor ihr aus. Zieh an, sagt sie. Legt sich aufs Bett, stützt die Arme auf und wartet. Wie ein kleines Mädchen, das mit seiner Freundin Mutters Kleider anprobiert. Sie weist auf den Spiegel und sagt, sie werde sich umdrehen, wenn S. sich umzieht. Wie sollte S. ihr sagen, daß sie schwanger ist?

S. zieht sich langsam aus. Zuerst das T-Shirt, dann das Hemd. G. sieht noch nichts. Nein, nichts. Ihr Gesicht ist kindlich heiter und fröhlich. Auch der Rock gleitet zu Boden. S. ist fast nackt. Wie dünn du bist, sagt G., du mußt mehr essen. Auch jetzt bemerkt sie nichts. S. dreht sich seitlich und legt die Hände auf den Bauch. Ich bin schwanger, sagt sie langsam, über sechs Monate.

G.s Gesichtsausdruck wechselt, als sei eine dunkle Wolke darübergezogen. G. weiß, daß S. im Lager war, aber das ist alles. Doch auch das reicht ihr aus, um zu begreifen, woher das Kind stammt. G. liegt auf dem Bett, die Augen geschlossen. Tonlos, reglos, wie erschlagen von diesen Worten. Nun weiß S. sicher, G. hat verstanden. Soll sie ihre Kleidung wieder überziehen, oder soll sie anprobieren, was G. ihr gegeben hat? Sie entschließt sich, das Kleid anzuprobieren. Es ist etwas weit in der Taille, sagt sie, das kommt mir gerade zupaß. G. schweigt, schaut sie nicht an.

Es vergehen ein paar Tage. S. teilt G. ihren Entschluß mit, das Kind gleich nach der Entbindung zur Adoption freizugeben. G. wundert sich nicht, sagt nur, sie werde ihr helfen, sie habe schon einer anderen Frau dabei geholfen, die in einem Hotel bei Sarajevo eingesperrt gewesen war. Sie hatte das Gespräch mit der Sozialarbeiterin und der Psychologin gedolmetscht. Die Frau ist noch immer im Aufnahmezentrum Flen und wartet auf die Entbindung. Keine Angst, die Behörden hier werden deine Entscheidung respektieren. Falls du schon so entschieden hast, fügt G. hinzu.

S. glaubt Mißbilligung in G.s Stimme zu hören. Oder vielleicht Zweifel, ob es die richtige Entscheidung ist. S. fühlt sich gekränkt durch die sonderbare Anmerkung. Meint G. denn, sie solle dieses Kind behalten? Sie antwortet ihr fast flüsternd, bemüht, ihre Enttäuschung zu verbergen: Das verstehst du nicht …

G. rührt nachdenklich im Kaffee, dann haut sie mit dem Teelöffel auf den Tisch. Ich wollte nur sagen, meiner Meinung nach ist das Kind völlig schuldlos, erklärt sie. S. möchte ihr sagen, es kommt ihr komisch vor, daß G. von einem Kind spricht. Als wäre es schon da, als weinte es im Nebenzimmer. Wie ist es möglich, daß G. nicht sie sieht, die hier vor ihr sitzt und sie anschaut? Warum spricht sie von der Unschuld des Kindes und nicht von meiner Unschuld? denkt S. Bin ich etwa schuld? Worin besteht denn meine Schuld? Muß man immer wieder auf die Gerechten treffen, die sicher sind, sie wüßten, was in dieser Situation am besten ist? Das schlimmste ist, sie hören nicht zu, sie hören nichts ... Sie wollen das Beste, aber sie hören nichts. S. behält diesen Augenblick im Gedächtnis: Das Licht in der Küche ruht auf G.s Gesicht, sie spricht von dem Kind, beugt sich dabei vor, will überzeugen. Überschattet sie wie ein Vogel mit seinen Flügeln.

S. entfernt sich rasch. Sieht die Küche, sie beide in dieser Küche, die Tassen auf dem Tisch, alles. Aber G. kann sie mit ihren Worten nicht mehr erreichen, sie ist außerhalb jeder Reichweite, in Sicherheit.

Dann schweigen beide. Die Küche wird kalt von ihrem plötzlichen Schweigen. G. sieht ihren Rückzug und hört auf zu reden. S. denkt: Die Leute können mich einfach nicht verstehen, und zieht sich noch weiter in sich zurück.

Natürlich ist das *Kind* nicht schuld, kein einziges Kind ist schuld. Aber es ist für sie kein Kind, sondern eine Last, die sie in ihrem Leib trägt, weil sie dazu gezwungen ist. Etwas, das ihre Zellen stiehlt und sich vermehrt, sich ernährt von ihrem Blut und der Luft, die sie atmet. Für sie ist es ein Parasit. Nachts, wenn sie auf dem Rücken liegt, spürt sie seine Bewegungen, die sie beunruhigen. Das Strampeln des kleinen Tieres, das aus der Falle herauswill, nimmt ihr den Schlaf. Nachts ist sie allein mit diesem unbekannten hungrigen Wesen, das in ihrem Leib nistet.

Natürlich war G. nicht schuld, sie verstand mich einfach nicht. Vielleicht ist das alles, was noch immer da unten im Süden geschieht, nicht zu verstehen.

Erst jetzt sieht sie, was G. für sie getan hat. Sie hatte gemeint, G. habe eine Verpflichtung ihr gegenüber, weil sie sich kennen, weil sie aus der gleichen Gegend stammen oder wer weiß warum ... Nicht nur, daß sie bei G. zu Hause aufgenommen wird, anstatt ins Lager zu müssen wie alle anderen, sondern auch, daß G. über ihre Bekannten schnell eine Aufenthaltsgenehmigung, ja sogar eine Wohnung für sie besorgt hat. Tagelang hat G. ihretwegen telefoniert und ist auf die Ämter gelaufen, und sie fragte nicht einmal, ob G. die Sorge um sie etwas ausmache. Solange sie bei G. wohnte, schien ihr das irgendwie normal.

Ich habe mich benommen, als wären alle mir gegenüber verpflichtet. Andere sollten das mir zugefügte Unrecht wiedergutmachen, Leute, die nicht das geringste mit dem Krieg zu tun haben. Natürlich tat ich es unbewußt, doch das rechtfertigt mich in keiner Weise.

Sie ißt. Kann nicht aufhören. G. kauft Würstchen, Salami, etliche Käsesorten, Butter, verschiedenen Aufstrich. S. legt Schinken und Käse mit Ei, Mayonnaise und saure Gurken zwischen zwei dicke Brotscheiben. Bekommt den Mund nicht voll genug beim Essen. Nach einer Stunde hat sie wieder Hunger. Kauft ein großes Stück Fleisch und brät es mit Kartoffeln. Bäckt Dattel-, Apfel- und anderen Kuchen. Kocht Grieß mit Milch und bestreut ihn mit Zimt, eine ganze Schüssel voll. Oder Milchreis. Auf Obst hat sie keinen Appetit, nur auf handfeste Dinge. Sie erinnert sich an eine Nachbarin in Sarajevo, die an dem, was eine Schwangere ißt, und an der Form des Bauches genau erkennen konnte, ob es ein Mädchen oder ein Junge wird. Demnach würde es ein Junge werden. Bei dem Gedanken wird ihr übel.

Jeden Abend hat sie für G. drei oder vier Gerichte zubereitet und ißt sie dann größtenteils allein. Eines Abends ist sie so hungrig, daß sie in einen Supermarkt geht und Fischdosen und ein Baguette und eine Schachtel Kekse kauft und zu dem allen Bier trinkt. Mitunter steht sie nachts auf, geweckt von ihrem knurrenden Magen. Sie öffnet den Kühlschrank und ißt Salami oder ein Stück kaltes Fleisch. Oder eine Scheibe Brot, etwas, das sie beruhigt, damit sie weiterschlafen kann. S. weiß, sie stillt in Wirklichkeit den Hunger des Wesens, das in ihr wächst, doch sie kann sich gegen seinen Hunger nicht wehren.

In der Zeit, die folgt, wächst ihr Bauch. Er ist schon groß und deutlich sichtbar. Sie versteckt ihn nicht mehr, verdeckt ihn nicht mit Schichten weiter Hemden und Pullover. Sie schiebt ihn vor sich her und wundert sich, daß ihr die Leute in der Untergrundbahn oder im Bus höflich den Platz abtreten. Als sei sie eine ganz normale Schwangere. Genauso sehen sie mich auch, wie jede andere schwangere Frau, denkt S. verbittert. Doch auch ihre Verbitterung schwindet. Denn die unerwünschte Last beherrscht sie allmählich und macht sie langsamer, träger und gleichgültiger.

Im Bus Nummer dreiundvierzig herrscht Gedränge. Ein junger Mann beugt sich aus der Tür und reicht ihr die Hand, um ihr beim Einsteigen zu helfen. Sie kann nicht jedem erklären, daß dieser Bauch nur ein Raum ist, zeitweise geliehen von einem Geschöpf, das sie gar nicht kennenlernen wird. Es ist wie ein Untermieter – ein Wesen, aber keine Person.

Stockholm, Februar 1993

Die Flure in der Ausländerbehörde sind hell und sauber. Als die Angestellte S.s Bauch sieht, ruft sie sie ins Zimmer und bietet ihr einen Platz an. Sie ähnelt einer Gymnasiastin, mit Sommersprossen im Gesicht und Ponyfrisur. Das Zimmer ist nicht groß, an den Fenstern stehen Töpfe mit Grünpflanzen: Kamelien, Farn, winzige Kakteen. S.s Unterlagen liegen in einer gelben Mappe auf dem Tisch bereit, direkt neben einem Alpenveilchentopf mit großen violetten Blüten. Als die Angestellte Kaffee holen geht, befühlt S. die Blätter. Sie sind nicht künstlich. Das erleichtert sie.

Ihr wird ein wäßriger Kaffee in einem Pappbecher angeboten. S. trinkt ihn, um keinen zu beleidigen. Dann füllt sie mit G.s Hilfe die Formulare aus. Sie sitzt in einem bequemen Stuhl und betrachtet den unwahrscheinlich grünen Gummibaum in der Ecke. Noch versteht sie dieses Land nicht, wo man im Büro sitzen und Kaffee, manchmal auch Kekse bekommen kann. Wo es kein Gedränge und Warten auf dem Gang gibt. Dort im Süden hat sie für jede Bescheinigung und jedes Dokument stundenlang stehen und warten müssen, auf dem Gang, eingezwängt zwischen großen Männerkörpern, die einen beiseite schieben und auf die Füße treten oder sich hemmungslos vordrängeln. Die Wände im Flur sind mit Ölfarbe gestrichen und schwarzgescheuert von den Körpern der Wartenden. Alle rauchen und zertreten die Kippen mit dem Absatz auf dem Fußboden. Vor dem Schalter kann man nie sicher sein, ob man das Formular richtig ausgefüllt und genügend Gebührenmarken gekauft hat, wie viele Paßfotos verlangt und welche Dokumente beigebracht werden müssen. Sie konnte sich niemals auf etwas verlassen. Wie ist es möglich, daß sie das alles hinnehmen? Weil sie es nicht anders kennen?

Die schwedische Psychologin liest aufmerksam den Brief der Zagreber Ärztin. Natürlich hat G. ihn übersetzt. Die Einrichtung im Arztzimmer ist aus Metall und Glas. S. sitzt auf einem weißen Sessel und fühlt sich irgendwie unbehaglich. Sie betrachtet die gerahmte Fotografie eines Mannes mit zwei Kindern und wartet, daß die Psychologin etwas sagt. Die Stille wird gestört vom Ticken einer altertümlichen Uhr und vom Umblättern der Seiten.

Versunken im Weiß des Sessels, fällt S. in eine Art Erstarrung. Nun macht sich die Ärztin Notizen, während

G. ihr die Situation erläutert. Schließlich wendet sie sich an S., fragt sie, wann sie den Entschluß gefaßt habe, das Kind nicht zu behalten, doch irgendwie schaut sie ihr dabei nicht ins Gesicht, nicht in die Augen. S. erklärt. Ob ihre Entscheidung endgültig sei? Vielleicht habe sie Verwandte, die das Kind aufnehmen würden? Sie fragt, ohne den Kopf zu heben. Verwandte? Aber sie sind in Bosnien, antwortet S. Es ist Krieg. Muß sie ihr das erklären? Ich bin Flüchtling, fügt sie noch hinzu, ohne Hoffnung, daß diese Frau sie verstehen wird. Wieder hat sie das Gefühl, es lohne gar nicht zu reden. Alle sind rücksichtsvoll, sie werden ihr helfen, aber verstehen können sie sie nicht.

Sie hält die Hände auf den Knien. Senkt den Blick. Das Zimmer ist plötzlich dunkel. Sie schaut ihre Hände an. Sie scheinen ihr tot, völlig tot. Sie hat kein Gefühl mehr darin. Manchmal denkt sie, man hätte ihr die Hände abgenommen, seit der Autobus vor der Dorfschule hielt, seit sie ihre Sachen gepackt und in den Bus gestiegen ist. Unter ihren Fingern ist alles hölzern geworden. Ihre Kleidung, das Brot, die Kartoffeln, die Erde, das Gras, das Haar, der Zement, die Seife, die Haut.

Beim Verlassen des Zimmers wendet sich S. plötzlich um und sagt: Bitte, kann ich meinen Namen ändern? Ich möchte jemand anders sein. Ich habe mich so satt. Ich fühle mich wie eine Wassermelone, die bald platzt. Ich werde irgendwo auf der Straße hinfallen und in lauter Stücke zerbrechen. Wissen Sie, wie eine große, runde, reife Melone ... Gleich darauf fragt sie sich, ob die Ärztin jemals eine ganze Wassermelone gesehen hat. Wirklich, wie soll sie ihr sonst erklären, daß nichts mehr sie zusammenhält? Sie hat keinen Mittelpunkt mehr. Ist unsicher, wenn sie von sich spricht. Lebt ständig mit dem Gefühl von Schuld und Schande, und das höhlt sie völlig aus.

G. sieht sie seltsam an, übersetzt jedoch. Die Ärztin nimmt die Brille ab und blickt ihr in die Augen. S. hat das Gefühl, sie schaue sie zum ersten Mal richtig an. Meinen

Sie, das ist möglich? fragt sie. S. verliert sich wieder. Vergißt, daß sie der Ärztin dankbar sein sollte, weil sie keine unangenehmen Fragen stellt. Im Gegenteil, es war einfach. Es hätte auch schlimmer sein können.

G. drückt ihr die Hand und sagt, sie könne beruhigt sein, es sei alles gutgegangen.

Stockholm, Rinkeby, März 1993

Die Behörden teilen ihr eine Wohnung in einem Stockholmer Vorort zu. Sie liegt in einem neueren Gebäude. Das Treppenhaus riecht nach frischer Farbe und Holzlack. Das große Zimmer mit Fenstern zum Wald ist leer und voll Licht. In der ersten Nacht schläft S. auf einer Matratze auf dem Fußboden, in der leeren Wohnung, im kahlen Zimmer. Spät abends kuschelt sie sich auf die Seite und schläft ein, den Geruch von Leim in der Nase, der ihr Hoffnung macht, hier werde alles gut sein. Die Zukunft riecht nach Auslegeware, nach Holz, Leim und frischem Putz.

Neue Gegenstände, einer nach dem anderen, bringen S. ins Leben zurück. Die ersten Möbelstücke kauft sie nur zögernd. Im Schaufenster eines Gebrauchtwarenladens in der Gamla Stan sieht sie einen gewöhnlichen Bauernstuhl. Sie geht immer wieder daran vorbei, wagt aber nicht, das Geschäft zu betreten und ihn zu kaufen, obwohl er nicht teuer ist. Wie die anderen Flüchtlinge hat S. vom Staat etwas Geld erhalten, um sich die Wohnung bescheiden einzurichten. Und der Stuhl erinnert sie an ihre Großmutter, sie trug so einen Stuhl im Frühling vor ihr Bauernhaus, saß darauf und las Erbsen aus oder strickte. Vielleicht wäre es gut, sich die Wohnung mit Dingen einzurichten, von denen jedes an eine Person oder ein Ereignis erinnert. Sie mit Erinnerungen zu füllen. Sie braucht nur in solch einen Laden zu gehen und Sachen zu kaufen, wie sie sie zu Hause hatten: alte Gläser, einen Windhund oder einen Flötenspieler aus Glas, Figuren, die früher auf der Kommode im Wohnzimmer der Eltern standen.

In einem Porzellangeschäft befühlt S. unsicher eine große Suppenschüssel und Teller mit blauem Rand, Eßbesteck aus schwerem Silber, achteckige Schnapsgläser. Sie findet sogar durchsichtige gläserne Kuchenteller in Blumenform, wie sie ihre Mutter schon 1959 als Hochzeitsgeschenk bekommen hat. Und als sie in dem Laden steht, sieht sie plötzlich ihre Mutter den Deckel von der Schüssel nehmen. Würziger Geruch steigt auf. Mit der silbernen Kelle schöpft sie die Suppe heraus, gelbe Fadennudeln hängen über dem Rand, und S. schiebt den Teller darunter, damit die Suppe nicht auf die weiße Sonntagsdecke tropft …

Letztendlich kauft sie sich ganz neue Sachen, von denen kein einziges Stück sie an ihr früheres Leben erinnert: einen Tisch und vier Stühle, ein Bücherregal. Alles hell, aus Kiefernholz. Dann einen blau und weiß gestreiften Zweisitzer. Das Zimmer ist hell, beruhigend, ganz schwedisch. Das ist für S. ein Heim, ein Ort, wo sie allein sein kann. In der neuen Wohnung, in dem schwedischen Zimmer, in ihrem schwedischen Leben ist kein Platz für ein Kind.

Morgens beobachtet S. von ihrem Bett aus häufig den Himmel. Aus der dritten Etage sieht sie gewöhnlich dicke Wolken, aufgespießt auf die Spitzen der nahen Tannen. Die Wolken können tagelang unbeweglich hängen. Nur bisweilen dringt durch diese wollige Masse die Sonne, und dann erstrahlt endlich das Himmelsblau, nach dem sie sich in der Zagreber Baracke gesehnt hat. Der Winterhimmel ist bleigrau und drohend, es wird zeitig dunkel. Nun wird der Himmel jeden Tag heller, die Wolken scheinen sich zu verdünnen, in der Sonne zu schmelzen.

Schon ist März, der Himmel ist heiter, mit ein paar weißen Wolken, die langsam von einer Seite des Fensters zur anderen ziehen. Der Frühling muß ganz nahe sein, obwohl S. nicht genau weiß, wann hier der Frühling Einzug hält und welche Blumen ihn ankündigen. Einmal hat sie im Supermarkt einen Strauß roter Tulpen gekauft. Sie sind noch am selben Abend verwelkt, bestimmt waren sie aus dem Gewächshaus. Wenn sie den Weg vor dem Haus entlanggeht, hält sie nach Schneeglöckchen Ausschau. Sie fragt sich, ob es in Schweden Schneeglöckchen gibt und ob es die gleiche Sorte ist. Und was ist mit Veilchen, wie sie in kleinen Sträußchen auf dem Markt in Sarajevo verkauft werden? Und Hyazinthen? S. sehnt sich nach dem Duft wilder Hyazinthen. Vielleicht hat sie Sehnsucht nach Sarajevo, doch das darf sie sich nicht eingestehen.

Sie kann immer schlechter gehen, ungeschickt bewegt sie sich durch die Wohnung, die kleiner geworden zu sein scheint. Sie stößt gegen die Türklinke und stolpert über die Schwelle, ein Stuhl stört sie, kaum kann sie das Geschirr aus der Spülmaschine nehmen. Jede Bewegung ermüdet sie, am liebsten würde sie gar nicht aufstehen. Bisweilen ist ihr der eigene Körper so schwer, daß sie einfach im Bett bleibt. Im selben Haus wohnt eine Familie aus Bosnien, die schon vor zwanzig Jahren hergezogen ist. Die Frau kommt im Morgenrock zu ihr mit einem Töpfchen Suppe und einem Stück Fleisch und füttert sie mit dem Löffel. Nicht mehr lange, dann bist du die Last los, tröstet sie sie.

Bald wird S. entbinden, es ist nur noch eine Frage von Tagen. Aber sie hat keine Geduld mehr, wird immer unruhiger. Nicht, daß sie Angst hätte vor der Geburt. Aber sie kann die scheußliche Gestalt nicht mehr ertragen, in die sie sich verwandelt hat. Ihre Arme und Beine schwellen an, mitunter kann sie nicht einmal mehr eine Faust machen. Wenn sie sich auf die Kissen stützt, sieht sie ihren spitzen Bauch mit dem hervorstehenden Nabel, und die ehemals kleinen Brüste sind nun so groß wie zwei Brotlaibe. Sie erkennt sich nicht wieder, und das beunruhigt sie. Sie steht in der Küche. Kocht Kartoffeln. Als sie sich umwendet und nach dem Salz greifen will, sieht sie ihr Bild im Spiegel auf dem Flur. Dabei hat sie ein unangenehmes Gefühl, denn sie erblickt eine fremde Frau in ihrer Wohnung, die ebenfalls hier lebt, neben ihr, diese dicke, ungeschickte Begleiterin, ihre Doppelgängerin.

An jenem Morgen sind die Wolken weiß und dünn wie Laken, die im Frühlingswind flattern. Endlich ist der Himmel so blau, daß S. nach mehrtägiger Apathie entschlossen aufsteht, sich duscht und Frühstück macht. Um den Kopf hat sie noch das Handtuch gewickelt. In der Küche duftet es nach echtem schwarzem Kaffee. Sie streicht Honig auf ein Stück selbstgebackenes Brot, das sie am Abend zuvor von der Nachbarin bekommen hat, und gerade, als sie sich auf den Küchenstuhl setzt, spürt sie im Bauch einen Stich. Zu Anfang ist es kein echter Schmerz, mehr ein unangenehmes Ziehen. S. setzt sich auf dem Stuhl bequem hin. Sie weiß, die Zeit ist gekommen, und dies ist das erste leise Zeichen, die Ankündigung der Wehen. Aber sie beschließt, in Ruhe zu frühstücken. Dieses Frühstück soll ihr kein unerwarteter Besuch verderben.

Dann werden die Wehen häufiger. S. hat die Dinge fürs Krankenhaus schon bereitgelegt. Sie braucht sie nur noch zu den anderen Sachen zu stecken, die schon im Rucksack sind. Es bleibt ihr nur, G. anzurufen. Bis diese kommt, werden ihre Haare getrocknet sein. Endlich, denkt sie, endlich ist es soweit. Mit einmal ist sie ganz ruhig.

Kurz nach der Entbindung spürt sie etwas Feuchtes, Klebriges auf der Brust. Alles ist schon erledigt. Sie atmet kurz und hastig. Bebt noch vor Anstrengung. Ihre Beine zittern. Jemand wischt ihr den Schweiß von der Stirn. Sie schließt die Augen. Im Dämmerzustand hört sie das Öffnen und Schließen der Tür, Stimmen, das Weinen eines Kindes im Nachbarzimmer.

Dann etwas völlig Unerwartetes: Die Krankenschwester hebt das Bettuch an, mit dem sie zugedeckt ist, und legt ihr etwas Feuchtes, Warmes auf die Brust – ihr soeben geborenes Kind. S. öffnet die Augen und schreit: Nein, nein! Oder sie glaubt zu schreien. Vielleicht macht sie nur den Mund auf, aus dem ein Flüstern kommt. Die Krankenschwestern kümmern sich um eine Frau, die gerade auf dem anderen Tisch entbindet. Niemand achtet auf S. Sie liegt da wie erstarrt. Wagt sich nicht zu rühren. Auf ihrer Brust ist ein nackter, noch blutiger kleiner Körper. Das Geschöpf liegt auf der Seite. Es gibt einen leisen Laut, ähnlich einem Weinen, von sich und fuchtelt mit den winzigen Fäusten, dann öffnet es die Augen und schaut S. an. Aus dem roten, runzligen Gesicht, das von angeklebtem Haar gerahmt wird, blicken sie zwei dunkle Augen an.

Die Berührung ihrer warmen Haut besänftigt das Wesen, und es fällt in einen ruhigen Schlaf. Niemand hatte sie darauf hingewiesen, daß es in einem schwedischen Entbindungsheim Brauch ist, der Mutter das Kind gleich nach seiner Geburt auf die Brust zu legen. Der kleine Junge liegt auf ihr wie ein nackter Vogel. S. weiß nicht, ob das, was sie empfindet, nur Abscheu und Mitleid ist oder noch etwas anderes. Sie liegt da mit diesem schlafenden Geschöpf auf sich, verwundert, daß es überhaupt vorhanden ist. Trotz allem ist ihr Leben noch immer mit dem seinen verbunden. Wieder schaut sie es an, diesmal sorgfältiger und mit weniger Angst: Es atmet gleichmäßig; wie es so auf der Seite zusammengekauert liegt, hört sie seinen rhythmischen Herzschlag. Sein warmer Körper wärmt ihre Brust. Sie spürt, wie sich alles in ihr auf das Kind konzentriert, darauf, daß es doch ein Kind und kein Ungeheuer ist. Beim Anblick des schlafenden Wesens scheint sich in ihr ein tiefer, schmerzhafter Schnitt zu öffnen wie eine Wunde, die nicht mehr heilen wird. Es ist so winzig, so schutzlos, wie ein Tierchen, das nicht weiß, was es erwartet, denkt S. und schließt die Augen.

Endlich nimmt die Krankenschwester ihr das Kind wieder ab, windelt es und trägt es aus ihrem Gesichtsfeld. Sie erblickt nur noch sein klebendes schwarzes Haar. Sie ist ganz sicher, sie wird es nie wiedersehen.

S. erwacht im Zimmer. Im ersten Moment, noch im Halbschlaf, bemerkt sie nicht, daß neben ihr Bett ein kleines Bettchen aus durchsichtigem Plexiglas gestellt wurde. Darin ist das Kind, doch sie erkennt es nicht. Sie denkt gar nicht daran, daß es neben ihr sein könnte.

Stockholm, Karolinska Krankenhaus,
27./28. März 1993, nachts

Sie steht vom Bett auf. Lehnt die Stirn an die Scheibe. Das Fenster geht auf ein Birkenwäldchen. Dahinter ist das Meer und ein hellblauer, nördlicher Himmel ohne Wolken. Hier ist alles so beruhigend fremd. Als sei sie auf einem anderen Planeten. Ja, hier wird sie leben. Diese Wirklichkeit überstreifen wie ein reines, ganz neues Hemd. So soll es sein, das hat sie beschlossen. Was könnte sie daran hindern? Ihre Finger berühren das kalte Glas. Die Berührung der glatten Fläche empfinden ihre Fingerkuppen als angenehm.

Das Kind wendet den Kopf zur anderen Seite und steckt den Finger in den Mund. Es hat Hunger. Stopft das Fingerchen in den Mund und saugt gierig daran. Als S. es anschaut, empfindet sie weder Haß noch sonst etwas. Vielleicht Neugierde, immerhin. Es ist kein Teil mehr von ihr, und sie kann sich nun ganz entspannen. Sie muß zugeben, es ist ein hübsches, gesundes Baby, sein Kopf ist normal, es ist 49 Zentimeter lang und wiegt 3700 Gramm.

Maj ist wach. Sie reicht ihr das Kind. S. bedeutet ihr, daß sie es nicht nehmen will. Maj schaut sie besorgt an. Versteht ihr abwehrendes Verhalten gegenüber dem Kind nicht. Sie weiß nicht, daß es sich um ein Mißverständnis handelt. Vielleicht ist die diensthabende Schwester schuld, die das Kind hierhergebracht hat, sie wirkt jung und unbeholfen. Hat nur oberflächlich in die Papiere geschaut. Sie kann sich bestimmt nicht vorstellen, daß S. das Kind nicht haben will. Weshalb sollte jemand in Schweden kein Kind haben wollen? Wie schön ist es, hier zur Welt zu kommen! Auf dem Tisch steht ein Topf mit Usambaraveilchen. Am Fenster hängen saubere weiße Gardinen. Zum Zimmer gehört ein großes Bad, ein Bad für sie beide. Die Krankenschwestern sind freundlich, es kommt dauernd jemand leise herein und fragt, ob sie etwas brauchen.

Alles wäre gut, wäre da nicht jenes Mißverständnis. Die Schwester hat das Baby einfach in das Bettchen getan und es ausgezogen, wohl um ihr zu zeigen, daß mit dem Kind alles in Ordnung ist und wie man es richtig windelt. S. konnte zuerst gar nicht glauben, daß das Kind mit ihr im selben Zimmer untergebracht ist. Wie ist das möglich? Sie versucht etwas zu sagen, mit ihren einigen hundert schwedischen Wörtern eine Erklärung abzugeben. Sie kann sich nicht erinnern, was Verwechslung heißt, und davon wird sie noch ärgerlicher. Sie merkt, wie ihre Stimme zittert, wie sie hilflos und armselig stottert. Sie begreift, sie ist noch zu schwach, um etwas zu unternehmen, sie schwitzt schon vor Anstrengung, die paar Wörter herauszubringen. Die Schwester glaubt, sie habe Schmerzen, und fragt sie, wo es weh tut, zeigt auf den Bauch, dann auf den Kopf. S. gibt auf. Sie muß warten, bis die Situation sich klärt.

Ja, wenn die Psychologin und die Sozialarbeiterin kommen, wird sich alles aufklären. Dann werden sie begreifen, was für einen Fehler sie begangen haben, was für einen dummen Fehler. Sie wird ihnen das Papier zeigen, den Brief der Psychologin, in dem ihre Entscheidung dargelegt ist und die Gründe, weshalb sie dieses Kind nicht behalten kann. Sie werden begreifen, daß das Baby aufgrund eines Mißverständnisses neben ihr liegt, für das sie verantwortlich sind, und daß sie selbst keine Berührung mit dem Kind gewünscht hat. Dann wird die Schwester es fortbringen, und S. wird es nie wiedersehen. Sie wird seinen Anblick vergessen. Und seinen Körper. Das Vergessen liegt schon so nahe, und S. wartet darauf, endlich in den Genuß dieses wohltuenden Zustands zu gelangen.

In der Zwischenzeit liegt das Kind in dem Bettchen neben ihr, ganz friedlich und ergeben, als sei hier sein Platz.

Sie ist müde. Am liebsten würde sie einschlafen und irgendwo anders erwachen. Wie oft hatte sie in diesem letzten Jahr den Wunsch gehabt, irgendwo anders zu erwachen, eine andere zu sein ... Sie sucht sich mit dem Gedanken zu trösten, von der Freiheit trenne sie nur noch ein Tag oder zwei. Wenn alles in Ordnung geht, wird sie morgen jenes letzte Papier unterschreiben. Ihr Alpdrücken wird enden, vielleicht wird sie nicht mehr den Traum träumen, und die Entbindung wird wie alles andere hinabfallen ins Dunkel der Vergangenheit. Jetzt möchte sie nur allein sein. Auch Maj stört sie, obwohl sie nicht mit ihr redet. Sie könnte mit ihr englisch sprechen, wenn sie sich Mühe gäbe, aber was sollte sie ihr sagen? Manche Wörter will sie gar nicht mehr in den Mund nehmen, so hart sind sie. Manchmal scheint ihr Mund wie voller Steine. Wie soll sie das Wort *Haus* sagen, wenn es ihr Haus nicht mehr gibt? Auch das Land nicht. Und das Lager. Wer weiß, was für Maj dieses Wort bedeutet, bestimmt etwas aus der Zeitung oder dem Fernsehen oder ein Buch aus dem zweiten Weltkrieg.

Kann jemand wie Maj ein Leben verstehen, das abrupt unterbrochen wird, dann von neuem beginnt, aber nun das Leben einer anderen, Fremden zu sein scheint? Und wie sollte sie ihre Entscheidung zur Adoptionsfreigabe des Kindes erklären? Wie würde Maj bei ihrem ruhigen, geregelten Leben in Schweden diese Entscheidung beurteilen? Wie soll man über den Krieg reden, wenn man weiß, die Person, mit der man spricht, kann diese Art Schrecken nicht begreifen? Es ist, als wäre einer schwerhörig und hätte sein Hörgerät nicht bei sich. S. hatte versucht, mit G. zu reden, als sie bei ihr wohnte. Auch mit der Psychologin hatte sie gesprochen, hat ihr gesagt, daß sie vergewaltigt wurde. Doch es war, als glitten die Worte an ihr vorbei, ohne sie wirklich zu berühren. Mit Maj wäre es ebenso.

S. schweigt. Antwortet Maj nicht auf deren Versuche, ein Gespräch zu beginnen. Sie möchte allein sein. Hat genug von der aufgezwungenen Nähe von Menschen. Wieviel Zeit hat sie in der Masse verbracht – geschlafen in der Masse, gegessen in der Masse, ihre Notdurft verrichtet in der Masse. Jetzt meidet sie die Nähe anderer Körper im Laden, im Bus, in der Untergrundbahn. Sie liebt es, über die Wiesen rund um ihre Siedlung zu gehen. Wegen der Nähe der Menschen fährt sie nur in die Stadt, wenn es sein muß. Dann steht sie am Ufer und schaut. Die Stadt ist so schön im zeitigen Frühjahr. Das Sonnenlicht bricht sich an den gelben und orangefarbenen Häuserfassaden, und deren Spiegelbild flimmert auf der Meeresfläche, als wollte es jeden Moment verschwinden. An das Geländer einer der Brücken gelehnt, fürchtet sie für einen Augenblick tatsächlich, es sei nur ein Trugbild. Dann erwacht sie. Die Stadt ist wirklich. Eine leichte Brise trägt den Geruch des Meeres zu ihr, die Luft ist kalt und klar. Sie atmet tief. Sie atmet, und gleich fühlt sie sich wohl.

Maj hat es nicht geschafft, den Kleinen zu beruhigen, und nun stillt sie ihn an ihrer Brust. S. schaut zu, wie er zufrieden schmatzt, und plötzlich überkommt sie eine große Trauer. Sein Leben wird bestimmt werden durch die Art und Weise, wie er gezeugt wurde. Und durch den Umstand, daß er gerade hier und nicht dort im Süden auf die Welt gekommen ist. Er wird adoptiert werden, jemand anderes sein. Jetzt, da sie ihn so aus der Nähe anschaut, denkt S., wie ungerecht es ist, daß sein Leben so begonnen hat. Das Äußerste, was sie tun kann, ist, ihm zu wünschen, jemand möge ihm eine bessere Vergangenheit schenken. Das wäre für ihn das beste Geschenk, denkt sie. Vielleicht könnte man dem Dokument, in dem sie der Adoption zustimmt, einen Brief an die künftigen Eltern beilegen. Darin würde sie ihnen mitteilen, sie sollten sich für dieses Kind eine möglichst schöne Vergangenheit ausdenken, denn davon wird seine Zukunft abhängen. Aber vielleicht würden sie diese Botschaft nicht verstehen. Sie könnte ihnen das zwar auch erklären, ihnen erzählen, was sie alles durchgemacht hat, wer ihre Eltern sind, wo sie geboren ist, wohin sie transportiert wurde … Dennoch scheint es ihr das beste, der Kleine nimmt keinerlei Gepäck mit auf den Weg, er kennt seine Herkunft nicht. Weiß auch nicht, wer seine Eltern sind, nicht, woher sie stammen, vor allem nicht, welcher Nationalität sie sind. Denn wenn jemand aus jener Gegend kommt, bringt er gewöhnlich nur Leid und Unglück mit.

Maj bedeutet ihr, sie solle das Kind in die Arme nehmen. S. versteht, schüttelt aber den Kopf. Da legt Maj die eingeschlafene Britt ab und nimmt den Kleinen auf den Arm. Sie trägt ihn durchs Zimmer und singt ihm ein schwedisches Schlaflied. Nun ist S. zufrieden, der Anblick beruhigt sie völlig. Schon sieht sie eine schwedische Frau mit großen Brüsten die Mutter des Kindes werden. Es war ihr nicht ganz klar, daß sie soeben einen kleinen Schweden geboren hat. Bald wird er einen Namen und seine neue Identität bekommen. Eine falsche zwar, aber spielt das eine Rolle? Wie wird ihre eigene neue Identität aussehen? Wird denn ihr Leben in diesem fremden Land, ohne Freunde und ohne Vergangenheit, weniger verlogen sein?

Die Nacht vergeht. Auf dem Nachttisch ist die Lampe angeschaltet. Das Kind schläft. Gestern abend ist die Krankenschwester gekommen und hat ihm aus der Flasche zu trinken gegeben. Es war eine andere, die Nachtschwester, der Maj gesagt hat, S. stille den Kleinen nicht, vielleicht habe sie keine Milch. S. ließ sich auf keine Erklärung ein, sie tat, als schliefe sie.

Maj schläft. S. betrachtet ihr langes Haar, die Schweißtröpfchen auf der Stirn und das aufgeknöpfte Hemd. Wie alt mag sie sein? In gewisser Weise fühlt sie sich ihr nahe, beiden gemeinsam ist das Gefühl der Last im vergangenen Monat, die Schmerzen und dann die Anstrengung beim Herauspressen des Kindes, die Wehen, das Bluten, die Müdigkeit ... Sie könnte ihr so viel erzählen über den Körper, der unabhängig vom Willen einer Person lebt, über die Art der Versklavung des Körpers, die nur Frauen kennen. Doch hier scheint sich das Leben, jedermanns Leben, in einer anderen Dimension, ohne Schrecken abzuspielen. Es gibt die individuelle Angst und den individuellen Schmerz. Nicht aber die allumfassenden Schrecken des Krieges, in dem nichts mehr die Frau vor der Brutalität der Männer schützt. Zu ihrer Verwunderung merkt S., daß sie Maj beneidet. Diese wird morgen ihr Kind in den Arm nehmen und zurückgehen an einen Ort, wo sie heimisch und sicher ist.

Ihre Brust ist naß von der Milch, die ganz von selbst austritt. Das hält sie wohl auch wach, diese unangenehme Spannung. Ihr neues Schmerzgefühl in der Brust. Das feuchte Handtuch. Erst jetzt sieht sie, der Kleine hat Hemdchen und Höschen an, auf denen TILLHÖR LAND-

STINGET, Landeseigentum, aufgestempelt ist. Auch die kleine Britt hat auf ihrer Kleidung diesen Stempel, die gleichen Wörter stehen auf den Bettüchern und Kissenbezügen, dem Nachthemd, den Handtüchern. Doch auf seiner Kleidung ist die Aufschrift »Landeseigentum« wie ein Zeichen des Schicksals. Kaum geboren, gehört er schon anderen, nicht mehr sich selbst, man weiß nicht genau, wem …

Das Kind dreht sich um, S. sieht, es hat sich aufgedeckt. Mit einer Handbewegung deckt sie es mit der kleinen gelben Decke zu.

Das hat sie ganz unwillkürlich getan, vielleicht war sie noch nicht einmal richtig wach. Sie hat gesehen, das Kind liegt bloß da, und hat es zugedeckt, ohne nachzudenken. Aber diese Handlung raubt ihr den Schlaf. Sie glaubt, mit dieser unbewußten Geste habe sie etwas gegen sich selbst getan. Fast hätte sie den Kleinen berührt, und das sollte sie schon gar nicht tun. Noch immer fürchtet sie die Berührung, jene unerträgliche Nähe zum Kind. Noch immer empfindet sie Widerwillen dagegen.

Das Krankenhaus ist ganz still. Maj ist nicht zu hören, auch ihre Tochter nicht. Unter der Tür dringt ein schmaler Lichtstreifen hindurch. S. steht auf und beugt sich leise, um keinen zu wecken, über die kleine Britt. Sie schläft auf dem Rücken, und S. sieht ihr längliches, blasses Gesicht und das helle Haar. Auch der Kleine schläft, sein Haar ist sehr dicht. Zwischen ihnen ist kein Unterschied, und niemand könnte sagen, wer von den beiden das Kind eines Verbrechers ist. Beide haben schön geformte Ohren, längliche Finger, kleine Nasen, einen Mund, sogar Augenbrauen. Diese zwei Kinder sind nun Wesen mit einem eigenen Leben.

S. berührt die Hand des schlafenden Jungen. Sein Händchen umklammert fest ihren ausgestreckten Finger.

Als sie ihn länger anschaut, erscheint in ihrem Gedächtnis allmählich ein vergessenes Bild. Sein Gesicht erinnert sie an jemanden, diese Form des Kinns, das Gesicht, das dunkle Haar hat sie irgendwo schon einmal gesehen … S. holt das Album aus dem Rucksack. Auf der ersten Seite ist ihre Fotografie. Darauf ist sie neun Monate alt. Sie liegt auf dem Bauch und strengt sich an, den Kopf hochzuhalten. Vielleicht, weil sie oben auf dem Kopf eine große Locke hat. Sie hat nur ein Hemdchen an. Sieht besorgt aus, als könne sie sich nicht entschließen, ob sie weinen oder doch lächeln soll. S. mag dieses Foto nicht, sie erkennt sich nicht wieder in diesem rundlichen, ernsten Kind. Auf dem nächsten Foto sitzt sie auf dem Balkon in ihrem Stühlchen, sie wirkt fröhlicher, ihr Haar ist länger, und auf dem Kopf hat sie noch immer die komische Tolle, die man ihr bald danach abgeschnitten hat.

Auf dem nächsten Foto sitzt sie im Bett. Sie ist fast drei Jahre alt, und neben ihr ist ihre ein paar Monate alte Schwester. S. schaut das Foto genau an. Hält es unter die Lampe. Die Ähnlichkeit mit dem Jungen, die sie bis eben nur vermutet hat, ist nun offensichtlich. Dieses neugeborene Kind hat das Gesicht ihrer Schwester. S. betrachtet das Foto und dann sein Gesicht: die ausgeprägten Jochbeine, das Kinn, auf dem sich schon ein Grübchen abzeichnet, die kleinen gespitzten Lippen, die Form der Ohren, die großen schwarzen Augen, die Art, wie er die Stirn runzelt … Sogar die Hände sind ähnlich.

S. erinnert sich an den Tag, als sie spazierengehen wollten und die Mutter ihr L. in den Arm gab. Der Kinderwagen stand schon bereit. S. hatte neue Lackschuhe an. L. trug ein Strickkleidchen. In dem langen schwarzen Haar hatte sie eine weiße Schleife. Sie streckte die Ärmchen aus und lächelte ihr zu. Dieses Lächeln hat S. nie vergessen. Nein, nun ist ihr ganz klar, sie wird den Tod der Ihren niemals als Tatsache akzeptieren können. Es ist nur eine Abwesenheit wie eine eisgeränderte Leere. Wenn sie so in ihrem Gedächtnis erscheinen, dann sieht sie sie einfach. Sieht sie gehen und sprechen, hier, direkt neben sich. Sie spürt ihre Wärme und ihren Atem, auch wenn sie sie nicht mehr berühren kann. Dann weiß sie, es gibt sie noch irgendwo in einer parallelen Welt, lebendig und tot zugleich. So wie sie sich auch selbst oft vorkommt, gleichermaßen lebendig und tot ...

S. kann den Blick nicht mehr von dem Kind wenden. Was wird mit ihm werden? Wie viele solcher Kinder werden geboren, ohne daß ihre Väter davon wissen? M. hat ihr einmal erzählt, daß die Soldaten, als sie sie vergewaltigten, ihr sagten, sie würde ein serbisches Kind bekommen und sie würden die muslimischen Frauen alle dazu zwingen, serbische Kinder zu gebären. Wo sind sie jetzt, diese Soldaten? Wenn ein Kind geboren wird, dann geschieht es durch die Frauen, und diese entscheiden über das Schicksal der Kinder und nicht ihre unbekannten Väter. Keines von ihnen wird wissen, wer sein eigentlicher Vater ist. Die Mütter werden sich von ihnen lossagen und sie zur Adoption freigeben. Jemand anders wird ihnen Vor- und Nachnamen, Sprache und Heimat geben.

Jedenfalls ist es diesen Kriegskindern beschieden, in Lüge aufzuwachsen. Und wenn eine der Frauen das Kind behalten sollte, dann wird sie es belügen müssen. Sie wird sich einen Vater, eine Familie, eine Vergangenheit ausdenken müssen. Ist das Recht auf den Vater stärker als das Recht auf Wahrheit? fragt S. sich, über das Bettchen gebeugt. Sie ahnt die Antwort. Ihm die Wahrheit zu sagen hieße, dem Unrecht, das ihm bereits angetan wurde, ein weiteres hinzuzufügen.

Und sie, was würde sie ihm erzählen? Sie würde ihm vorlügen, sein Vater sei bei der Befreiung seiner Stadt als Held gefallen. Dieses Kind hat Anspruch auf einen Heldenvater. Es fiele ihr schwer, bis ins Detail dessen Gesicht, Stimme, Gewohnheiten zu beschreiben. Und vielleicht fiele es ihr am schwersten, eine Liebesgeschichte von ihr und diesem nicht existierenden Mann zu erfinden.

Welche Geschichte wäre besser für dieses Kind, die einer Schwedin, die ihn adoptieren wird, oder ihre, die sie, seine Mutter, ihm erzählen würde?

Die eine wie die andere wäre gelogen, doch nur eine dieser beiden Geschichten bedeutete einen Sieg über die Schrecken des Krieges. Einen Sieg über mich selbst, denkt S., als sie ihre Hand auf ihn legt. Nur sie kann ihm zeigen, daß der Haß, in dem er gezeugt wurde, in Liebe verwandelt werden kann. Sein kleiner Körper wendet sich. Sie berührt seine Wange und sein Haar. Eines Tages wird sie ihm sagen, er ist ihr Kind, nur ihres. Einen Vater hat er nicht. Und das ist die Wahrheit.

Wieder träumt sie den bekannten Traum. Sie geht durch die Stadt, es ist eine große Stadt. Sie sieht viele Autos, auf der Straße drängen sich die Leute. Anscheinend ist Feiertag, alle gehen spazieren und gucken sich die Schaufenster an. In der Menge erkennt sie das Gesicht eines Mannes. Auch er betrachtetet die Auslagen, ruhig, entspannt, die Hände in den Taschen. Es ist Sommer, er trägt hellblaue Hosen und ein weißes Hemd. S. geht langsam auf ihn zu, in der Hand das Messer. Sie ist vorbereitet auf dieses Treffen, erwartet es. Das Messer trägt sie eng am Arm, so daß die Passanten es nicht bemerken. Sie nähert sich ihm, geht schnellen Schritts auf ihn zu. Sie muß achtgeben, daß er ihr nicht entwischt zwischen den Leuten oder sich umwendet und sie erkennt. Und daß keiner das Messer in ihrer Hand sieht, wenn sie es zieht. Ihn nicht warnt. Nicht vorzeitig Lärm schlägt oder sie zurückhält, weil er denkt, sie sei eine gefährliche Verrückte.

Sie hat keine Angst. Sie hört das Rauschen ihres eigenen Bluts. Spürt die Geschmeidigkeit ihrer Muskeln. Die Geräusche um sie herum vernimmt sie nicht. Ist nur darauf konzentriert, was gleich geschehen wird, unausweichlich.

Sie ist ihm nahe, ganz nahe: Jetzt, gleich, der Gerechtigkeit muß Genüge getan werden! Sie wird sich rächen! Schon genießt sie die Rache, ist berauscht von ihrer eigenen Kraft, als genüge ihr bereits die Absicht, um das zu empfinden.

Nun ist sie ganz nahe. Der Mann steht da und betrachtet die Kameras im Schaufenster. Ihre Rechte rammt ihm das Messer in den Bauch. Wie immer im Schlaf, wundert sie sich, daß es leicht und ohne Widerstand in den Körper fährt. Er dreht sich um und sieht sie mit aufgerissenen Augen an. Lehnt sich gegen die Scheibe, sein Arm gleitet langsam hinab, eine Blutspur hinterlassend. Sie schaut um sich, fürchtet, die Passanten könnten bemerken, daß da etwas passiert. Doch anscheinend kümmert sich niemand darum. Nun hält er sich den Bauch, schwankt ein wenig, als würde er fallen, bleibt aber dennoch auf den Beinen. Auf dem weißen Hemd erscheint ein dunkelroter Fleck, der sich rasch ausbreitet. S. rückt von ihm ab. Da bemerkt sie die Verwunderung in seinen Augen. Sie weiß, der Mann erkennt sie nicht. Er erinnert sich nicht, wer sie ist. Ihre Rache wird sinnlos. S. steht neben ihm auf dem Fußweg und weint.

Sie erwacht. Die Verzweiflung, daß der Mann sie nicht erkannt hat, ist noch da, in ihr, sitzt in ihrer Brust und verwischt für einen Moment den Unterschied zwischen Traum und Wirklichkeit. Sie schaut auf ihre Hand und fragt sich, ob sie tatsächlich die Kraft hätte, mit dem Messer zuzustoßen. Plötzlich versteht sie den Traum und weshalb er sich wiederholt: Wenn der Mann sie, sein Opfer, vergessen hat, so darf sie doch ihn und ihre Vergangenheit nicht vergessen. Jene Henker brauchen das Vergessen, aber die Opfer dürfen es ihnen nicht gewähren.

Sie schläft noch einige Zeit in Ruhe.

Es ist gegen Morgen. Der Kleine wird unruhig, beginnt zu weinen. Zuerst leise, dann immer lauter. S. fürchtet, sein Weinen werde Maj und Britt wecken. Sie nimmt ihn aus seinem Bettchen in den Arm, um ihn zu beruhigen. Der Junge weint weiter. S. knöpft das Nachthemd auf. Die Milch läuft. Sie steckt dem Jungen die Brustwarze in den Mund. Er saugt gierig. S. spürt, wie sich sein kleiner Körper ganz entspannt. Sie drückt ihn fest an sich, während ihr die Tränen übers Gesicht, den Hals, die Brust laufen.

ISBN 3-351-02876-8

1. Auflage 1999

Einbandgestaltung Henkel/Lemme
Druck und Binden Clausen & Bosse, Leck
Printed in Germany